덕질로 배운다! 10대를 위한 책쓰기 특강

덕질로 배운다!
10대를 위한 책쓰기 특강
—
2023년 8월 23일 1판 1쇄 인쇄
2023년 9월 5일 1판 1쇄 발행
—
**지은이** 윤창욱
**펴낸이** 이상훈
**펴낸곳** 책밥
**주소** 03986 서울시 마포구 동교로23길 116 3층
**전화 번호** 02-582-6707
**팩스 번호** 02-335-6702
**홈페이지** www.bookisbab.co.kr
**등록** 2007. 1. 31. 제313-2007-126호
—
**기획** 권경자
**디자인** 디자인허브
—
ISBN 979-11-93049-08-2 (43800)
**정가** 18,000원
—
ⓒ 윤창욱, 2023

**책밥**은 (주)오렌지페이퍼의 출판 브랜드입니다.

덕질로
배운다!

# 10대를 위한

# 책쓰기 특강

윤창욱 지음

책밥

# 프롤로그

2021년 어느 봄, 두 번째 책《덕질로 배운다! 10대를 위한 글쓰기 특강》이 출간된 지 얼마 되지 않았을 때의 일이다. 서울의 한 고등학교에서 연락이 왔다. 인문 영재반 학생을 대상으로 모종의 프로그램을 기획하고 있으니 글쓰기 특강을 해달라는 게 주된 용건이었다.

특강 요청은 기쁜 마음으로 받아들였다. 낯선 학생들과의 만남은 언제나 설레는 일이기 때문이다. 하지만 이내 혼란스러워졌다. 약 두 시간 동안 뭘 이야기해야 좋을지 판단이 잘 서지 않아서였다. 처음에는 쓸거리 찾는 법이라든지 틀을 활용해 글 쓰고 다듬는 방법 등 책의 핵심 내용을 정리해 강의하려 했다. 하지만 곧 생각을 바꾸었다. 학생들이 미리 책을 읽어오기로 했는데, 이미 읽은 내용을 다시 한 번 반복하는 게 무슨 의미가 있는가 하는 의문이 들어서였다. 그래서 고민 끝에 책 쓰기 프로젝트에 대해 소개하기로 했다. 이유는 분명하다. 글쓰기를 배우는 데 있어 책 쓰기 프로젝트를 진행하는 것보다 더 효과적인 것은 없기 때문이다. 그때는 알지 못했으나, 결과적으로 글쓰기에 관한 첫 번째 특강이 바로 이 책의 출발점이된 셈이다.

그러고 보면 글쓰기와 책 쓰기는 뫼비우스 띠의 양면과 닮았다. 각기 다른 얼굴이지만 사실은 하나로 연결되어 있다는 점에서 말이다. 책 쓰기가 최고의 글쓰기인 이유, 글을 쓰다 보면 책을 쓰고 싶은 마음이 드는 이유일 것이다.


이 책은 '책 쓰기 프로젝트'에 대해 소개하는 책이다. 아울러 다음의 세 가지 측면에서 일반적인 책 쓰기 안내서와 차별화된다. 첫째, 10대 청소년을 예상 독자로 삼았다. 청소년을 타깃으로 한 책 쓰기 안내서가 드물기 때문이다. 왜 학생 저자를 위한 책 쓰기 안내서는 찾아보기 힘든 것일까? 학생들이 책 쓰기에 관심이 없거나 책 쓰기가 청소년에게 어울리지 않아서일까?

그런 건 아닐 것이다. 학생들과 이야기를 나누어 보거나 수요 조사를 해 보면 자기만의 책 쓰기를 희망하는 학생이 생각보다 많다. 다만 그 같은 생각을 드러낼 기회가 없었기에 겉으로 드러나지 않았을 뿐이다. 게다가 책 쓰기 프로젝트는 누구나 쉽고 재미있게 할 수 있다. 또 책 쓰기는 자신의 꿈을 찾아가는 진로 탐색 활동에도 많은 도움이 된다. 전국 각지의 교육청에서 앞다투어 학생 책 쓰기 지원 사업을 벌이는 것도 이 때문이다.

그럼에도 불구하고 청소년에게 왜 책을 써야 하는지, 어떻게 하면 쉽고 재미있게 책을 쓸 수 있는지를 알려주는 책을 찾기란 쉽지 않았다. 바로 이 지점에서 확인할 수 있는 '필요와 공급의 불일치'가 이 책을 쓰게 된 이유 중 하나다.

둘째, 쓰기 워크숍을 활용한 책 쓰기 프로젝트에 초점을 맞췄다. 쓰기 워크숍은 '책 쓰기 모임 활동'을 가리킨다. 우리는 이 모임에 참여함으로써 저자가 된다. 따라서 쓰기 워크숍은 '함께하는 저자되기 프로젝트'의 다른 이름이라고 봐도 된다.

그러면 왜 쓰기 워크숍을 우리 책 쓰기 프로젝트에 끌어들였을까? 혼자보다는 친구들과 함께할 때 책 쓰기가 더욱 즐거워지기 때문이다. 게다가 또래 친구들의 피드백을 통해 글을 더 좋게 다듬을 수 있고 실제 삶의 맥락에서 자기가 쓰고 싶은 글을 쓸 수도 있기 때문이다.

이렇듯 쓰기 워크숍은 장점이 많다. 하지만 청소년 책 쓰기 프로그램에 쓰기 워크숍을 활용한 경우는 좀처럼 찾아보기 어렵다. 그래서 이 책에서는 쓰기 워크숍을 활용하는 방법을 소개하는 데 많은 공을 들였다.

셋째, '덕질'과 '진로 탐색'을 쓸거리의 바탕으로 삼았다. 책 쓰기는 단지 몇 편의 글을 쓰는 것과는 다소 결이 다르다. 콘셉트를 잡고 글의 순서인 목차도 짜야 한다. 꼭지 사이에 통일성을 부여하고 균형도 맞추어야 한다. 그래서 책 한 권 쓰는 데 예상했던 것보다 더 많은 시간이 소요될 때가 많다. 책을 쓰는 행위 자체에서 재미와 보람을 찾지 못한다면 중간에 지치기 쉬운 것도 이 때문이다.

그렇다면 책 쓰기를 즐기려면 어떻게 해야 할까? 책 쓰기가 덕질과 진로 탐색에서 출발하는 놀이가 되어야 한다. 예컨대 아이돌 그룹이나 웹툰, 축구나 농구 같은 스포츠, 요리나 게임 등 자기가 좋아하는 것에 대해 친구들과 수다 떨듯 글을 풀어 쓰는 것처럼 말이다. 또는 자신의 진로를 고려해 관심 분야의 책을 읽고 서평을 쓰는 것도 괜찮은 방법이다. 한 걸음 더 나아가 자신의 덕질을 진로로 삼을 수 있다면 더욱 좋겠다. 덕질과 진로가 일치할 때, 덕질이 곧 미래에 대한 준비가 되기 때문이다. 실제로 역사 덕후인 한 학생은 역사학과 진학을 꿈꾸며 자신이 읽은 역사 자료를 토대로 에세이를 써나갔다. 이는 덕질과 진로 탐색이 일치된 모범 사례로 부족함이 없을 것이다.

물론 아직 덕질의 대상을 발견하지 못했거나 명확하게 자신의 진로를 정하지 못한 학생도 있을 수 있다. 그래도 상관없다. 덕질에 관해서든 진로에 대해서든 글을 쓰고 친구들과 이야기 나누다 보면 어느 순간 자기가 좋아하거나 하고 싶은 것에 대해 분명히 알게 될 것이기 때문이다.

덧붙여, 이 책은 나와 학생들이 책 쓰기 프로젝트를 진행하면서 겪었던 온갖 좌충우돌에 대한 기록이기도 하다. 따라서 이 책에는 우리가 저질렀던 수많은 실수에 대한 이야기가 가득하다. 그 시행착오를 발판 삼아 여러분은 좀 더 쉽고 재미있게 책 쓰기의 세계를 경험했으면 좋겠다.

책이 나오기까지 많은 분의 배려와 도움이 있었다. 그분들께 마음을 다해 고마움의 말씀을 전하고 싶다. 먼저 책밥출판사 대표님은 거칠고 부족한 글의 출간을 허락해 주었다. 그리고 편집장님은 내 첫 번째 책부터 지금 이 책에 이르기까지 오랫동안 초고를 읽고 섬세한 피드백을 들려주었다. 되짚어 보면 내가 책 쓰는 법 전반에 대해 조금이나마 알 수 있게 된 건 오로지 편집장님의 조언 덕분이다. 이에 특별히 감사드린다.

다음으로 안효익 선생님께도 감사 인사를 드리고 싶다. 이 책의 출발점이 된 첫 번째 글쓰기 특강은 선생님의 배려로 가능할 수 있었다. 몇 번밖에 만나지 못했으나 인연에서 중요한 건 횟수가 아니라 깊은 울림이란 걸 선생님과의 만남을 통해 깨닫게 되었다.

나아가 부족한 제자에게 늘 따뜻한 눈길로 격려를 보내주신 김용석, 조규태, 곽동훈, 이광국, 김지홍, 안동준, 한귀은 선생님께 끝없는 존경과 고마움의 말씀을 올린다. 선생님들의 문하에서 내 배움의 시간은 언제나 충만했다.

그리고 함안고등학교 김태연, 박지민, 배채은, 신은재, 양윤영, 정서경, 주윤진, 한종석 학생과 마산용마고등학교 고지민, 박신규, 박지운, 손우민, 이기홍, 이유겸, 이지호, 전승우, 조민우, 조유현, 최수빈, 최원상, 홍석빈, 황윤성 학생에게도 고마움을 전하고 싶다. 책을 쓰는 동안 이들과 함께함으로써 나는 무척 즐겁고 행복한 시간을 보냈다. 또 쓰기 워크숍에 대해 좀 더 깊이 이해할 수도, 책 쓰기와 관련된 여러 가지 의문을 해결할 수도 있었다.

더불어 모자란 원고에 훌륭한 피드백을 해 주신 민경선, 이소현, 강예진 선생님께도 고개 숙여 감사드린다. 이분들의 반짝이는 아이디어와 세심한 조언 덕분에 이 책이 지금의 모습을 갖출 수 있었다. 아울러 언제나 따뜻한 모습으로 곁에 있어 준 아내 강윤경에게 깊은 사랑과 고마움의 말을 전한다. 새로운 꼭지가 나올 때마다 읽고 피드백해 준 아내는 가장 마음 편한 조언자이자 지지자였다. 그녀에게, 그리고 지금껏 나를 낳고 길러주신 어머니와 아버지께 이 책을 바친다.

시원한 바람을 기다리며
2023년 어느 여름날 윤창욱

# 차례

프롤로그

에필로그

당신의 삶을 기록하면 하나의 작품이 된다.

로제마리 마이어 델 올리보

1장

나도 책을
쓸 수 있을까

책은 아무나 쓰는 게 아니다?

# 책 쓰기를 둘러싼
# 세 가지 오해

모 증권사에서 나온 한 보고서가 케이팝(K-Pop) 팬들에게 화제가 된 적이 있다. 흔히 아이돌 덕후라 불리는 케이팝 팬덤을 '무보수 크리에이터 집단'으로 조명한 보고서다. 여기서는 팬덤을 일종의 창작자 집단, 자기가 좋아하는 아티스트를 더 많은 사람이 알아봐 주고 사랑해 주길 원하는, 아티스트의 가치 성장이 곧 공동 목표인 집단으로 정의했다. 과거 엔터테인먼트산업은 이런 팬덤을 소비자로만 봤다. 그런데 팬아트, 움짤, 트위터나 커뮤니티 글, 자체 생산 굿즈, 창작 영상 콘텐츠들이 쏟아져 나오면서 새로운 팬들이 생겨나자 더 이상 소비자로만 여기지 않게 되었다는 이야기다.[1]

---

1    원충희, 'NFT는 케이팝을 어떻게 바꿀까', 〈더벨〉, 2022년 5월 31일자 기사.

보고서 내용을 접하면서 문득 궁금해졌다. 세상은 넓고 덕후는 많은데 10대 덕후들의 이 엄청난 에너지를 책 쓰기로 돌릴 수만 있다면, 도대체 얼마나 많은 학생 저자들이 탄생하게 될까?

그도 그럴 것이 나는 거의 매년 책 쓰기 회원을 모집하곤 한다. 여러 반을 다니면서 동아리 소개도 하고 책을 쓰면 좋은 점, 향후 계획 등에 대해 안내한다. 이후 지원서를 받는데 그러다 보면 한 가지 사실을 확인하게 된다. 바로 자기 이름이 적힌 책을 갖고 싶어 하는 학생이 의외로 많다는 점이다.

하지만 주위를 둘러보면 실제 책 쓰기에 도전하는 학생은 생각보다 많지 않다. 왜일까? 가장 큰 이유는 책 쓰기를 둘러싼 몇 가지 편견 또는 오해 때문이 아닐까 싶다. 하지만 그와 같은 생각들은 과연 타당한 것일까? 책 쓰기를 둘러싼 대표적인 오해 몇 가지를 찾아 살펴보자.

## 오해 1: 책을 쓰려면
## 글솜씨가 좋아야 한다

글솜씨가 좋으면 책 쓰기에 유리한 건 사실이다. 하지만 꼭 문장력이 좋아야만 책을 쓸 수 있는 건 아니다. 나아가 지면을 글자로 빽빽하게 채워야만 책이 되는 것도 아니다. 예를 들어보자. 나는 여행을 좋아해서 여행책을 가끔 구입해 본다. 그런데 펼쳐 보면 생각보다 글이 많이 없다. 물론 여행지에 대한 간단한 소개는 글로 적혀 있다. 하지만 실상 책의 주인공은 사진인 경우가 많다. 여행지의 아름답고 낭만적인 풍경만으로도 책을 산 보람이 느껴지니 말이다. 또 요리책은 어떤가? 글자가 더 적다. 하나의 요리를 만드는 데 필요한 최소한의 설명을 제외하고 나면 지면의 대부분이 사진이다. 이 외에도 사진 에세이집이나 사람들이 즐겨보는 차박, 캠핑, 자수, 그림 그리기 등 다양한 취미 실용 분야의 책들도 최소한의 글자만으로 책을 만드는 경우가 많다.

책을 쓰는 데 있어 문장력마저 좋으면 분명 긍정적인 면이 있을 것이다. 하지만 더 중요한 것은 독자가 필요로 하는 정보가 있느냐 하는 점이다. 따라서 독자에게 알리고 싶은 근사한 아이디어나 가치 있는 정보가 있다면 누구나 짧은 문장으로도 충분히 좋은 글을 쓰고 책을 만들 수 있다.

또 문장력은 글을 쓰면 쓸수록 좋아진다. 달리 말하자면 처음부터 글을 잘 쓰는 사람은 없다는 말도 된다. 그 어떤 천재라도 재능만으로 글을 잘 쓸 수는 없다. 재능 못지않게 아니 그 이상으로 꾸준한 노력이 뒤따라야 글솜씨가 좋아진다. 나같이 평범한 사람이 희망을 가질 수 있는 것도 바로 이 지점이다. 에세이나 칼럼같이 실생활에 자주 쓰이는 글들은 일정 기간 연습하면 누구나 잘 쓸 수 있기 때문이다.

더불어 한 가지 짚어야 할 것이 있다. 그건 책 쓰기만큼 글쓰기 연습에 좋은 것도 없다는 점이다. 나도 책을 쓰면서 글쓰기 연습을 본격적으로 했다. 여러분도 한번 시도해 보라. 책을 쓰면 글솜씨는 무조건 좋아진다. 따라서 글솜씨가 없어 책을 못 쓴다는 말은 사실이 아니다. 그냥 쓰기 싫어 안 쓰겠다는 말의 다른 표현일 뿐이다.

## 오해 2: 책을 쓰려면
## 아는 게 많아야 한다

연암 박지원 선생의 《열하일기》에 나라의 부유함은 수레 사용과 관련이 깊은데 조선은 수레를 많이 사용하지 않아 문제가 있다는 대목이 나온다. 인상 깊었던 부분은 '우리나라는 길이 험해 수레를 쓸 수 없다'는 주장에 대한 연암 선생의 반론이다. 그는 말했다. "이 무슨 말인가. 나라에서 수레를 쓰지 않았기 때문에 길이 닦이지 않았을 뿐이다. 만일 수레가 다니게 된다면 길은 저절로 닦이게 될 터인데, 어찌하여 좁은 길과 험준한 산길을 걱정하겠는가."[2]

책 쓰기도 마찬가지다. 아는 게 없어 쓸 수 없다고 말들 하지만 지식이 풍부해진 뒤에라야만 쓸 수 있는 건 아니다. 책을 쓰다 보면 저절로 아는 게 많아진다. 또 써야 할 꼭지가 있으면 어차피 그 꼭지와 관련된 자료는 별도로 수집해야 한다. 이후 찾은 자료를 바탕으로 그 꼭지를 제대로 쓰면 되는 것이다.

더구나 자신이 무언가의 덕후라면 이미 아는 건 많다. 많은 정도가

---

2  박지원, 민족문화추진회 편, 《열하일기》, 솔, 1997, 236-239쪽.

아니라 넘쳐서 주체하지 못할 정도다. 책 쓰기가 '교양 수준이 높은 소수의 전유물'이라는 생각부터 버리자. 이는 편견에 불과하다. 책은 누구나 쓸 수 있다. 그러니 조금이라도 책 쓸 마음이 있다면 쓰자. 핵심은 마음먹은 것을 실천하는 데 있다.

## 오해 3: 공부하기 바쁜 10대에게 책 쓰기는 사치다

여기서 말하는 공부는 대학 진학을 위한 공부로 봐야 할 것이다. 따라서 수능 공부에 전념하는 학생이나 수능 시험을 앞둔 고등학교 3학년 학생이 이런 말을 한다면 고개를 끄덕일 만하다. 많이 바쁠 테니 책 쓸 시간을 마련하는 게 쉽지는 않을 것이다.

하지만 그 외의 경우라면 동의하기 어렵다. 세 가지 이유 때문이다. 첫째, 공부의 범위를 너무 좁게 잡았다. 물론 입시를 위한 공부도 공부다. 하지만 그게 공부의 전부가 될 수는 없다. 살면서 마주치는 다양한 문제에 호기심을 갖고 꼬리에 꼬리를 무는 의문을 풀기 위해 깊이 있게 파고드는 것도 공부이기 때문이다.

범위를 이렇게 잡고 나면 책 쓰기만큼 좋은 공부도 없다. 책을 쓰려면 늘 무언가에 대해 호기심을 가져야 하기 때문이다. 또 익숙한 것도 낯설게 보고 스스로 던진 질문에 대한 답을 찾아야 하기 때문이다. 주목해야 할 점은 이 속에서 생각하는 힘이 쑥쑥 자란다는 점이다.

둘째, 학생부종합전형을 통해 대학에 가고자 한다면 책 쓰기는 진학에 도움이 된다. 잠시 생각해 보자. 입학사정관은 어떤 학생을 좋아할까? 학업 적성이 뛰어난 학생이다. 그러면 어떤 학생이 학업 적성이 뛰어난 학생인가? 지적호기심이 많은 학생, 과제집착력이 뛰어나고 열정적인 학생이다. 여기에 명확한 진로 인식과 더불어 사는 공동체의식까지 갖추고 있다면 금상첨화다.

그렇다면 자신의 이런 자질들을 가장 잘 보여줄 수 있는 장치는 뭘까? 나는 책 쓰기라고 답하겠다. 책을 쓰려면 평범한 것 속에서도 의문을 발견할 수 있어야 하기 때문이다. 나아가 사소한 의문을 구체적으로 발전시켜야 하며, 잘 풀리지 않는 문제가 있다면 그걸 풀기 위해 고민하고 자료도 수없이 찾아봐야 하기 때문이다. 이런 과정을 통해 끊임없이 자신의 지적 경계를 넓혀 가는 학생, 책 쓰기를 통해 자신의 정체성과 공동체에 대한 관심까지 보여주는 학생이라면 입학사정관의 눈에 충분히 매력적으로 보이지 않을까?

물론 책을 썼다고 해서 출간 사실 자체를 학생부에 적을 수는 없다. 하지만 책을 쓰기 위해 노력한 과정은 동아리 활동 특기사항 기재란 등에 기록할 수 있다. 그것만으로도 자신의 빛나는 가능성을 보여주기에 충분하지 않을까?

셋째, 책 쓰기는 미래 사회에 대비하는 측면에서도 좋다. 지금의 10대가 주역이 될 사회는 인공지능(AI)과 로봇의 등장으로 인해 수많은 일자리가 기계로 대체될 거라고들 한다. 그 같은 사회에 대비하기 위해 가장 먼저 갖추어야 할 능력은 뭘까? 싱귤래리티 허브의 인공지능 및 로봇공학 부분 공동의장인 닐 야콥스타인(Neil Jacobstein)은 '올바른 질문을 할 수 있는 능력'이야말로 미래를 준비하기 위해 갖추어야 할 가장 중요한 기술이라고 말했다.[3]

그의 말을 토대로 생각해 보면 책 쓰기야말로 미래 경쟁력을 갖추는 데 매우 중요한 활동임을 알 수 있다. 책 쓰기를 통해 비판적이고 창조적인 사고력을 기를 수 있기 때문이다. 따라서 바쁜 10대라 하더라도 책 쓰기 자체가 사치이거나 낭비일 수는 없다.

## 누구나 할 수 있는
## 책 쓰기

나는 기계치다. 뜬금없이 뭔 소리냐 하겠지만 사실이다. 그래서 핸드폰도 남들 모두 스마트폰으로 바꿀 때 홀로 2G 폰을 썼다. 새로운 기능을 익히는 게 귀찮아서였다. 물론 지금이야 스마트폰을 사용하지만 그마저도 얼마 되지 않았다.

그런 내게 다소 어울리지 않는 취미가 하나 있다. 앰프에 턴테이블과 스피커를 연결해 음악을 듣는 것이다. 앰프의 복잡한 단추와 연결 단자를 본 적 있는 사람이라면 잘 납득이 되지 않을 것이다. 스마트폰의 가장 기본적인 기능도 잘 모르는 사람이 음향기기를 다루다니.

그런 만큼 처음으로 앰프와 스피커, 각종 소스 기기류를 연결할 때

---

3  박영숙, 제롬 글렌, 《일자리 혁명 2030》, 비즈니스북스, 2017, 173쪽.

는 다소 힘들었다. 괜히 시작했나 하는 생각마저 들었다. 하지만 스피커로 음악을 듣고 싶은 마음이 너무 컸다. 그래서 이리저리 만져 보며 몇 번의 시행착오를 거쳤는데, 막상 연결해 놓고 보니 생각보다 별것 없었다. 게다가 혹시라도 중간에 폭발하면 어쩌나 하는 걱정과 달리 앰프와 스피커는 꽤 근사한 소리를 들려주었다. 지금도 나의 빈 시간을 채워주는 음악과의 만남은 그렇게 시작되었다.

책 쓰기도 다르지 않다. 누군가는 말한다. 책은 아무나 쓰는 게 아니라고. 과연 그럴까? 나는 아니라고 본다. 물론 책은 아무나 쓰는 게 아니라는 말을 믿는 사람에게 그 말은 참일지도 모른다. 하지만 딱 거기까지다. 그런 말 따위는 신경 쓰지 말고 한번 써 보라. 생각보다 책 쓰기가 별것 아니라는 걸 깨닫게 될 것이다. 혼자서 한 권 쓰기가 부담스럽다면 마음 맞는 친구 몇 명과 어울려 같이 책 한 권 쓰는 방법도 있다. 또 책을 쓰는 구체적인 절차를 모르겠다면 이 책을 참고해 보면 된다. 그러니 써 보라. 한 꼭지 한 꼭지 글을 쓰다 보면 책 쓰기가 생각보다 재미있고 가치 있는 놀이임을 알게 될 것이다.

책 쓰기를 위한
꾸러미 하나

## 덕질, 누구나 한 번쯤은
## 덕후가 된다

'계절의 봄처럼 짧았던, 가장 행복했던 시절을 찾아 떠난 이야기'라는 소개와 함께 내게 깊은 울림을 준 드라마가 있다. 한동안 우리 사회를 복고 열풍에 빠트렸던 드라마 〈응답하라〉 시리즈다. 마치 낡은 사진 속으로 걸어 들어가는 듯한 느낌, 그 따뜻한 아날로그 감성이 좋아 무척 즐겨봤던 기억이 있다.

드라마는 높았던 시청률만큼이나 매력적인 캐릭터로 가득하다. 하지만 여기서 이야기할 인물은 단 둘이다. 하나는 〈응답하라 1988〉에 나오는 정봉이다. 대입 학력고사 6수생, 배우고 싶은 것도 하고 싶은 것도 많은 그는 우표 수집, 오락실 게임, LP에 빠져 산다. 이른바 덕후다. 편지 봉투에 붙은 우표를 떼느라 헤어드라이어까지 동원하며 온 정성을 쏟는 그를 보면 '진정한 덕후의 모습이란 저런 거구나'

싫은 생각마저 들 정도다.

또 다른 인물은 〈응답하라 1997〉의 주인공 시원이다. 그녀는 서른세 살의 예능 작가이자 보통의 여자로 그려진다. 하지만 한때 열여덟 순정을 아이돌 그룹 HOT 토니에게 모두 바친 아이돌 빠순이 1세대이기도 했다. 자나 깨나 토니밖에 몰랐던 시원이를 보다 보면 문득 한 가지 의문이 들게 된다. 공부도 꼴찌였고 club HOT 팬클럽 활동으로 온통 시간을 보내버린 그녀는, 도대체 어떻게 방송국 작가가 될 수 있었던 것일까?

## 덕질,
## 쓸거리의 보물창고

비밀은 팬픽에 있었다. 라디오에 사연을 보내기만 하면 전국구로 소개되곤 했던 시원. 그녀는 온라인에서 팬픽 작가로 활동한 이력을 바탕으로 예능 작가가 된 것이다. 이쯤 되면 여러분도 감 잡았을 것이다. 이 둘을 통해 알 수 있는 건 뭘까? 세상엔 덕후가 많고 덕질거리도 넘쳐나며, 결정적으로 덕질은 책 쓰기에 더없이 좋은 취미라는 것이다. 왜 그런가? 세 가지 이유를 들 수 있다.

첫째, 덕질이라는 분명한 쓸거리가 있기 때문이다. 생각해 보자. 정봉이는 왜 우표 수집에 빠졌을까? 또 시원이는 왜 그토록 HOT에 열광했던 것일까? 비슷한 시대에 살았던 나는 우표 수집이나 HOT에 별 관심도 없었는데 말이다. 이유는 명확하다. 나는 찾지 못했던 우표 수집이나 HOT만의 빛나는 가치와 매력을 알아봤기 때문이다. 나아가 그 반짝임이 그들을 매혹시켰기 때문이다. 정봉이가 어머니의 눈총을 받으면서도 우표를 모으고 시원이가 밤을 새워가며 팬픽을 썼던 이유다. 따라서 바로 이 지점에서 한 가지 짚어두어야겠다. 나는 알지만 남들은 잘 모르는 무언가의 빛나는 매력, 그것만큼 근사한 쓸거리는 없다는 것을. 더불어 그와 같은 쓸거리야말로 책 쓰기의 가장 중요한 출발점이라는 것을 말이다.

둘째, 덕질에서는 쓸거리가 끝도 없이 샘솟기 때문이다. 1990년대의 시원이가 HOT에 열광했다면 지금의 10대는 BTS에 열광한다. 그렇다면 과거 시원이가 그러했듯 BTS 팬클럽인 지금의 10대 아미 또한 BTS에 대해 할 말이 많지 않을까?

실제로 언젠가 BTS의 열혈 팬임을 자처하는 학생과 이야기를 나눈 적이 있다. 도대체 BTS의 어디가 그렇게 좋은지 물어보았다. 그러자 그 학생은 기다렸다는 듯 말을 쏟아내기 시작했다. BTS 음악 특유의 위로를 주는 가사와 매혹적인 멜로디, 멋진 외모에 딱딱 맞아떨어지는 칼군무, BTS만의 소통력에서 선한 영향력에 이르기까지 이야기는 끝없이 쏟아졌고 길게 길게 이어졌다.

책 쓰기라는 게 거창한 것 같지만 알고 보면 별것 아니다. 우표 덕후라면 우표 수집의 재미나 가치에 대해, 아이돌 덕후라면 자기가 사랑하는 아이돌의 찬란한 매력에 대해 한 꼭지 한 꼭지씩 이야기를 풀어나가고 그 이야기를 묶으면 그게 바로 책이 되는 것이다. 예컨대 역사학을 전공했던 김현경 작가는 BTS 음악의 가사로 심리학에 대해 이야기하는 책[4]을 출간하기도 했다. BTS 덕후가 아니었다면 이런 책 쓰기는 아마 시도조차 못했을 것이다.

셋째, 좋아하는 것과 함께할 때 책 쓰기는 놀이의 도구이자 놀이 그 자체가 되기 때문이다. 때때로 나는 '학생들이 쓰기를 놀이처럼 즐기는 세상'을 꿈꾸곤 한다. 하지만 현실은 글쓰기를 좋아하지 않는 학생이 좋아하는 학생보다 훨씬 더 많다.

그렇다면 학생들은 왜 쓰기를 좋아하지 않는 것일까? 결정적 이유 중 하나는 지금까지의 쓰기가 수행평가나 학예 행사의 하나로 이루어져 왔기 때문이 아닐까 싶다. 이것의 문제는 뭘까? 주제와 쓸거리가 학생의 관심사와 무관하게 정해진다는 점이다. 따라서 좋은 결과를 얻기 위해 학생은 자신이 아닌 선생님을 만족시키는 글을 써야 한다. 좋아서 쓰는 글이 아니라 억지로 쓰는 글이 되고 만 것이다. 이런 글쓰기가 재미있을 리 없다.

하지만 앞서 소개한 〈응답하라 1997〉의 시원이는 어땠는가? 그녀는 선생님이 아닌 자신을 위해, 자신의 글을 읽고 싶어 하는 또 다른 HOT 팬들을 위해 썼다. 그것도 자기가 너무나 좋아하는 HOT 멤버를 대상으로 해서 말이다. 이런 시원이에게 팬픽 쓰기는 그야말로 재

---

4  김현경, 《BTS 덕분에 시작하는 청소년 심리학 수업: 가사를 뜯어보니 심리학이 있네》, 명진서가, 2020.

미있는 놀이가 아니었을까? 나아가 이것이야말로 부모님이 강요하지 않아도, 선생님이 싫어해도 밤을 새워가며 글을 썼던 이유가 아닐까? 그렇다면 우리의 책 쓰기도 마땅히 이러해야 하지 않을까?

## 덕질로 시작하는
## 책 쓰기

지금까지 책 쓰기라 하면 나와는 거리가 먼 것으로 여겼을지도 모르겠다. 하지만 이 또한 편견에 불과하다. 덕질로 시작하면 책 쓰기라 해서 특별히 대단할 게 없기 때문이다.

잠깐 짬을 내 주위의 책을 살펴보자. 소설책도 좋고 주식 투자를 다룬 재테크 서적도 좋다. 심리나 사회·역사·과학 분야의 교양서도 괜찮고, 요리나 여행서같이 취미와 관련된 것도 상관없다. 그리고 생각해 보자. 해당 책의 저자는 어떤 사람이었을까?

결론은 명확하다. 비록 분야는 다를지라도 책을 쓴 모든 저자는 무언가의 덕후였다. 책은 덕질의 결과물이고 말이다. 따라서 소설은 소설 덕후, 역사책은 역사 덕후, 요리책은 요리 덕후가 자신의 덕질에 대해 쓴 결과물로 봐야 한다.

짚어야 할 점은 그 덕질의 대상이 굳이 거창하거나 고상할 필요는 없다는 것이다. 다른 사람에게 피해 주는 것만 아니라면 모든 덕질은 평등하다. 따라서 책 쓰기를 위한 우리의 덕질도, 그 결과물인 책도 평등할 수밖에 없다. 게임을 좋아하는가? 게임에 대해 쓰면 된다.

애니메이션을 좋아하는가? 애니메이션에 대해 쓰면 된다. 마찬가지로 음악을 좋아하면 음악, 다이어트에 몰두하고 있다면 다이어트, 영화나 드라마에 빠져 있다면 영화나 드라마에 대한 책을 쓰면 된다. 핵심은 책 쓰기란 특별한 소수만이 할 수 있다는 편견을 버리는 것이다. 그리고 자신이 매혹된 것에 대해 친구에게 수다 떨듯 쓰는 것이다. 이렇게만 해 보라. 시작하기가 어려워 그렇지 막상 써 보면 책 쓰기도 생각보다 별것 아니란 걸 알게 될 것이다. '덕질'이라는 커다란 이야기 꾸러미가 우리 곁에 있기에 가능한 일이다.

## 그래도
## 아직 좋아하는 게 없다면

내게는 변치 않는 믿음 하나가 있다. 우리 모두는 무언가의 덕후이거나 잠재적 덕후라는 믿음이다. 그러므로 지금 자신이 무언가의 덕후라면 더할 나위 없이 좋다. 책 쓰기의 가장 소중한 자산을 가졌기 때문이다. 하지만 덕후라 할 만큼 깊이 좋아하는 게 없다면? 그래도 괜찮다. 머지않아 자신을 매혹시킬 무언가가 나타날 것이기 때문이다.

세상에는 사람들이 좋아하는 수천만 가지의 덕질거리가 존재한다. 그중 나를 매혹시킬 만한 것 하나 없을 리 없다. 따라서 아직도 자기가 좋아하는 게 없다면 그건 좋아하는 게 없는 것이 아니라 아직 찾지 못한 것일 뿐이다. 그러니 지금이라도 찾아보자. 내가 좋아하게 될 그것이야말로 책 쓰기를 위한 가장 든든한 밑천이 될 테니 말이다.

## 덕질과 함께하는
## 책 쓰기 프로젝트

학생 저자의 책 일부를 소개한다. 이 학생은 인문학 덕후다. '인문학의 종말'이라는 단어가 낯설지 않게 된 현실이지만 '그렇게나 흥미롭고, 가슴 뛰게 하고, 호기심을 자아내는 인문학이 사라지는 일은 결코 없으리라'는 믿음 아래 인문학 에세이집을 썼다. 오른쪽 글의 내용은 그중 '친부 살해의 전통을 넘어 세상을 바꾸는 방식'에 대해 서술한 것이다. 여러분도 자신의 덕질을 활용해 이런 방식으로 책을 한 권 써 보면 어떨까?

# 아빠의 패션은 구닥다리여도
# 할아버지의 패션은 힙하다

## 파트로크토니아, 친부 살해의 전통

함안고 양윤영

'아빠의 패션은 구닥다리여도, 할아버지의 패션은 힙하다'라는 말이 있다. 돌고 도는 패션 세계를 설명하는 데에 이보다 좋은 말은 없을 것이다. 하지만 내 이목은 영 다른 곳에 쏠렸다. 왜 할아버지의 패션일까? 아빠의 패션도 돌고 도는 패션 세계를 설명하기 위해서 충분한 것 아닌가? 왜 그럴까?

이런 현상은 단순히 패션에만 국한되는 것이 아니다. 아래는 시니어 모델에 열광하는 MZ세대를 다룬 기사다.

> 지그재그는 MZ세대(밀레니얼+Z세대, 1981~2010년생)를 주축으로 하는 패션 거래 플랫폼이다. 20~30대를 타깃으로 하는 플랫폼이 1947년생으로 올해 75세인 '시니어 모델'을 기용한 것은 이례적이었다. 결과는 대성공이었다.
>
> 바일 리서치 오픈서베이 'MZ세대 패션 앱 트렌드 리포트 2021'에 따르면 전국 15~39세 남녀 2,000명을 대상으로 온라인 설문조사를 한 결과, 응답자 74.0%가 지그재그의 윤여정 모델 발탁은 앱의 이미지 변화 및 구입 의향에 긍정적인 영향을 끼쳤다고 답했다. *
>
> 홍재승 제일기획 크리에이티브 디렉터는 "시니어 모델은 MZ세대에

---

\* 유지연, '꼰대 4050보다 낫다, 7080 할매할배에 열광한 MZ세대 왜', 〈중앙일보〉, 2021년 4월 30일자 기사.

게 낯선 재미를 주는 효과가 있다"며 "특히 윤여정 씨처럼 꼰대스럽지 않은 캐릭터를 가지고 있는 시니어 모델은 전 세대의 공감과 지지를 받을 수 있어 광고 모델로 인기가 높아지는 추세"라고 했다.**

그렇다면 그 이유는 무엇일까?

곽금주 서울대 심리학과 교수는 "MZ세대들이 바로 윗세대인 4050세대에 대해 가진 반감에 대한 반작용으로 그 윗세대인 6070에 호감을 갖는 것"이라 말했다. 20대들에겐 부모님이나 직장 상사로 매일 마주하는 4050 기성세대가 "라떼는 말이야"를 외치는 '꼰대'로 비칠 수 있지만, 직접 부딪히는 연령대가 아닌 노년층은 아예 관계성 밖으로 나가 있는 이상적 존재라는 얘기다.***

꽤 설득력 있는 주장이다. 왜냐하면 기성세대에 대한 젊은 세대의 반발은 그리 드문 일이 아니기 때문이다.

그리스 로마 신화를 떠올려 보자. 카오스 상태에서 대지의 신이자 만물의 어머니, 창조의 신인 가이아가 태어난다. 가이아는 하늘의 신 우라노스를 낳는다. 이후 우라노스는 어머니 가이아를 밀어내고 권력을 차지한다. 그의 아들 크로노스는 우라노스를 거세해 몰아내고, 크로노스의 아들 제우스는 지하세계 타르타로스로 제 아버지를 몰아낸다. 그리스 로마 신화에서 신들의 권력 계승은, 자식들이 아버지를 몰아내는 역사다.

파트로크토니아(patroktonia). 친부 살해의 전통. 젊은 세대와 기성세대의 갈등. 이것이 역사의 본질이다.

우라노스는 어머니 뱃속에 자식을 가뒀고, 크로노스는 자식을 집어삼켜 뱃

---

** 이숙영, '패션업계, 액티브 '시니어 모델' 속속 기용… MZ세대에 색다름·새로움 가치 부여', 〈뉴스웍스〉, 2021년 5월 25일자 기사.
*** 유지연, '꼰대 4050보다 낫다, 7080 할매할배에 열광한 MZ세대 왜', 〈중앙일보〉, 2021년 4월 30일자 기사.

속에 가뒀다. 기성세대는 계속하여 젊은 세대를 자신의 틀에 가두려고 한다. 새 시대는 틀을 깨야만 비로소 열린다. 파트로크토니아는 젊은 세대에게 틀을 깰 수 있는 용기와 희망을 전해 준다. ****

이런 관점에서 기사를 다시 보면, '시니어 세대에 대한 환호'는 기성세대의 틀을 깨려고 하는, 일종의 '파트로크토니아'가 될 수 있다.

하지만 이게 과연 '바람직한 파트로크토니아'일까? 기사를 곰곰이 읽어보면, 기사에서 전제로 깔고 있는 게 하나 있다. 바로 '4050 기성세대＝꼰대'라는 것이다. 시니어 모델의 열풍을 설명하기 위해 사오십대를 모조리 꼰대로 전락시키는 것. 그것이 세상을 더 나은 방향으로 이끌 수 있을까? 나는 의문이다.

파트로크토니아는 우리에게 틀을 깰 수 있는 용기와 희망을 전해 준다. 하지만 틀을 깨라고 해서 꼭 누군가를 살해할 필요는 없다. 우리는 남을 해하거나 비난하지 않아도 충분히 틀을 깰 수 있다. 새로운 세상을 만들어 가는 방식이 시니어 모델을 환영하는 것일 수는 있어도, 특정 세대를 모두 꼰대로 만드는 것이어서는 안 된다.

자신을 잡아 삼킨 세계를 살해하는 것, 그건 신화에서나 쓰이는 방법이다. 우리는 현실에서의 역사를 바꾸는 방법이 신화의 방식과 다름을 알고 있다. 그건 그렇게 극적인 것이 아니다. 알고, 말하고, 행동하는 것. 그것으로 우리는 조금씩 세상을 바꾸어 간다. 그리고 지금도 우리는, 비록 크지 않지만 꾸준히 미미한 역사를 써내려가고 있다. 그 미미한 역사는 일상 속에 조그마한 변화를 가져다준다. 그렇게 세상이 바뀌어 가고 있다.

나는 틀을 깰 수 있는 용기와 희망이, 시니어 모델의 열풍을 설명하기 위해

---

**** 김헌, '신화는 어떻게 권력을 만들었나.', 〈차이나는 클라스: 질문 있습니다〉, JTBC.

사오십대를 모조리 꼰대로 전락시키는 것보다 더 큰 일을 할 수 있다고 믿는다. 누군가를 해하거나 비난하지 않아도 충분히 틀을 깰 수 있다고 믿는다. 그리고 이 모든 것들이, 우리의 일상을 바꿔나가는 그 미미한 역사들을 통해 이뤄질 수 있다고 믿는다.

책 쓰기를 위한

꾸러미 둘

# 꿈을 향한 첫걸음,
# 진로 탐색

어쩌다 책을 읽고 싶다는 아들에게 서머싯 몸(W. Somerset Maugham)의 소설 《달과 6펜스(The Moon and Sixpence)》를 소개해 준 적이 있다. 소설적 재미도 뛰어나지만 한창 꿈과 현실 사이에서 고민이 깊을 때라 읽어 두면 도움이 되지 않을까 싶어서였다.

간혹 이 소설과 관련해 이런 말을 듣곤 한다. '달에 집착하면 미치광이가 되고 6펜스에 집착하면 짐승이 된다.' 무슨 뜻일까? '달과 6펜스'를 '이상과 현실'의 관계로 본다면, '우리가 꾸는 꿈과 현실 사이에는 적당한 균형이 필요하다'는 말 정도로 해석할 수 있을 것이다.

이 말을 되새기다 보면 그나마 꿈이 있는 경우는 다행이라는 생각이 든다. 비록 낭만적이라 할지라도 그 꿈을 현실에서 실현 가능한 형태로 만들면 되기 때문이다. 문제는 그런 꿈마저도 없는 경우다.

## 꿈을 찾아가는 첫걸음,
## 자기 이해

학생과 상담을 하다 보면, 딱히 하고 싶은 게 없다거나 하기 싫은 공부를 억지로 하다 보니 성적도 오르지 않고, 그러다 보니 공부가 더하기 싫어져 고민이라는 말을 들을 때가 있다. 그런가 하면 성적은 인문 계열 교과 쪽이 잘 나오지만 취업에 유리한 건 이과 계열이라 고민이라는 경우도 더러 있었다. 언뜻 보기엔 성적 부진이나 공부가 하기 싫은 게 문제인 것 같다. 하지만 따지고 보면 자신의 진로를 찾지 못했기에 생긴 혼란이 문제의 핵심인 경우가 많다.

이처럼 명확한 진로를 찾지 못해 고민하는 학생에게 해 주고 싶은 말이 있다. 우선 그와 같은 혼란은 누구나 겪는 일 중 하나라는 점이다. 진로 선택을 위한 경험 자체가 적었던 10대라면 더할 수밖에 없고 말이다. 사실 흔들리지 않는 삶의 방향을 잡는 것은 어른에게도 쉽지 않은 일이다. 또 진로에 대한 생각은 대학에 입학한 뒤에도, 심지어는 사회생활 중에도 바뀌곤 한다. 다양한 경험을 하다 보면 삶을 바라보는 눈이 깊어지기에 생기는 일이다.

그렇다고 해서 지금 하는 진로 탐색이 의미 없다는 말은 아니다. 진로 탐색을 위한 노력은 언제나 소중하다. 통계에 따르면 우리나라에 있는 직업의 수는 1만 6천여 개에 이른다. 하지만 학생과 학부모가 알고 있는 직업의 수는 얼마 되지 않고 그러다 보니 모두 비슷한 직업을 선택하려 해 문제가 생긴다고 한다.[5] 이 말이 맞다면 그처럼 많은 직업 가운데 내가 좋아하게 되거나 잘할 수 있는 일 하나가 없을 리 없다. 미처 발견하지 못했을 뿐이다. 그렇다면 지금 당장 해야 할 일은 뭘까? '내게 딱 맞는 그것'을 찾기 위해 노력하는 게 아닐까?

결정적으로, 원하는 진로를 찾기 위해서는 무엇보다 먼저 자기 자신에 대한 이해가 이루어져야 한다. 이를 위해 다음과 같은 질문을 스스로에게 던져보는 것도 좋다.

- 나는 무엇을 하며 살고 싶은가?
- 내가 가치 있게 생각하는 것은 무엇인가?
- 나도 모르게 자주 하고 있는 일은 무엇인가?
- 나는 무엇을 할 때 즐거운가?
- 오랫동안 집중해서 할 수 있는 일은 무엇인가?

여기서 중요한 포인트는 질문에 대한 답을 글로 써 보는 것이다. 막연한 생각은 글로 표현될 때 비로소 손에 잡힐 만큼 구체화되기 때문이다. 나아가 진로 탐색이 책 쓰기와 연결되면 더 큰 시너지 효과를 일으킬 수 있다. 그러면 이제 책 쓰기를 위한 두 번째 꾸러미, 진로 탐색을 책 쓰기 프로젝트와 연결 짓는 방법 몇 가지를 살펴보겠다.

---

5   곽충훈 외, 《어? 진로를 잡으니 학종이 보이네!》, 애플씨북스, 2020, 154-158쪽.

진로 찾기를 위해 추천하는 것 중 하나는 다양한 경험을 쌓는 것이다. 하지만 현실적으로 학생들이 체험할 수 있는 직접 경험에는 한계가 있을 수밖에 없다. 그렇다면 풍부한 간접 체험 또한 좋은 대안이된다. 여기서는 간접 경험을 책 쓰기로 연결하는 방법 두 가지를 소개한다.

## 명작으로 시작하는 진로 탐색 책 쓰기

명작이란 '이름이 널리 알려진 훌륭한 작품'을 일컫는 말이다. 그러면 어떤 작품이 명작일까? 삶에 대한 치열한 고민과 통찰을 담은 작품, 깊은 울림을 주어 우리가 편견에서 벗어나도록 돕는 작품, 그래서 오랜 시간이 지나도 빛나는 가치를 잃지 않는 작품이 아닐까 싶다. 내가 좋아하는 작가 프란츠 카프카(Franz Kafka)식으로 말하자면, '머리에 일격을 가하고, 내면의 얼어붙은 바다를 깨는'[6] 작품쯤 될 것이다.

  명작을 통한 진로 탐색 책 쓰기는 다양한 작품을 통해 진로를 탐색하고 그 결과를 책 쓰기로 연결하는 방법이다. 아직 자신의 진로가 분명하게 정해지지 않았다면 명작을 통해 세상을 바라보는 방법을 배우고 삶에 대해 고민하는 시간을 가지는 것도 좋다. 다만 명작이라 해서 굳이 책만 고집할 필요는 없다. 영화나 음악, 그림이나 사진 등

---

6  류대성, 《책숲에서 길을 찾다》, 휴머니스트, 2018, 5쪽.

다양한 갈래의 작품을 두루 접하는 게 좋다. 핵심은 관심 가는 작품을 통해 스스로에 대해 이해하고 세상에 대한 앎과 깨달음의 경계를 넓혀 가는 것이다. 가능성으로 가득한 청소년기에 명작을 통해 가치 있는 삶, 행복한 삶, 살고 싶은 삶에 대해 생각하다 보면 자연스레 자신의 진로도 모습을 드러내게 될 것이다. 작품을 마주하면서 자신과 세계에 대해 떠오르는 생각을 메모한 뒤 한 꼭지 한 꼭지씩 글을 써 보자. 그러다 보면 한 권의 책도 자연스레 나올 것이다.

### 도서관에서 시작하는 진로 탐색 책 쓰기

진로에 대한 고민은 자신의 미래에 대해 스스로 던지는 질문과 함께 시작된다. 따라서 답도 자신 안에서 찾는 게 기본이다. 하지만 그게 쉽지 않을 때가 많다. 세상은 넓고 할 일도 많다지만 정작 그 세상에 무슨 일들이 있는지, 그 속에서 내가 좋아하고 잘할 수 있는 일에는 어떤 것이 있는지 알 수 없기 때문이다. 따라서 이에 대해 알려면 정보를 찾아야 한다. 그러면 세상의 온갖 삶에 대한 정보가 한곳에 모여 있는 곳은 어디일까? 바로 도서관이다.

소설가 앙드레 지드(Andre Gide)는 '한 권의 책을 읽는 것은 저자와 함께 온 세상을 여행하는 것과 같다'고 했다. 그렇다면 도서관이야말로 전문 지식을 갖춘 수천 수만의 저자들이 우리와 함께 여행을 떠나기 위해 기다리고 있는, 진로 탐색을 위한 최적의 공간이 아닐까?

하지만 학교의 현실을 보면 진로 탐색을 위해 도서관을 찾는 학생은 생각보다 많지 않다. 그래서였을까? 진로상담 전문가인 김상호 작가는 '도서관은 가장 훌륭한 직업체험관임에도 진로 탐색에서 미흡하게 활용되고 있다'며 안타까워한다. 나도 그의 생각에 동의한다. 그래서 그의 조언을 토대로 도서관을 활용한 진로 탐색 방법을 소개하려 한다. 핵심은 '다양한 주제들이 즐비한 책꽂이 사이를 산책하다 보면 자연스럽게 자신의 흥미 분야를 발견하게 되고, 또 자신이 미래에 무엇을 해야 할지, 어떠한 것에 가치를 두어야 할지 알게 된다는 것'이다.[7]

이 글을 읽는 여러분도 한번 시도해 봤으면 좋겠다.

- 먼저 학교 도서관부터 적극적으로 활용한다. 요즘엔 학교 도서관도 다양한 종류의 좋은 책을 구비해 두고 있다. 게다가 접근하기도 쉬우니 금상첨화다. 범위를 넓히고 싶다면 시립도서관이나 구립도서관을 활용하는 것도 좋다.
- 가게에서 옷을 고르듯 서가 사이를 산책하며 눈길 가는 책을 골라본다. 이왕이면 쉽고 재미있는 게 좋다.
- 선택한 책의 분야와 제목을 메모한다. 의식적이건 무의식적이건 우리가 끌린 데는 이유가 있다. 책들을 두고 자신이 그것에 끌린 이유를 곰곰이 생각하다 보면 가고 싶은 길이 보일 수도 있을 것이다.

7    김상호, 《김상호의 10대를 위한 진로 특강》, 노란우산, 2017, 144-147쪽.

다만 명심하자. 우리의 목표는 진로 탐색으로 끝나는 것이 아니다. 진로 탐색을 활용해 책을 쓰는 것이 우리의 지향점이다. 그러면 어떻게 해야 할까? 간단하다. 진로 탐색 과정에서 읽었던 책에 대해 쓰면 된다. 마음에 와닿는 구절을 메모해 두었다가 그것에 대한 자신의 생각을 글로 써도 되고, 독후 감상문이나 서평을 써도 된다. 또는 관심 가는 주제가 생기면 그 주제와 관련지어 궁금한 것에 대해 질문을 던진 뒤 그 해답을 찾아가는 과정을 글로 적어도 좋다. 정해진 방법은 없다. 자신의 입맛대로 쓰면 된다. 중요한 것은 책을 통해 자신을 돌아보는 것이고, 진로를 탐색하는 것이며, 그것을 통해 책을 쓰는 것이다.

## 이루고 싶은 분명한 꿈이 있다면

참 다행이다. 목표가 선명하다면 계획을 잘 세운 뒤 그 꿈을 향해 뚜벅뚜벅 걸어가면 되기 때문이다. 하지만 짚어야 할 건 있다. 꿈이 있다는 것과 그 꿈이 얼마나 구체적인지, 자신이 그 꿈에 대해 얼마나 잘 알고 있는지 하는 것은 별개의 문제다. 따라서 꿈이 있다면 그 꿈에 대해 더 알아가는 작업이 필요하다. 이 과정에서 꿈이 더 단단해질 수도 혹은 그 꿈이 애초 자신의 생각과 달랐다면 다른 꿈을 찾아볼 수도 있기 때문이다. 두 가지 방법을 소개한다.

## 서평 책 쓰기

서평이란 말 그대로 책에 대해 평가한 글이다. 독후 감상문과 비교하면 좀 더 객관적이다. 평가에는 타당한 근거가 따라야 해서 그렇다.

학교 생활을 하다 보면 과제로든 아니면 다른 이유로든 진로와 관련된 책을 읽을 수밖에 없다. 그러므로 좀 더 적극적으로 책을 찾아 읽고 그걸 바탕으로 책까지 쓰면 그야말로 일석이조다. 실제로 책 쓰기 동아리 학생 중 몇 명은 서평 책 쓰기에 도전했다. 진로 공부가 책 쓰기로 연결되니 시간을 따로 들이지 않고도 글을 쓸 수 있어 좋다는 반응이 많았다.

진로 관련 서평을 쓰는 방법은 간단하다. 일단 진로와 관련해 끌리는 책을 고른다. 진로가 심리학 쪽이라면 심리학 분야, 생명과학 쪽이라면 생명과학 분야의 책을 선택하면 된다. 평소 책 읽기를 즐기지 않았다면 어려운 책보다는 쉽고 재미있는 책부터 읽는 게 좋다. 좀 더 전문적이고 어려운 책은 나중에 범위를 넓혀 가며 읽으면 된다.

서평의 내용은 대략 '책 소개'와 '평가'로 나뉜다. 좀 더 구체적으로, '책 소개' 부분에서는 핵심 내용 요약 및 분석, 인상 깊은 구절, 작가 소개나 책이 출판된 배경 등에 대해 쓰면 된다. 그리고 '평가'와 관련해서는 책에 대한 평가, 새롭게 배운 점, 추천 사유 중 적당한 것을 골라 적으면 된다. 하지만 딱히 정해진 틀은 없다. 그러니 적고 싶은 대로 적으면 된다. 포인트는 진로와 관련지어 책을 읽는다는 것이고 그걸 토대로 글을 쓰는 것이다. 이 속에서 생각도 자라고 자신이 공부하고 싶은 분야에 대한 이해도 자란다.

일단 읽고 싶었던 책의 목록부터 만들어 보라. 그리고 미션을 수행하듯 책 한 권에 서평 한 편을 써 보라. 그 재미가 쏠쏠할 것이다. 글을 좀 더 잘 쓰고 싶다면 서평 쓰기를 다룬 책이 시중에 여러 권 나와 있으니 구해서 참고하면 된다.

## 에세이 책 쓰기

책 자체보다는 하나의 주제를 중심으로 이야기를 풀어가고 싶다면 에세이 쓰기도 고려해 볼 만하다. 에세이는 가치 있는 삶의 알맹이를 담은 글이다. 나아가 엄격한 형식에 얽매이지 않아 누구나 쉽고 재미있게 쓸 수 있는 글이다. 따라서 자신의 진로와 관련해 하고 싶은 이야기를 편하게 풀어나가고 싶다면 에세이 쓰기만큼 좋은 것도 없다. 이 때문이었을까? 책 쓰기 프로젝트에 참여했던 학생 중 대부분은 에세이 책 쓰기에 도전했다.

예컨대 역사학과에 진학하려던 한 학생은 흰색에 담긴 우리 겨레의 저항정신이나 조선 25대 왕 철종의 숨겨진 이야기, 남영동 대공분실의 야만성 등 역사와 관련해 사람들이 꼭 기억했으면 하는 이야기들을 흥미진진하게 풀어나갔다. 그런가 하면 경제학으로 진로를 잡은 학생은 다양한 경제 개념을 쉽게 풀어 쓴 에세이를, 심리학을 전공하려던 학생은 트라우마에 대한 글을 써나가기도 했다.

이들 모두는 자신의 미래 전공과 관련해 다양한 자료를 찾아 읽고 쓸거리를 발견한 뒤 에세이를 썼다는 공통점이 있다. 여러분도 이렇게 하면 된다. 마음을 끄는 책이나 영화 등 다양한 자료를 보며 진로에 대한 이해를 넓혀 보라. 그러다 문득 다른 사람과 나누고 싶은 '아하!' 하는 뭔가가 생길 때, 그때 글을 쓰면 된다.

## 알아두면 좋은 몇 가지

'진로 탐색 책 쓰기'는 자아실현으로 가는 징검다리다. 진로 탐색이란, 자기가 하고 싶은 일이 무엇인지 찾아보는 것이다. 나아가 자아실현을 위해 진정으로 되고 싶은 모습이 무엇인지 스스로에게 묻고 찾아가는 과정이기도 하다. 이 일을 잘하기 위해서는 무엇을 해야 할까? 많이 읽고 생각해야 한다. 책 쓰기는 여기에 분명 도움이 된다.

삶의 목적을 가치 있는 것으로 정하는 일도 중요하다. 자기가 좋아하고 잘하는 것으로 진로를 선택하겠지만, 진로로 삼고 그것을 위해 노력하다 보면 그 일을 잘하거나 좋아하게 되기도 한다. 따라서 이왕이면 가치 있는 일, 보람을 느낄 수 있는 일을 진로로 선택하는 게 좋다.

꼭 하나의 꿈만 고집할 필요는 없다. 살다 보면 꿈들이 부딪히는 상황도 있기 때문이다. 예컨대 내 꿈은 웹툰 작가지만 부모님은 내가 의사가 되기를 바라는 경우를 생각해 보자. 이때는 일단 의사가 된 뒤 웹툰을 그리는 것도 고려해 볼 수 있다. 웹툰의 주제가 자신이 몸담은 의료계와 관련된다면 시너지 효과 또한 기대할 수 있다. 꿈은 당장 이루어져야만 하는 게 아니다. 시간을 두고 준비하는 것이며 때로는 돌아가야 할 때도 있다.[8] 꿈의 실현에도 융통성이 필요한 것이다. 다만 이와 같은 유연함도 하고 싶은 것과 해야 할 것에 대한 깊은 고민과 이해가 있어야 가능하다. 진로 탐색 책 쓰기는 자기 자신과 진로에 대한 이해를 깊고 넓게 만들어 줄 것이다.

## 진로 탐색과 함께하는
## 책 쓰기 프로젝트

학생 저자의 책 일부를 소개한다. 이 학생은 심리학과에 진학하기를 희망했다. 그래서 관련 책들을 읽던 도중《미움받을 용기(기시미 이치로, 고가 후미타케 지음)》를 읽고 아들러 심리학에 푹 빠져들게 되었다. 이후 해당 책을 중심으로 각종 자료를 읽으며 떠올린 온갖 생각과 감정, 경험을 여러 꼭지로 나누어 독자와 공유하는 책을 썼다. 제시된 글은 그중 '첫 번째 밤'에 대한 이야기다. 진로 탐색이 책 쓰기로 이어진 좋은 사례 중 하나다.

---

8    앞의 책, 130-133쪽.

# 첫 번째 밤

함안고 김태연

이 책은 시작하기 전, 독자에게 간단히 '행복'을 언급한다. 세계는 단순하고 당장이라도 행복해지자고 마음먹으면 행복해질 수 있다고 주장하는 철학자, 세상은 혼돈과 모순으로만 가득 차 있다고 생각하는 청년, 이 둘의 첫 만남을 하나의 매개로써 말이다. 또한 인간은 누구나 세계를 주관적으로 바라본다고 이야기하며, '어쩌면 우리는 모두 선글라스를 낀 채로 세계를 바라보고 있는 것이 아닐까?'라는 독특한 물음을 던지기도 한다. 그리고 이는 모두 세계를 정면으로 바라볼 '용기'의 문제라며 아들러 심리학의 본질을 일부분 보여준다. 이를 통해 《미움받을 용기》의 작가는 독자에게 '아들러의 심리학이란 이러한 물음을 던지는 사상이야'라고 자신의 사상을 소개하고 있다.

첫 번째 밤은 '경험에 의해 자신이 결정되는가?', '인간은 변할 수 있는가?'라는 두 개의 큰 질문으로 이야기를 이끌어 나간다.

"어떠한 경험도 그 자체는 성공의 원인도 실패의 원인도 아니다. 우리는 경험을 통해서 받은 충격-즉 트라우마-으로 고통받는 것이 아니라, 경험 안에서 목적에 맞는 수단을 찾아낸다."

잠시 아들러 심리학이 트라우마에 대하여, 과거의 경험에 대하여 어떻게 바라보는지가 극명하게 드러나는 구절을 인용해 보았다. 이 구절은, 즉 인간이 과거의 원인에 의해 행동하는 것이 아니라 스스로 정한 목적을 향해 움직인다는 말을 표현한 것이다.

이해를 돕기 위해 한 아이가 과거의 트라우마로 밖을 나오지 못하는 상황을 가정해 보겠다. 아들러의 심리학은 그들만의 독특하고 새로운 관점으로 이 현상을 바라본다. '바깥에 나갈 수 없다'라는 목적이 먼저고, 그 목적을 달성하는 수단으로 불안과 공포 같은 감정을 지어낸다는 시각으로 말이다. 우리는 이를 기반으로 아들러의 사상이 '원인'에 초점을 맞추고 있는 것이 아니라 '목적'만을 바라본다고 볼 수 있다.

개인적으로 나는 아들러의 사상을 접하는 과정 중 이 부분이 가장 이해하기 어려웠다. '트라우마'라는 부분이 '우리 개개인이 굳게 닫고 있는 마음의 문을 두드리는 것'이자 '접근하기 어려운 부분'이라고 생각해왔기 때문이다. '두드린다'라고 조심스러운 표현을 쓴 이유는 누군가에겐 몹시 예민한 부분일 수도 있으며, 또 그 기억을 맞이할 준비가 완벽하게 되지 않은 상태로 그 생각에 잠길 때 혼란스러운 감정을 주체할 수 없을 수 있다는 것을 고려했기 때문이다.

그러나 또 다르게 생각해 보자면, 조심스러운 부분이기에, 무엇보다 예민한 영역이기 때문에 우리에게 큰 가치로 다가올 가능성이 높다. 자신의 트라우마를 직면할 기회가 온 것은 어쩌면 자신의 인생을 바꿀 수 있는 카드를 쥐게 된 것일 수도 있다. 그리고 우리는 아들러의 사상을 전하는 이 책의 여러 구절을 만나며 카드를 쥐고만 있는 것이 아니라 그 능력을 최대치로 활용할 수도 있다.

> "아니, 자네는 바꾸지 못하는 게 아니야. 인간은 언제든, 어떤 환경에 있든 변할 수 있어. 자네가 변하지 않는 것은, 스스로 '변하지 않겠다'라고 결심했기 때문이네."

위 구절에 대한 이해를 돕기 위해 청년의 말을 실어보았다.

"내가 변하지 않는 것은 다름 아닌 나 자신이 '변하지 않겠다'는 결심을 반복했기 때문이다, 나에게는 새로운 생활양식을 선택할 용기가 부족하다, 즉 '행복해질 용기'가 부족하다. 그래서 나는 불행한 것이다. 제가 말한 것 중 잘못 이해한 것이 있습니까?"

이제 위의 철학자가 말한 내용이 이해가 되지 않는가? 방금 인용한 청년의 말은 지금까지 철학자가 전한 아들러의 사상이 모두 함축되어 있다고 봐도 무방하다.

그렇다면 이를 기반으로 한 발짝 더 나아가 '생활양식을 바꿀 방법'에 대해 말해 보자. 아들러는 그 방법이 '만약 ~였더라면'이라는 핑계를 대지 않고 '스스로가 스스로인 채로 그저 생활양식을 고르는 것'이라고 말한다. 이는 "지금까지의 인생에 무슨 일이 있었든지 앞으로의 인생에는 아무런 영향도 없다"라고 말을 건네는 아들러의 '목적론'을 극명히 드러내 준다.

'스스로가 모든 걸 결정하고 바꿀 수 있으며, 과거의 일들은 현재의 일과 관계가 없다'라고 해석했지만 사실 아직도 아들러의 생각 전부를 이해했다고 자부하는 것은 아니다. 그러나 이렇게나 부족한 내가 그의 문장들에서 느끼고 해석한 이 말들은, 과거에 겪었던 사건들로 인해 현재와 미래의 자신을 한계짓지 않을 가능성을 열어줄 것이다.

덕질과 진로를 일치시키는
덕진일치

●

# 우리가 책을
# 써야 하는 이유

덕업일치란 말이 있다. 덕질과 직업이 일치한다는 뜻으로, 자신이 좋아하는 일을 직업으로 삼는 경우를 말한다. 영화를 좋아하다가 영화 전문 기자가 되었다거나, 게임을 즐기다 게임 개발자나 게임을 소개하는 유튜버가 된 사례 등이 여기에 속할 것이다.

　최근 들어 덕업일치가 많은 사람의 관심을 끌고 있다. 왜 그럴까? 자기가 좋아하는 일을 직업으로 삼으면 일하는 게 즐겁고 성공 가능성도 높아지기 때문이다.[9] 이를 뒷받침이라도 하듯, 일과 삶을 기계적으로 구분했던 '워라밸'을 넘어 일과 삶의 조화로 몰입을 강조하는 '워라블(work and life blending, 일과 삶의 혼합)'의 시대가 열렸다는 진단

---

9　류성, '좋아하는 일이 밥 먹여주는 시대, '덕업일치'하라!', 〈이데일리〉, 2019년 10월 26일자 기사.

마저 보인다.[10] 이쯤되면 덕업일치는 일과 삶의 관계를 고민하는 우리 모두의 화두가 됐다고 봐도 좋을 것이다.

## 워라블 시대의 책 쓰기

덕업일치는 우리의 책 쓰기 프로젝트에도 많은 시사점을 준다. 자신이 좋아하는 일을 직업으로 삼듯, 자기가 좋아하는 것을 진로로 정하고 그것으로 책까지 쓴다면? 책 쓰기 자체가 놀이이자 미래를 위한 가치 있는 준비가 되지 않을까?

더불어 덕업일치와 관련된 책 쓰기 사례도 주변에서 쉽게 찾을 수 있다. 예컨대 이준휘 작가는 애초 IT 전문가였다. 하지만 취미였던 여행을 업으로 삼아 전국의 섬과 휴양림을 찾아 떠돌다 10여 권이 넘는 여행 안내서를 쓴 인기 작가가 되었다.[11] 또 열네 살 때부터 빵순이였던 김보미 작가는 '먹는 빵순이'에서 '만드는 빵순이'가 되었고, 결국에는 디저트 카페를 창업하고 책까지 쓰기에 이르렀다.[12] 그런가 하면 그림을 좋아했으나 법대로 진학했던 이영욱 변호사는 돌고 돌아 만화로 법률을 그리는 '만화가 변호사'가 되기도 했다.[13]

10  오승준, "'워라밸' 넘어 '워라블' 시대⋯ 퇴사보다는 직무 바꿔 '덕업일치'를", 〈동아일보〉, 2022년 6월 14일 기사.

11  이한듬, '공돌이 출신 IT 전문가, 여행에 빠지다', 〈머니S〉, 2022년 5월 12일자 기사.

12  《난생처음 베이킹》 김보미 저자 인터뷰 자료, 〈채널예스〉, 2022년 6월 2일자 기사.

13  김정연, "그림 좋아했지만 법대 간 아이⋯ 돌고돌아 '만화가 변호사'", 〈중앙일보〉, 2022년 6월 6일자 기사.

이들의 공통점은 무엇인가? 덕질을 바탕으로 일을 찾고 그걸 통해 책까지 쓰는 게 가능하다는 것을 보여줬다는 점이다. 더불어 이들이 그 과정에서 느낀 행복감은 이러한 일이 충분히 가치 있는 것임을 증명한다.

물론 덕질은 덕질의 영역으로 남겨둬야 한다고 주장하는 이들도 있다. 덕질을 직업으로 삼는 순간, 더 이상 취미가 아닌 일이 되어 버리기 때문이란다. 나아가 취미를 직업으로 삼을 수 없다면 취미와 정반대되는 걸 직업으로 삼는 게 좋다는 견해도 있다.[14]

일부 수긍이 되는 측면도 있다. 하지만 동시에 한 가지 의문이 떠오른다. 취미를 지키기 위해 끌리지도 않는 일, 심지어 자기가 좋아하는 것과 정반대되는 일을 직업으로 삼는다면 과연 행복할까? 우리가 보내는 대부분의 시간이 직업과 관련된 것인데 너무 답답하지 않을까? 만약 그렇다면 직업만이라도 자기가 좋아하고 잘할 수 있는 걸 선택하는 게 옳지 않을까?

축구 덕후였던 손흥민, 피겨 덕후였던 김연아, 요리 덕후였던 백종원, 춤과 음악 덕후였던 BTS. 이들 모두는 자기가 좋아하는 일을 직업으로 삼아 성공했다. 결국 이들은 덕질과 일이 일치해야 즐겁게 몰입할 수 있으며 성공도 이룰 수 있다는 것을 보여준 것이다. 여러분

---

14  덕업일치에 대한 나무위키 자료. https://namu.wiki/w/%EB%8D%95%EC%97%85%EC%9D%BC%EC%B9%98

과 같은 학생이라면 더 말할 필요도 없다. 자기가 좋아하는 걸 바탕으로 진로도 탐색하고 책도 써야 한다. 그래야 재미와 가치를 동시에 잡을 수 있기 때문이다.

## 덕진일치 책 쓰기가 필요한 다섯 가지 이유

그래서 제안하는 것이 '덕진일치 책 쓰기'다. 이는 '덕질'과 '진로 탐색'을 일치시켜 책을 쓴다는 뜻으로 내가 만든 말이다. 예컨대 김보미 작가처럼 빵 덕후라면 자신의 진로도 제과제빵 쪽으로 정하고 그것과 관련된 자료를 모아 책을 쓴다든지, 자기만의 레시피를 개발해 책으로 만드는 형태를 생각해 볼 수 있다.

그러면 우리에게 '덕진일치 책 쓰기'는 왜 필요한가? 다섯 가지 이유를 들 수 있다. 첫째, 책 쓰기에 대한 부담을 줄일 수 있어서다. 덕질을 바탕으로 책을 쓰는 건 쓰기 자체가 놀이가 된다는 점에서 바람직하다. 하지만 덕질만으로 책을 쓰자니 부담이 되는 학생도 있을 것이다. 공부할 시간에 노는 것만 같아서 말이다. 그러나 덕질을 자신의 진로와 연결하고 진로 탐색을 책 쓰기로 실천해 나간다면 부담은 줄어들 것이다. 청소년기에 반드시 해야 할 일 중 하나가 진로 탐색이라면, 나아가 그걸 진정성 있게 만들어 주는 게 책 쓰기라면, 책 쓰기는 더 이상 낭비가 아니다. 오히려 자신의 덕질과 진로에 대해 깊고 넓은 이해를 도와준다는 측면에서 충분히 권장할 만한 일이 될 수도 있다.

둘째, 책 쓰기 자체를 즐기기 위해서다. 무엇이든 오래 하려면 즐길 수 있어야 한다. 책 쓰기도 마찬가지다. 따지고 보면 누구나 할 수 있는 게 책 쓰기라지만 그렇다고 해서 누구에게나 쉬운 일만은 아니다. 자료를 찾고 읽고 생각하며 글을 쓰는 데 생각보다 많은 시간과 노력이 든다. 그런 만큼 이 과정이 즐겁지 않다면 책 쓰기를 지속해 나갈 수 없다. 책 쓰기는 즐거워야 한다. 그리고 보람차야 한다. 우리의 책 쓰기에 덕질과 진로 탐색이 더해져야 하는 이유다.

셋째, 글쓰기를 배우는 가장 좋은 방법이기 때문이다. 글을 잘 쓰려면 어떻게 해야 할까? 발상이나 내용 전개 방법 등 글쓰기의 기초를 배워야 한다. 하지만 가장 중요한 것은 많이 써 보는 것이다. 그런데 아무런 목적의식 없이 글만 쓴다면 어떻게 될까? 중간에 지쳐 그만두기 십상이다. 그런데 책 쓰기라는 분명한 목표가 있다면? 지금까지 쓴 게 아까워서라도 중간에 그만둘 수가 없다. 따라서 책 쓰기는 글쓰기를 계속 이어나갈 수 있는 가장 강력한 힘이자 글쓰기를 배우는 가장 좋은 방법이 된다.

넷째, 책 쓰기를 통해 자신의 삶을 주체적으로 개척할 수 있기 때문이다. 흔히 말한다. 청소년기에 자신의 미래를 계획해 보는, 이른바 '진로 디자인'을 시작해야 한다고. 그렇다면 진로 디자인은 어디서부터 시작해야 할까? 자기 이해다. 그러면 자기 이해는 무엇을 통해 하는 것이 좋을까? 바로 책 쓰기다. 내가 좋아하는 것과 싫어하는 것,

하고 싶은 것과 가치 있게 여기는 것에 대한 자료를 읽고 고민하며 글을 쓰다 보면 자연스레 자기를 돌아보게 되기 때문이다. 기억하자. 자기 이해도 진로 탐색도, 나아가 자기 삶에 대한 주체적인 디자인도 이 속에서 가능해진다는 것을.

다섯째, 자기가 좋아하는 것을 자신의 전문 분야로 바꿀 수 있기 때문이다. 앞에서 계속 말했듯, 책을 쓰려면 자신의 덕질에 대해 깊이 있게 파고들어야 한다. 예컨대 웹툰 덕후라면 자신이 좋아하는 웹툰에 대해, 영화 덕후라면 자기가 좋아하는 영화에 대해 충분한 자료조사부터 시작해야 한다. 나아가 그 작품의 상징적 의미나 영화적 장치, 우리 삶에 주는 깨달음 등에 대해 깊이 고민한 뒤 글을 써야 한다. 이런 글이 한 꼭지 두 꼭지 쌓이면 쌓일수록 자기가 좋아하는 것에 대해 더 잘 알게 된다. 이른바 확실한 전문 분야가 생기는 것이다. 책 쓰기가 자신의 전문성을 기르는 데 좋은 이유다.

## 나를 바꾸는 책 쓰기

류대성 선생의 《책숲에서 길을 찾다》를 꽤 재미있게 읽은 적이 있다. 거기서 책 읽기를 혁명에 빗댄 이권우 작가의 글귀를 보았다. 마음에 강하게 남아 잠깐 소개해 본다.

책 읽기는 기본적으로 혁명이다. 지금 이곳의 삶에 만족한다면 새로운 것을 꿈꿀 리 없다. 꿈꿀 권리를 외치지 않는 자가 책을 읽을 리 없다. 나를 바꾸려 책을 읽는다. 애벌레에서 탈피해 나비가 되려 책을 읽는다. 세상을 바꾸려 책을 읽는다. 우리의 삶을 억압하는 체제를 부수고 새로운 공동체를 이루려 책을 읽는다. 그러하길래 책 읽기는 불온한 것이다.[15]

나 또한 책 읽기를 즐기는 한 사람으로서 그의 말에 격하게 동의한다. 확실히 읽기는 혁명이다. 하지만 바로 이 지점에서 한 가지 의문이 생겼다. 읽기만이 혁명일까? 오히려 나를 바꾸고 세상을 바꾸는 실질적인 힘은 쓰기에서 나오는 게 아닐까? 쓰기란 태생부터 소통을 기반으로 하기 때문이다. 나와의 소통, 독자와의 소통, 세상과의 소통이 쓰기의 본질이기 때문이다.

우리는 쓰기를 통해 현실의 나를 변화시킬 수 있다. 내가 가진 것을 나눌 수도 있고 익숙한 부당함에서 벗어날 수도 있다. 나를 더 잘 이해할 기회도, 결과적으로 세상을 바꿀 힘도 쓰기에서 얻는다.[16]

물론 이런 반문도 있을 수는 있다. 내가 쓴 글을 과연 누가 읽어줄까? 몇몇 독자가 읽어준다고 해서 그것이 어떻게 세상을 바꿀 수 있을까? 괜히 오버하는 것 아닌가?

하지만 철학자 루이스 멈퍼드(Lewis Mumford)는 "소량의 효모가 빵

---

15 이권우, 《책읽기의 달인 호모 부커스》, 그린비, 2008, 76쪽.
16 윤창욱, 《덕질로 배운다! 10대를 위한 글쓰기 특강》, 책밥, 2021, 21-27쪽.

전부를 발효시킨다"고 말했다. 그렇다. 나를 바꾸고 세상을 바꾸는 변화가 반드시 출발부터 거창해야 할 필요는 없다. 변화는 내가 있는 바로 여기서, 지극히 소소한 것에서부터 시작해도 된다. 내가, 그리고 여러분이 책을 써야 할 충분한 이유가 아닐까 싶다.

## 덕진일치와 함께하는
## 책 쓰기 프로젝트

학생 저자의 책 일부를 소개한다. 이 학생은 역사 쪽으로 진로를 정한 역사 덕후다. 프롤로그에 '역사 덕후이던 자신이 역사 전공자라는 꿈을 갖게 된 과정'을 잘 서술해 놓았다. 그래서 독립협회의 이면을 폭로한 글과 함께 프롤로그의 일부도 함께 제시하니 한번 읽어보면 좋겠다. 덕질과 진로 탐색을 일치시켜 책 쓰기를 진행한 모범 사례로 부족함이 없다.

# 프롤로그

함안고 정서경

〈앞부분 생략〉 그 이후로 줄곧 한국사에 관심을 가졌다. 아무것도 모르고 살아온 오늘, 내가 여기 이 모습으로 존재할 수 있는 건 이곳에 과거가 있기 때문이라는 사실에 큰 충격을 받았던 것 같다. 틈만 나면 역사 속 인물들을 다룬 책을 읽었고, 컴퓨터 앞에 앉아 그들의 일생에 대해 찾아보기도 했다. 그렇게 내게 역사는 생각만 해도 가슴이 두근거리는, 잠이 오다가도 그 두 글자만 떠올리면 정신이 번쩍 드는 단어가 됐다.

그런데도 역사를 업으로 삼는데 고민조차 해보지 않았다. 나의 미래에 역사를 떠올려보지도 않았다. 나의 꿈을 찾아 다른 길로만 헤맸고, 진정으로 하고 싶은 것을 찾지 못한 나를 한탄하기만 했다. 지척에 역사를 두고.

그렇게 지내던 열일곱의 어느 날 코로나19가 발병했다. 원래의 나라면 쳐다보지도 않았을 한국사 인강을 코로나19로 원격 수업을 하게 되자 어쩔 수 없이 보게 됐다. 그런데 그토록 재밌을 수 없었다. 마음만 먹으면 3일 안에도 다 볼 것 같아 하루에 2개만 수강하기로 다짐했다. 그리고 어김없이 강의를 듣던 날, 화면 속 선생님의 말씀이 마음 한켠에 깊이 자리 잡았다. 기록의 소중함을 아는 사람이 역사를 잘하고, 좋아할 수 있다고. 그제야 깨달았다. 나는 역사를 너무나 좋아하고, 평생 역사를 들여다보게 될 거라는 걸.

그렇게 사학도가 되기로 다짐한 지 1년하고도 6개월이 지났다. 꿈을 정하고 나니 번듯한 목표도 생겼다. 잘 알려지지 않은 우리나라의 역사를 정확하게 널리 알리고 싶다는. 그리고 아는 게 많아질수록 이 목표에 수식어를 덧붙여 가고 있다. 우리나라, 나아가 동아시아의 역사를 알리고 싶다고. 그런 나에게, 이 책은 나의 꿈으로 향하는 첫 번째 발걸음이다.

이 목표를 계속 떠올리며 '부디 이 역사만은 알아줘!'라는 바람을 담아 글을 써내려갔다. 누군가는 글마다 충격에 휩싸일 수도, 누군가는 내가 아는 역사와 다르다며 틀린 내용이라 지적할 수도, 누군가는 너무 쉬운 내용뿐이라며 비난할 수도 있겠다. 아무렴 어떤가. 지금의 내가 전하고 싶은 역사를 담았으니 그걸로 됐다. 〈뒷부분 생략〉

📖 좋은 책쓰기의 예

## 독립협회, 의병을 폭도라고 비난하다

독립협회는 1896년 7월부터 1898년 12월에 걸쳐 열강에 의한 국권 침탈과 지배층에 의한 민권 유린의 상황 속에서, 자주국권·자유민권·자강개혁사상에 의해 민족주의·민주주의·근대화운동을 전개한, 우리나라 최초의 근대적인 사회 정치단체이다.*

이름에서부터 강한 '독립'의 기운을 풍기는 독립협회. 나는 한때 독립이라는 이름 아래 독립협회 또한 반일 운동에 앞장서 일제로부터의 해방을 외쳤던 우리나라의 단체라고 여겼다. 서대문형무소에서는 조선의 독립을 외쳤던 이들이 버텨야만 했던 무수한 고통에 대해 아파했고, 바로 옆 독립문 앞에 서서는 독립문, 그 석 자를 읽으며 독립협회를 자랑스럽게 여기기도 했다. 그러나 내가 미처 교과서에서 배운 적 없는, 독립협회의 '독립'이 우리가 생각하는 '독립'이 아니라는 역사를 알고 난 후 독립협회를 자랑스럽게 여긴 나를 진심으로 후회했다.

---

\* 　한국민족문화대백과

독립협회는 1876년 7월, 서재필, 이상재, 손병희, 윤치호 등이 중심이 되어 만든 단체다. 국민을 계몽시켜 나라를 부강히 만들고자 그들은 가장 먼저 한글로 〈독립신문〉을 만들었다. 이후 독립정신을 높이고 조선의 영구 독립을 선언하기 위해 중국 사신을 맞이하던 영은문을 헐고 그 자리에 독립문을 세웠다. 또 백정 박성춘도 일장연설을 할 수 있었던 토론회와 연설회를 열었고, 나아가 입헌군주제를 목표로 헌의 6조를 건의했다. 그리고 여기, 빠질 수 없는 독립협회의 활동이 이권 수호다.

1898년 러시아가 부산의 절영도 조차를 요구하며 침략 의도를 드러내자 독립협회는 만민공동회를 열어 러시아의 침략 행위를 비판하고 러시아의 요구를 거절할 것을 결의하였다. 그래서인지 교과서에는 '만민공동회, 민중의 힘으로 국권을 지키다'가 굵은 글씨로 쓰여 있다. 하지만 교과서 속에서 찾아볼 수 있는 독립협회의 국권 수호 대상은 러시아, 오직 한 국가뿐이다.

정확히 말하자면 독립협회의 독립운동 방향은 '반러운동'이었다. 그들에게 친일과 친미는 당연한 것이었다. 그들은 조선이 독립하는 데 일본이 도움을 주리라 굳건히 믿었고, 친러를 주장하는 사람들은 가차 없이 독립협회에서 제명했다. 이들이 배제하고자 한 대상은 어디까지나 러시아였고, 이권 수호를 외치며 막은 대상도 어디까지나 러시아였을 뿐이다.

그렇게 독립협회는 일제에 저항하기는커녕 두 발 벗고 일본을 맞았다. 일본이 조선의 철도 부설권을 가져가자 모두가 정치적 목적이라고 비판할 때도 일본을 적극적으로 지지했고, 심지어는 반일운동에 나선 의병들을 '폭도'로 비난하기까지 했다.[**] 이뿐만이 아니다. 이완용은 대한의 몇째 안 가는 재상이라며 찬양을, 이토 히로부미는 '세계에 가장 유명한 정치가'이자 '대한 독립한 사업에

---

[**]    최용범, 《하룻밤에 읽는 한국사》, 페이퍼로드, 2019, p.352

큰 공이 있는 사람'(1898년 8월 20일 논설)이라고 치켜세웠다. ***

그렇다면 독립협회의 모든 인사가 친일파였을까? 아니다. 독립협회가 창설될 당시 진짜 '독립'을 위한 단체인 줄 알았던 안창호, 이상재, 주시경 같은 독립운동가들의 참여도 많았다. 하지만 독립협회의 회장을 역임했으나 현재 친일인명사전에 오른 윤치호를 비롯하여 대부분의 간부들은 친일파였다. ****

여담으로, 이 독립협회에 한때 몸담았던 인물이 이완용이다. 이완용은 제2대 독립협회 회장을 맡았고, 1924년 7월 15일자 〈동아일보〉에 따르면 현재 서울시 서대문구에 있는 독립문의 현판을 쓰기도 했다. 그리고 앞서 말했듯 이 독립문에서 걸어서 5분도 채 되지 않을 거리에 서대문형무소가 있다. 일제로부터 나라의 독립을 염원했던 이들 옆에, 국가의 존망을 주도한 이가 쓴 '독립'이 있었다. 진짜 이완용이 쓴 글이 맞는지 여부는

독립문 뒷면의 한자로 된 현판. 정면의 한글 현판과 함께 모두 매국노 이완용이 썼다는 설이 있다(출처: 국가보훈처 블로그).

여전히 알 수 없지만, 독립문 건설에 그가 가장 많은 돈을 내고 건설 과정에 깊숙이 관여한 것은 확실하다. 이러한 역사를 알고 난 후 나는 독립문 앞에 서서 독립협회를 자랑스러워했던 기억을 후회할 수밖에 없었다.

독립협회의 영향력이 확대되는 것에 위기를 느낀 보수 세력은 독립협회가 공화정을 수립하려 한다고 모함했다. 결국, 독립협회는 고종의 명령 아래 해산할 수밖에 없었다. 하지만 독립협회가 존속했다면 조선의 진정한 자주독립에 기여할 수 있었을까? 재평가가 필요한 대목이다.

---

*** 이기환, '독립문 현판 글씨, 매국노 이완용의 작품이랍니다', 〈경향신문〉, 2021년 8월 30일자 기사.
**** 심순기, '경상대 려증동 교수, 이완용 회장 윤치호가 부회장이었던 친일 단체 주장', 〈Break News〉, 2010년 3월 2일자 기사.

우리는 여전히 독립협회의 긍정적인 면만을 본다. 19세기 말 한국 사회와 정치가 발전한 모습을 보여줄 수 있는 좋은 역사이기 때문이다. 하지만 그 이유 때문이라면 이면에 있는 역사는 덮어두어도 되는 걸까? 자라나는 아이들에게 지금과 같은 역사 교육을 해도 되는 걸까? 하루빨리 독립협회에 대한 재평가가 이루어지길, 현 역사 교육에 대해서도 되돌아볼 수 있길 바란다.

어둠 속에서 친구와 함께 걷는 것이
빛 속에서 혼자 걷는 것보다 낫다.
·

헬렌 켈러

2장

책 쓰기 놀이터,
쓰기 워크숍

소통과 협력으로 만들어 내는
놀라운 결과

# 쓰기 워크숍이 뭐지?

《구약성서》창세기 11장에 전하는 이야기다.

애초 온 세상은 하나의 말을 쓰고 있었다. 낱말도 같았다.
사람들은 동쪽으로 이동하다가 시날 지방의 어느 들판에 이
르러 자리를 잡고 의논하였다. "어서 벽돌을 빚어 불에 단단히
구워내자." 이리하여 사람들은 돌 대신에 벽돌을 쓰고, 흙 대
신에 역청을 쓰게 되었다. 또 사람들은 의논하였다. "어서 도
시를 세우고 그 가운데 꼭대기가 하늘까지 닿는 탑을 쌓아 우
리가 흩어지지 않도록 하자." 야훼께서 땅에 내려와 사람들이
세운 도시와 탑을 보고 생각하셨다. "사람들의 말이 같아서는
안 되겠구나. 이것은 시작에 불과하겠지. 앞으로도 하려고만

들면 못할 일이 없겠구나. 사람들이 쓰는 말을 뒤섞어 놓아 서로 알아듣지 못하게 해야겠다." 야훼께서는 사람들을 온 땅으로 흩으셨다. 그리하여 사람들은 도시 세우기를 그만두게 되었다. 야훼께서 온 세상의 말을 거기에서 뒤섞어 놓아 사람들을 흩으셨다고 해서 그 도시의 이름을 바벨이라고 불렀다.[1]

## 함께하는 작가되기 프로젝트, 쓰기 워크숍

바벨탑 이야기는 사람들의 말이 지금처럼 다양하게 된 유래를 설명하는 이야기로 잘 알려져 있다. 또는 오만한 인간에게 내려진 신의 형벌을 보여줌으로써 우리에게 겸손함을 가르치는 이야기로도 해석된다.

하지만 뒤집어보면 이처럼 소통의 힘을 잘 보여주는 이야기가 또 있을까? 생각해 보자. 인간은 왜 벌을 받았을까? 도시를 세우고 하늘까지 닿는 탑을 쌓음으로써 신의 영역에 도전하려 했기 때문이다. 그러면 인간이 신의 영역에 이르게 되는, 그와 같은 힘은 어디에서 비롯된 것일까? 소통이다. 하나의 언어를 써서 소통하고 협력함으로써 인간의 힘은 하늘에 닿을 정도가 된 것이다. 이렇듯 소통은 힘이 세다. 신마저 두려워할 만큼 말이다.

---

1    위키백과 참고, https://ko.wikipedia.org/wiki/%EB%B0%94%EB%B2%A8%ED%83%91

쓰기 워크숍은 소통과 협력을 통해 놀라운 결과물을 만들어 낸다는 점에서 바벨탑 쌓기와 닮았다. 그러면 쓰기 워크숍이란 무엇인가? 쓰기 공동체와의 끊임없는 소통을 통해 모둠원 각자가 자기 책을 쓰는 모임 활동을 뜻한다.[2]

쉽게 말해 '책 쓰기 모임 활동'이다. 우리는 이 모임에 참여함으로써 저자가 된다. 따라서 쓰기 워크숍은 '함께하는 저자되기 프로젝트'라고도 할 수 있겠다.

## 쓰기 워크숍 VS
## 일반적인 글쓰기

쓰기 워크숍은 일반적인 글쓰기와 어떤 점에서 다를까? 세 가지 측면에서 차별화된다. 우선, 모둠 활동을 한다. 흔히 글쓰기는 혼자만의 외로운 작업이라고들 말한다. 틀린 말은 아니다. 드라마나 영화를 보면 자기만의 공간에서 종이에 뭔가를 끄적이거나 노트북으로 작업하는 작가가 등장하곤 하지 않나? 실제 작가들도 대개 그렇게 혼자 쓴다. 쓰기 워크숍도 마찬가지다. 글 쓸 때는 혼자 쓴다. 하지만 결정적 차이가 하나 있다. 초고가 나온 이후, 쓰기 워크숍은 모둠 활동을 통해 계속 피드백을 주고받는다. 자기가 써온 글을 발표하고 그 글에

---

2  워크숍의 뜻은 '일터', '작업장', '협의회' 등으로 쓰인다. 따라서 '쓰기 워크숍'은 '작가들이 모여 자기 책을 쓰는 모임 활동'으로 이해할 수 있다.

대해 피드백을 주고받음으로써 더 좋은 글이 탄생하도록 돕는 과정을 포함한 것이다. 이로써 혼자만의 글쓰기라는 외로움에서 벗어날 수 있다. 또래 독자와의 직접 소통을 통해 글을 더 좋게 다듬을 수도 있다. 이는 책 쓰기의 고단함을 이겨내는 큰 힘이 된다.

다음으로, 쓰기 워크숍에서는 자기가 쓰고 싶은 글을 쓴다. 당연한 걸 두고 뭔 소리냐고 반문할지도 모르겠다. 하지만 10대가 글 쓰는 모습을 가만히 살펴보면 썩 재미있어 보이지 않을 때가 많다. 왜일까? 수행평가 과제로 글을 쓸 때가 많아서다. '글쓰기 과제'라고 하면 당장 무엇부터 떠오르는가? 머리 아프다, 짜증 난다, 하기 싫다 등의 반응이 아닐까 싶다. 자기가 쓰고 싶은 것보다는 과제로 제시된 내용을 억지로 써내야 해서 그렇다. 당연히 재미가 없을 수밖에 없다. 자신의 흥미나 실제 삶과는 거리가 먼 글을 써야 하니 말이다. 하지만 워크숍에서 쓰는 글은 과제 때문에 쓰는 글이 아니다. 자기가 좋아하는 아이돌이나 음악 등 쓰고 싶은 무언가 또는 독자와 나누고 싶은 무언가가 생겨서 쓰는 글이다. 자기 만족을 위한 글이며 독자와의 소통을 위한 글이다. 워크숍에서의 글쓰기가 유쾌할 수 있는 이유다.

바로 이 지점에서 쓰기 워크숍만의 특징이 하나 더 나타난다. 실제 삶의 맥락에서 글을 쓰게 된다는 점이다. 이게 왜 의미가 있을까? 글에 자신의 삶이 담길 때 비로소 자신의 목소리도 온전히 드러나기 때문이다.

학생이 쓴 글을 읽다 보면 간혹 자기 목소리가 담기지 않은 글을 볼 때가 있다. 대개 남의 말을 짜깁기한 경우다. 그런 글은 아무리 그럴듯해 보여도 감동이 없다. 우리는 왜 글을 읽는가? 어디서나 들을 수 있는 이야기를 또다시 듣고 싶어서? 아니다. 글쓴이의 생생하고 독특한 목소리를 듣고 싶어서다. 기억해 두자. 마음속 깊은 울림도, 그 누구도 대신할 수 없는 독특함도 글쓴이의 생생한 목소리를 통해서만 나타난다는 것을, 나아가 그것이야말로 독자가 글을 읽는 진짜 이유라는 것을 말이다. 쓰기 워크숍은 이처럼 자기 이야기를 자신의 목소리로 쓰게 한다는 점에서 독특한 가치를 가진다.

## 스케치로 만나는 쓰기 워크숍

그러면 이 프로젝트는 어떻게 진행되는가? 도표를 통해 책 쓰기 워크숍의 전체 과정을 한눈에 살펴보겠다. 다만 그전에 한 가지 짚어두어야 할 게 있다. 다음 표의 오른쪽 부분에서 보듯, 쓰기 워크숍은 시작과 끝부분을 제외한 거의 모든 순간에 서로의 글을 읽고 피드백하는 활동이 들어간다. 대부분의 과정이 서로의 소통과 협력을 바탕으로 운영된다는 뜻이다. 그러면 이제 도표로 들어가 보자.

오른쪽 도표에서도 알 수 있듯이 워크숍을 통한 책 쓰기 프로젝트는 크게 다섯 단계로 나뉜다. 먼저 '시작' 단계는 책 쓰기 여행을 같이 떠날 친구를 모으고 약속을 정하는 단계다. 좀 더 구체적으로 말하자면 동아리 부원을 모으고 모임 시간과 장소, 횟수 등 기본적인 규칙

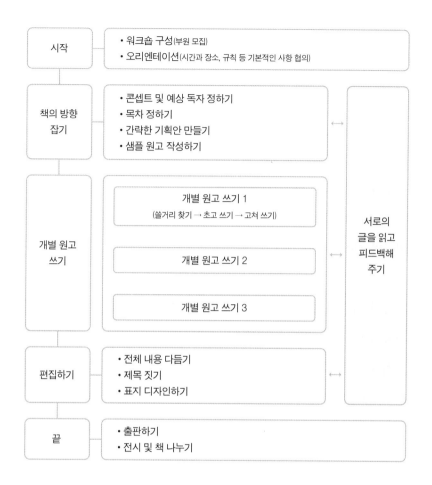

| 시작 | • 워크숍 구성(부원 모집)<br>• 오리엔테이션(시간과 장소, 규칙 등 기본적인 사항 협의) | |
| --- | --- | --- |
| 책의 방향<br>잡기 | • 콘셉트 및 예상 독자 정하기<br>• 목차 정하기<br>• 간략한 기획안 만들기<br>• 샘플 원고 작성하기 | 서로의<br>글을 읽고<br>피드백해<br>주기 |
| 개별 원고<br>쓰기 | 개별 원고 쓰기 1<br>(쓸거리 찾기 → 초고 쓰기 → 고쳐 쓰기)<br><br>개별 원고 쓰기 2<br><br>개별 원고 쓰기 3 | |
| 편집하기 | • 전체 내용 다듬기<br>• 제목 짓기<br>• 표지 디자인하기 | |
| 끝 | • 출판하기<br>• 전시 및 책 나누기 | |

을 정하게 된다.

다음으로 진행하게 될 '책의 방향 잡기' 단계는 자기가 쓰고 싶은 책에 대한 대략의 그림을 그려보는 단계다. 독자를 떠올리면서 책의 주요 내용을 구체적으로 정하는 게 포인트다. 나아가 목차를 정함으로써 책의 전체 얼개를 잡을 수도 있다. 참고로 이 단계에서 꼭 해야 할 일은 '콘셉트와 예상 독자 정하기'다. 나머지 '목차 정하기'나 '간략한 기획안 만들기' 등은 선택 사항이다. 하면 좋지만 당장 해야만 하는 건 아니다. 개별 원고를 쓰면서 천천히 작업해도 된다는 의미다.[3]

이어지는 '개별 원고 쓰기' 단계는 쓰기 워크숍의 대부분을 차지하는 핵심 단계다. 쓰고 싶은 글의 버킷리스트가 만들어졌다면, 이 단계부터는 한 꼭지 한 꼭지씩 원고를 쓰면 된다. 쓸거리를 찾고 초고를 쓴 뒤 고쳐 쓰는 작업을 반복함으로써 책 쓰기라는 꿈을 향해 뚜벅뚜벅 걸어가는 단계다.

'편집하기' 단계는 지금까지 쓴 글을 전체적으로 훑어보며 좀 더 근사하게 다듬는 단계다. 가장 중요한 건 내용이다. 하지만 겉모습도 소홀히 할 수는 없다. 그래서 이 단계에서는 내용을 통일성 있게 다듬거나 오탈자 등을 수정하는 데 초점을 둔다. 덧붙여 독자의 눈길을 끌 수 있도록 제목과 표지 디자인을 꾸미는 작업도 이때 이루어진다.

'끝' 단계는 책 쓰기 프로젝트에 마침표를 찍는 단계다. 끝이 아름다워야 모든 게 아름답다. 노력했던 결과물이 빛날 수 있도록, 책을 낸 뒤 전시하거나 친한 사람들에게 나누어 주는 게 이 단계의 포인트다. 전시는 동아리 발표 대회를 활용하면 된다. 선생님이나 교육청의 지원을 받는다면 교육청 단위에서 전시할 수도 있다.

---

3   이 단계의 구체적인 내용에 대해 자세히 알고 싶다면 이 책의 3장과 4장을 참고하면 된다.

## 알아두면 좋은 몇 가지

쓰기 워크숍을 운영할 때 모임 횟수나 시간 등과 관련지어 미리 정해진 규칙 같은 건 없다. 각자의 상황에 맞추어 적절하게 정하면 된다. 다만 참고가 될까 싶어 우리 동아리의 경우를 소개하자면, 매주 1회, 야간에 2시간 정도로 워크숍을 운영했다. 유의할 점은 워크숍 시간에는 글을 쓰지 않는다는 것이다. 써온 글에 대해 이야기 나누는 것만으로도 시간이 부족하기 때문이다. 따라서 실제 글은 매일 조금씩, 평상시에 써 두어야 한다. 워크숍 시간은 그동안 쓴 글을 돌려 읽고 검토하거나 피드백하는 시간으로 운영했다.

짧은 글 한 편을 완성하는 데 걸리는 시간은 3주 정도로 잡았다. 이 경우 첫 주는 초고에 대한 피드백, 두 번째 주는 1차 수정본에 대한 피드백, 세 번째 주는 2차 수정본에 대한 피드백으로 운영된다. 하지만 이 또한 정해진 것은 없다. 상황에 따라 한 달에 한 편 써도 되고 2주에 한 편 써도 된다. 중요한 것은 꾸준하게 쓰는 것이다.

내가 쓴 글을 업그레이드하다

# 쓰기 워크숍을 하는
# 세 가지 이유

톰 워삼(Tom Worsham)이 쓴 〈기러기〉에 전하는 이야기다. 먹이와 따뜻한 땅을 찾아 4만 킬로미터를 날아가는 기러기. 이들의 사회는 보스 한 마리가 지배하고, 그것에 의존하는 다른 짐승들의 사회와는 다르다고 한다. 가장 두드러진 점은 이들의 비행 방식이다.

기러기는 리더를 중심으로 V자 대형을 유지하며 긴 여정을 시작한다. 이때 대장 기러기는 뒤에 따라오는 기러기들이 혼자 날 때보다 70% 정도의 힘만 쓰면 날 수 있도록 맨 앞에서 온몸으로 바람과 맞선다. 그리고 나머지 기러기들은 먼 길을 날아가는 동안 끊임없이 울음소리를 낸다. 알고 보면 기러기들의 울음소리는 맨 앞에서 거센 바람을 가르며 힘겹게 날아가는 리더에게 보내는 응원의 소리였던 것이다.

그런데 제일 앞에서 날아가는 기러기가 지치면 어떻게 할까? 그 뒤의 기러기가 앞으로 나와 리더와 역할을 바꾼다고 한다. 이렇게 기러기는 서로에게 의지하며, 때로는 리더의 역할도 바꾸며 먼 길을 가는 것이다. 매일 수백 킬로미터씩 날면서 해마다 수천 킬로미터를 이동할 수 있는 비결이었다.[4]

## 멀리 가려면 함께 가야 한다

서로에게 의지하며 먼 여정을 함께하는 기러기. 이들의 모습은 책 쓰기 워크숍과 비슷한 점이 많다. 빨리 가려면 혼자 가도 되지만 멀리 가려면 함께 가야 한다는 걸 보여준다는 점에서 말이다. 그러면 생각해 보자. 왜 쓰기 워크숍을 통해 책을 써야 할까? 쓰기 워크숍을 통해 친구들과 함께 책을 쓰면 구체적으로 어떤 점이 좋을까? 여기서는 이같은 질문에 대한 답으로, 10대의 책 쓰기에 쓰기 워크숍이 좋은 이유 세 가지를 살펴보겠다.

### 내 책을 만드는 놀이터, 쓰기 워크숍

어린 시절, 친구들과 함께 놀이터에서 시간을 보낸 적이 있는가? 물론 요즘은 공터보다 가상 세계가 더 익숙하겠지만, 그래도 한 번쯤은 행

---

4   김덕권, '빨리 가려면 혼자 가라, 하지만 멀리 가려면 함께 가라!', 〈브레이크뉴스〉, 2019년 9월 30일자 기사

복했던 순간의 기억이 있을 것이다. 나도 마찬가지다. 딱지치기와 구슬치기 따위로 시간을 보내곤 하던 놀이터. 그 조그만 세계가 나에겐 세상의 전부였고, 친구와 함께 있는 것만으로도 시간은 충만했다.

쓰기 워크숍도 다를 게 없다. 비록 종목은 다를지라도 책 쓰기 워크숍은 우리가 학교 안에 만든 놀이터다. 여기에는 덕질이 있고 미래에 대한 꿈이 있으며 같은 길을 가는 친구가 있다. 이 때문일까? 한참을 놀다 보면 정말 시간이 어떻게 지나갔는지 모를 정도다.

기껏해야 책 쓰기 모임에 불과할 텐데 그게 뭐 그리 재미있냐고 생각할지도 모르겠다. 하지만 서먹서먹한 첫 모임과 달리 시간이 지날수록 끈끈하고 친밀해지는 동아리 학생들의 모습을 볼 때면, 놀이터도 이만한 놀이터는 없지 싶다.

구성원에 따른 차이야 있겠지만 대개 워크숍의 분위기는 꽤 좋은 편이다. 물론 이런 분위기를 만드는데 내가 한 일은 별로 없다. 책 쓰기 프로젝트에 참여할 학생을 모은 뒤 이들이 글 쓰고 이야기를 나눌 수 있도록 판을 깔아준 게 전부다.

그러면 무엇이 쓰기 워크숍을 즐거운 놀이터로 만든 것일까? 가장 큰 이유는 자신의 덕질과 진로에 대해 마음껏 떠들 수 있다는 점이 아닐까 싶다. 좋아하는 가수, 집에서 기르는 고양이, 소소한 일상에서 흥미로운 역사적 사건이나 심리학에 이르기까지, 쓰기 워크숍은 온갖 수다로 가득하다. 이처럼 자기가 좋아하는 것에 대해 실컷 이야기 나눌 수 있다는 것만으로도 워크숍은 놀이터가 된다. 또 참여한 모두가 같은 꿈을 꾼다는 것, 서로의 성장을 함께 느낀다는 것, 내가 쓴 글을 읽고 응원해 주는 친구가 있다는 것 또한 빼놓을 수 없을 것이다. 늘 느끼는 것이지만, 자기 글을 읽어주는 애정 어린 독자가 있다는 것만으로도 쓰는 재미는 확실히 보장된다. 혼자 쓸 때는 결코 느낄 수 없는, 워크숍을 통해서만 느낄 수 있는 즐거움이 아닐까 싶다.

### 친구들의 피드백, 내 글을 바라보는 또 다른 관점

쓰기 워크숍은 재미있기만 한 게 아니다. 짧은 기간 동안 글쓰기 실력을 부쩍 높이는 데도 효과적이다. 친구들의 피드백이 있기에 가능한 일이다. 하버드대학교에서 20년 이상 글쓰기를 가르쳐 온 낸시 소머스(Nancy Sommers) 교수도 비슷한 말을 했다. 또래의 피드백은 글쓰기 실력을 향상시키는 두 가지 비법 중 하나일 만큼 효과적이라고. 왜일까? 친구의 글을 최대한 많이 읽어보고 자기 글에 대한 평가도 받아 보아야 비로소 자기 글의 단점이 무엇인지, 어떻게 개선해야 할지 알 수 있기 때문이란다.[5]

예를 들어보자. '정보 간격'이라는 말이 있다. '내가 알고 있는 정보와 독자가 알고 있는 정보 사이의 차이'를 의미하는 말이다. 잘 읽히는 글을 쓰려면 이 정보 간격을 적당하게 유지할 수 있어야 한다. 차이가 너무 적으면 내용이 뻔해지고, 너무 크면 무슨 말을 하는지 이

---

5　박승혁, '매일 10분이라도 글 써야 생각을 하게 돼', 〈조선일보〉, 2017년 6월 5일자 기사.

해할 수 없기 때문이다. 처음 글을 쓰다 보면 정보 간격을 조절하기가 쉽지 않다. 하지만 친구의 피드백을 받으면 이 사이에서 적절한 균형을 찾기가 쉬워진다. 이뿐만이 아니다. 글을 쓰다 보면 내용이 딱딱해지거나 이야기를 재미있게 풀어가려는데 어떻게 해야 할지 도무지 알 수 없을 때가 있다. 이때도 친구들의 피드백은 도움이 된다. 여러 명이 모여 의논하다 보면 처음에는 생각지도 못했던 근사한 아이디어가 떠오를 때가 많기 때문이다.

친구는 내 글을 처음으로 읽어주는 독자다. 친구와의 대화를 통해 독자들이 내 글을 어떻게 볼지, 어떤 부분을 어떻게 고치면 좋을지 알게 된다. 이른바 자기중심적 사고에서 벗어나게 되는 것이다. 혼자서는 파악하기 힘들었던 문제를 분명히 이해하게 되는 것도 이 때문이다. 나아가 다른 친구들의 글을 많이 읽다 보면 어떤 글이 쉽고 재미있게 읽히는지에 대해서도 알게 된다. 잘 읽히는 글에 대한 감각이 길러지는 것이다.

하지만 한 가지는 짚어두고 싶다. 간혹 친구의 피드백이라 해서 무조건 따라야 하느냐에 대한 질문을 받을 때가 있는데, 그럴 필요까지는 없다. 저마다 생각이 다를 수 있기 때문이다. 글을 쓰는 주인공은 자기 자신이다. 따라서 자기만의 분명한 기준은 있어야 한다. 또 모두를 만족시키려다 아무도 만족시키지 못할 수도 있다. 그러니 받아들일 수 있는 만큼만 받아들이면 된다. 다만 친구의 피드백을 잘 활용하면 내 글이 훨씬 더 좋아질 수 있다는 사실, 그것만은 기억하자.

**출판, 함께할 때 우린 아무것도 두려울 것이 없었다!**

쓰기 워크숍은 '저자들의 모임 활동'이다. 우리는 워크숍에 참여함으로써 저자가 된다. 그런 만큼 쓰기 워크숍 활동을 하면서 저자 의식을 갖게 되는 건 어느 정도 필연적이다. 바로 이 지점에서 한 가지 짚어야 할 게 있는데, 우리가 책 쓰기 프로젝트를 지속하는 데 있어 이 저자 의식만큼 강력한 동기가 되는 것도 찾기 어렵다는 점이다.

사실 자기 이름으로 책을 쓴다는 건 설레는 만큼이나 부담스러운 일이다. 설렘에 비례해 책임감도 커지기 때문이다. 하지만 뒤집어보면 이러한 부담과 책임감이야말로 쓰기를 이어나가는 힘이 된다. 물론 혼자 글을 쓰는 상황이라면 부담은 더 커질 수 있다. 이 때문에 책 쓰기를 그만둘 수도 있다. 하지만 워크숍은 함께하는 활동이다. 같은 상황의 친구들과 고민을 나누고 격려하며 한 편 한 편 글을 써나가게 된다. 그러다 보면 오히려 중간에 그만두기가 더 어렵다. 나아가 글 한 편을 쓸 때마다 옆에 있는 독자를 생각하게 되기 때문에 글이 더 쉽고 재미있게 느껴지는 건 덤이다.

1년 또는 2년 남짓한 워크숍을 마무리하면서 자신이 쓴 책을 받고 뿌듯해하는 학생들의 모습을 보는 건 늘 기쁜 일이다. 책 쓰기 프로젝트는 일단 시작하기가 어려워서 그렇지 막상 쓰기 시작하면 완주하기는 생각보다 어렵지 않다. 그런데 단 한 번이라도 저자가 되고 나면, 뭔가를 해냈다는 성취감과 함께 새로운 세계가 열리는 희열을 맛보게 된다. 이 모두가 쓰기 워크숍만의 장점이 아닐까 싶다.

## 알아두면 좋은 몇 가지

모둠원끼리는 사이가 좋아야 한다. 그래야 모이는 게 즐겁다. 물론 처음 만났을 때는 서먹할 수 있다. 이 때문일까? 처음에는 어색한 관계만큼이나 피드백도 적다. 그러다가 친해지면 확실히 피드백이 살아난다. 쓰기 워크숍은 혼자 하는 활동이 아니다. 더불어 하는 활동이다. 또한 워크숍에서 피드백이 차지하는 비중을 생각하면 서로 친해지는 것은 선택이 아니라 필수다. 관계에는 끌림도 있어야겠지만 노력 역시 중요하다. 그러니 과자를 나눠 먹든 피드백할 때 칭찬 세례를 쏟아붓든 서로 가까워지도록 노력해 보자.

이왕이면 선생님과 함께하는 게 좋다. 쓰기 워크숍은 학생들의 선택에 따라 자율적으로 이루어지는 활동이다. 하지만 처음부터 끝까지 학생의 자발성만으로 워크숍을 운영하기엔 어려움이 많다. 모임의 큰 방향을 잡거나 세부 규칙을 정할 때, 심지어는 모임 장소를 확보할 때마저도 선생님과 함께하면 훨씬 수월하다. 선생님이 구심점 역할을 해 주기 때문이다. 또 콘셉트를 잡거나 목차를 정리할 때, 글을 쓰기 위한 발상 과정과 내용을 조직하고 피드백하고 고쳐 쓰는 등의 여러 과정에도 전문 지식을 가진 선생님의 도움이 필요할 때가 있다. 그러니 가급적이면 워크숍 활동을 도와줄 수 있는 선생님을 찾아보자. 선생님과 함께하면 아무래도 많은 부분이 든든해질 것이다.

쓰는 활동은
무조건 재미있어야 한다

## 쓰기 워크숍의 꽃,
## 모둠 활동

쓰기 워크숍의 가장 중요한 특징이 뭔지 아는가? 모둠 활동을 통해 책을 쓴다는 점이다. 그것도 일부에 그치는 것이 아니다. 워크숍의 거의 모든 활동이 모둠을 중심으로 이루어진다. 그런 만큼 모둠 활동을 얼마나 알차게 운영하느냐에 따라 워크숍의 성공 여부가 결정된다고 해도 지나친 말이 아니다.

여기서는 쓰기 워크숍의 꽃이라 할 수 있는 모둠 활동 운영 방법에 대해 살펴보겠다. 편의상 세 가지 질문에 답하는 형식으로 이야기하겠다. 소개하는 내용은 우리 학교에서 운영하는 방식을 토대로 정리한 것이다. 당연히 여러분이 놓인 환경과 다를 수 있다. 그런 만큼 상황에 따라 적절하게 변형해 사용하면 된다.

## 모둠원 수는 몇 명이 좋을까

4명이 하나의 모둠을 이루는 게 가장 좋다. 3명이나 5명으로 하나의 모둠을 만드는 것도 가능은 하다. 하지만 2명 이하나 6명 이상이 하나의 모둠을 구성하는 것은 피하는 게 좋다. 장점보다 단점이 훨씬 많기 때문이다. 워크숍 초창기, 학생들이 바쁜 3월 중순에 쓰기 워크숍을 실시한 적이 있다. 당시 동아리 회원 수는 11명이었는데 6명만 글을 써왔다. 그래서 11명이 둥글게 둘러앉아 워크숍을 진행했다. 그 뒤로도 두 번 정도 더 그렇게 한 것으로 기억한다.

그런데 문제가 생겼다. 6편의 글을 먼저 읽고 한 편 한 편에 대해 검토하는 방식이었는데, 읽기 속도와 이해도 측면에서 학생 간 차이가 컸던 것이다. 어떤 학생은 시간이 남아돌았지만 어떤 학생은 시간이 부족해 제대로 읽지도 못한 채 다른 학생의 글에 대해 피드백해야 했다. 어떻게 되었을까? 결과적으로 모두에게 낭비였다. 이미 글을 읽은 몇몇 학생이 모임을 주도했고, 그러다 보니 그 학생들만 말을 하는 형태가 되었다. 나아가 이들이 주로 가르치는 모양새가 되기까지 했다. 자연스레 워크숍은 자기 글에 대해 이야기를 나누는 놀이터라기보다 써온 글을 검사받고 고칠 점을 지적받는 곳처럼 되고 말았다. 워크숍의 활력이 떨

함안고등학교 쓰기 워크숍 활동 모습

어질 수밖에 없었던 이유다.

문제를 해결하기 위해 몇 명이 글을 써왔든 상관없이 4명을 하나의 모둠으로 운영하기로 했다. 그러자 서서히 변화가 나타났다. 무엇보다 학생들의 전반적인 참여가 훨씬 잘 살아났다. 책임감이 커진 탓인지 글도 빠짐없이 써왔고, 숨어 있던 다양한 목소리들이 나타나기 시작했다. 큰 모둠에서는 말을 잘하지 못했던 학생들이 작은 모둠에서는 마음 편히 자기 생각을 드러내기 시작한 것이다. 한 꼭지 한 꼭지의 글을 더 잘 검토하게 된 것은 말할 필요도 없다. 결과적으로 학생들의 만족도도 높아지고 분위기도 훨씬 좋아졌다. 비로소 우리의 모임이 놀이터가 된 것이다. 사실 다양한 인원으로 시험해 봤는데 시행착오 결과 깨달았다. 모둠원은 4명이 가장 좋다.

### 피드백을 주고받을 때 참고할 만한 틀이 있을까

우리는 톰킨스(Tompkins, 2012)의 수정 그룹 방식[6]을 약간 변형해 사용했다.

이 모형의 핵심은 모둠원 한 명 한 명에 대해 '써온 글 발표하기 → 글 분석하기 → 모둠원의 칭찬 → 필자가 질문하기 → 모둠원이 제안하기' 단계를 차례대로 밟아 나간다는 점이다. 간혹 성격 급한 학생

---

6  김웅, 〈건의문 쓰기 워크숍 모형 연구〉, 전남대학교 교육대학원 석사학위 논문, 2015. 62쪽에서 재인용.

| 순서 | 단계 | 활동 내용 |
|---|---|---|
| 1 | 써온 글 발표하기 | 필자는 모둠 내에서 자신이 써온 글을 소리 내어 읽는다. |
| 2 | 글 분석하기 | 5~10분 정도의 시간을 두고 발표된 글을 다시 한 번 꼼꼼히 읽는다. 필자가 아닌 모둠원은 칭찬할 거리와 고치면 좋을 부분을 찾는다. |
| 3 | 모둠원의 칭찬 | 글을 읽으면서 좋았던 점(발상이나 표현 방식, 내용의 측면에서)을 구체적이고 명확하게 말한다. 모둠원이 한 명씩 돌아가며 말하되 이 단계에서는 오직 칭찬만 한다. |
| 4 | 필자가 질문하기 | 필자가 자기 글에서 마음에 들지 않는 부분을 어떻게 고치면 좋을지 질문한다. 모둠원은 이에 대해 조언해 준다. |
| 5 | 모둠원이 제안하기 | 모둠원은 읽을 때 이해가 되지 않았던 부분에 대해 질문한다. 또 고치면 더 좋아질 부분에 대해서도 이야기한다. 한 명씩 돌아가며 말하되 긍정적으로 피드백한다. |
| 6 | 과정의 반복 | 모둠 내 다른 필자의 글로 앞의 과정을 반복한다. |
| 7 | 고쳐 쓰기 | 필자가 모둠원의 조언에 따라 자신의 글을 고쳐 쓴다. |

은 '모둠원의 칭찬' 단계에서 글의 잘못된 부분에 대해 조언하는 경우도 있다. '모둠원이 제안하기' 단계로 바로 넘어가는 것이다. 일종의 속도위반이다. 그래서는 곤란하다. '모둠원의 칭찬' 단계에서는 써온 글에 대한 칭찬만으로 오롯이 시간을 채우는 게 포인트다. 순서는 꼭 지켜야 한다.

그리고 '고쳐 쓰기' 단계는 반드시 워크숍 시간 내에 해야 할 필요는 없다. 활동을 해 보니 네 편의 글에 대해 수다 떨고 이야기 나누는 것만으로도 시간은 부족했다. 그러니 친구들의 피드백을 받으면 잘 메모한 뒤 집에 가서 고쳐 써도 된다. 물론 시간이 남는다면 해당 시간 내에 고쳐 써도 되지만 말이다. 이 외에 세 가지 주요 부분에 대해 보충 설명을 하자면 다음과 같다.

먼저, '써온 글 발표하기' 단계에서는 초고를 소리 내어 읽는 것이 중요하다. 소리 내어 읽으면 작가로서 발표하는 기분이 든다. 그래서 숙제 검사를 받는다거나 비판 받는다는 느낌을 줄일 수 있다. 다른 모둠원들도 글을 대하는 태도가 달라진다. 이뿐만이 아니다. 소리 내어 읽으면 문장에서 고쳐야 할 부분을 쉽게 찾을 수 있다. 원래 말과 글은 하나다. 따라서 좋은 글은 말하듯 쓴 글, 소리 내어 읽었을 때 귀에 착착 감기는 글이다. 그래서인지 소리 내어 읽다 보면 어색한 부분이 잘 보인다. 해당 부분만 고쳐도 글이 훨씬 매끄럽게 변한다. 소리 내어 읽는 게 필요한 또 하나의 이유다.

다음으로, '써온 글 발표하기'와 '모둠원의 칭찬' 단계 사이에 '글 분석하기' 단계가 들어간다. 이는 우리 워크숍이 만들어 넣은 단계다. 글의 길이나 쉽고 어려운 정도에 따라 5~10분 정도 시간적 여유를 가지는 게 핵심이다. 아무리 간단한 글이라 해도 한번 듣고 내용을 다 파악할 수는 없기 때문이다. 사실 톰킨스의 틀에는 이 단계가 없다. 그래서 워크숍을 운영하던 초기, 톰킨스의 모형대로 '써온 글 발표하기'가 끝난 뒤 바로 '모둠원의 칭찬' 단계로 들어갔다. 그러자 문제가 생겼다. 제대로 된 피드백이 나오지 않았던 것이다. 이때 깨달았다. 상대의 글에 대해 칭찬을 하거나 조언을 하려면 글부터 정확하게 이해해야 한다는 것을. 따라서 칭찬이나 조언 이전에 글을 읽고 생각하는 시간이 반드시 있어야 한다.

끝으로, '모둠원의 칭찬' 단계에서 유의할 점은 두 가지다. 우선 칭찬이 구체적이어야 한다. 하나의 문장이나 구절, 발상이나 표현 등 명확하게 드러나는 것으로 칭찬해야 한다. 그래야 추상적이라거나 거짓말이라는 느낌이 들지 않는다. 다음으로 칭찬은 아끼지 말아야 한다. 이왕이면 폭포수처럼 칭찬이 쏟아지는 게 좋다. 아무리 덕질의 대상에 대해 적는다 해도 글쓰기가 늘 재미있을 수만은 없기 때문이다. 글쓰기는 기본적으로 힘든 작업이다. 때로는 아이디어 하나 짜내는 것도, 한 문장 써나가는 것조차 힘들 때가 있다. 그 과정을 이겨내고 글을 써왔다면 그 자체만으로도 칭찬받아 마땅하다. 지켜본 결과 워크숍에 참여한 학생들이 가장 좋아한 것도 바로 이 단계였다. 글 쓰느라 힘들었던 시간에 대해 보상받는 느낌이 들어서인지도 모르겠다. 어쨌든 이 과정을 통해 서로 많이 친해지기도 했다. 이 단계는 쓰기도 즐기고 친구도 사귀는 데 결정적인 역할을 한다. 그러니 칭찬은 구체적으로 하되 결코 아끼지 말자.

**피드백을 주고받을 때 칭찬과 조언의 비율은 어느 정도가 적당할까**

모둠 활동은 크게 두 가지로 구성된다. 하나는 모둠원 각자가 작가가 되어 자신의 글을 발표하는 것이고, 다른 하나는 글을 돌려 읽으며 피드백을 주고받는 것이다. 이때 꼭 기억해야 할 점이 하나 있다. 피드백의 초점은 상대의 잘못을 지적하는 데 있는 것이 아니라는 점이다.

피드백은 더 나은 글쓰기를 위해 아이디어를 나누는 게 포인트다.

일종의 전략회의라고 생각하면 된다. 이미 좋은 글을 더 좋게 만들기 위해 아이디어를 모으는 회의 말이다. 이게 잘되려면 피드백할 때 칭찬 7, 고칠 점 3 정도의 비율을 지키는 게 좋다. 기껏 글을 발표했는데, 고칠 점을 너무 많이 지적받으면 누구든 의욕이 떨어질 수밖에 없기 때문이다.

쓰기 워크숍이 작가들의 모임이라고는 하지만 학생들의 경우 아직 전문적인 작가는 아니다. 이제 막 쓰기를 시작한 상황이다. 게다가 피드백 받을 글도 초고다. 사실 따지고 보면 전문 작가의 글도 초고는 엉망진창이다.

그런 만큼 이제 막 쓰기를 시작한 친구의 글, 그것도 초고에서 부족한 점을 찾으려 들면 한도 끝도 없다. 나아가 발표자의 입장에서도 고칠 점을 열 가지, 스무 가지씩 지적받으면 글쓰기 의욕이 떨어질 수밖에 없다. 그러니 친구의 글에 대해서는 잘못된 것에 대한 지적보다는 칭찬을 많이 해 주어야 한다. 명심하자. 쓰는 행위는 무조건 재미있어야 한다는 것을. 그래야 계속 쓸 수 있는 것이다. 이게 가능하려면 어떻게 해야 할까? 고쳐야 할 부분에 대한 조언도 있어야겠지만, 기본적으로 서로의 글에 대한 칭찬이 더 많아야 한다.

읽고 싶은 책이 있는데 그 이야기가 책으로 나오지
않았다면, 당신이 그 이야기를 쓰면 된다.
·

토니 모리슨

## 3장

콘셉트 발굴에서 예상 독자 분석까지
책을 쓰기 전 해야 할 작업들 1

# 책 쓰기 프로젝트의
# 밑그림

# 아이디어 공책 만들기

2007년 11월, 과학 전문지 〈네이처〉는 '인류 역사를 바꾼 세계 10대 천재'를 발표했다. 그중 1위가 누군지 아는가? 위대한 화가이자 음악가, 건축가, 공학자, 철학자, 해부학자, 생물학자로 이름 높은 레오나르도 다 빈치(Leonardo da Vinci)다.

사람들은 흔히 그의 최고 걸작으로 〈모나리자〉와 〈최후의 만찬〉을 꼽곤 한다. 하지만 다 빈치를 천재로 만든 진정한 걸작은 따로 있다. 바로 '코덱스 아틀란티쿠스'로 이름 붙여진 비밀 노트다. 코덱스 아틀란티쿠스는 비행기 날개, 잠수함 등 기기 발명에 대한 아이디어뿐만 아니라 자연 현상에서부터 농담, 우화, 당대 학자들의 사상, 심지어는 요리법에 이르기까지 온갖 메모들로 가득하다고 한다. 그림을 그릴 때조차 그림 그리기보다는 무언가를 기록하면서 더 많은 시간을

보냈다는 레오나르도 다 빈치.[1]

그의 업적이 그처럼 빛날 수 있었던 이유도 따지고 보면 번뜩이는 아이디어를 기록한 뒤 구체적으로 발전시켰기 때문은 아닐까?

## 아이디어 공책
## 왜 만들어야 하지

아이디어 공책은 메모 공책의 다른 이름이다. 다 빈치식으로 말하자면 '나만의 코덱스 아틀란티쿠스'쯤 되는 것이다. 그렇다면 책 쓰기에서 왜 이게 필요할까? 두 가지 이유를 들 수 있다. 첫째, 반짝이는 아이디어를 잡아둘 수 있기 때문이다. 누구나 그렇겠지만 일단 책을 쓰기로 마음먹고 나면 책의 주제와 관련된 아이디어가 마구마구 샘솟는다. 이때 가장 중요한 작업은 뭘까? 떠올린 아이디어들을 빠짐없이 적어두는 것이다. 그런 뒤 쓸만한 것들을 골라내 여러 번 반복해 읽으면서 아이디어를 구체화하는 것이다. 되짚어 보면 나는 애써 떠올린 아이디어를 적어두지 못해 잃어버린 적이 많았다. 이 때문에 머리를 쥐어뜯은 적도 한두 번이 아니다. 그러니 명심하자. 소중한 아이디어를 지키는 최고의 방법은 늘 공책을 가까이 두는 것임을. 나아가 생각이 떠오를 때마다 메모하는 것임을 말이다.

---

1  오상진, "레오나르도 다 빈치'처럼 철저하게 기록하고 정리하라!', 〈한국강사신문〉, 2022년 3월 5일자 기사.

둘째, 아이디어를 공책에 적어둠으로써 계속 발전시켜 나갈 수 있기 때문이다. 포스트잇이나 메모지에 남긴 글은 일회적 성격이 강하다. 한번 쓰고 나면 곧 버려진다. 하지만 가만 보면 그렇게 사라진 아이디어 중에는 오랫동안 발전시켜야 할 아이디어, 나중에 그 가치가 재발견되는 아이디어가 적지 않다. 때로는 오래된 아이디어와 새로운 아이디어가 결합해 근사한 모습으로 재탄생하기도 한다. 아이디어가 또 다른 아이디어를 부르기에 가능한 일이다.

예를 들어보자. 몇 년 전 《덕질로 배운다! 10대를 위한 글쓰기 특강》의 콘셉트를 잡을 때였다. 출판사로부터 청소년용 글쓰기 책 집필 제안을 받고는 이런저런 아이디어들을 적어두긴 했다. 하지만 여전히 이 책만의 색깔이 뚜렷이 잡히지 않아 답답했다. 그러던 중 예시 사진의 오른쪽 위 '요약하기'에 관한 메모를 보고 생각에 잠겼을 때의 일이다.

사실 글을 잘 쓰려면 요약하기 연습도 필요하다. 하지만 자칫하면 이 활동이 지루할 수 있다는 게 고민거리였다. 어떻게 하면 이걸 재미있게 풀어낼 수 있을까 생각하고 있는데 갑자기 메모해두었던 '재미있게'라는 단어가 확 들어와 꽂혔다. 순간 궁금해졌다. 재미있게? 놀이하듯 재미있게 글쓰기를 할 수는 없을까? '덕질'이란 단어가 떠오른 것도 이때였다. 학생 중엔 의외로 덕후가 많지 않나? 그렇다면 BTS의 아미가 BTS에 대해 글을 쓴다면, 게임이나 웹툰 덕후가 자신의 덕질에 대해 글을 쓴다면 그게 바로 놀이처럼 즐기는 글쓰기가 되

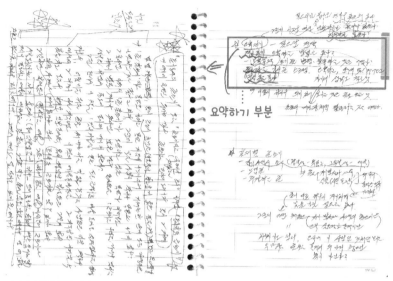

아이디어 공책 활용 예시

지 않을까?

　이와 관련된 아이디어를 재빨리 메모했다. 그러고 나자 비로소 무엇을 어떻게 써야 할지 알게 되었다. '놀이하듯, 덕질로 배우는 글쓰기'라는 책의 방향이 잡히는 순간이었다. 일단 한번 생각의 물꼬가 트이자 다음 아이디어들이 꼬리에 꼬리를 물고 떠올랐다. 책 한 권 쓰는 것도 금방이었다. 이 속에서 깨달았다. 아이디어 공책을 활용하면 책 쓰기가 생각보다 훨씬 쉬워진다는 것을 말이다. 그러니 여러분도 아이디어 공책 한 권 정도는 꼭 만들어보기 바란다. 돈도 별로 안 드는데 효과는 만점이다.

## 어떻게 적을 것인가

방법은 간단하다. 먼저 공책을 한 권 산다. 이후엔 그때그때 떠오르는 아이디어를 마음에 드는 곳에 정리해 두면 된다. 중요한 것은 아이디어를 메모하는 것이고 그걸 반복해 살펴보며 생각을 발전시켜 나가는 것이다.

나의 경우를 소개하자면, 처음에는 공책의 오른쪽 공간에만 메모를 한다. 또 메모와 메모 사이의 간격은 다소 넓게 띄운다. 메모를 읽다 보면 갑자기 연관된 아이디어가 떠오르는 경우가 많아서다. 이때 기존의 메모에 새 메모를 덧붙이려면 아무래도 여백이 충분한 게 좋다.

앞서 소개한 예시 사진에서도 이런 모습을 확인해 볼 수 있다. '요약하기' 관련 메모도 처음엔 다섯 줄 정도에 불과했다. 그러다가 두 번째 읽을 때 밑에 두 줄이 덧붙었고 그다음엔 위쪽에 세 줄이 추가되었다. 그러다가 문득 '아하!' 하는 아이디어가 떠올라 비어 있던 왼쪽 공간을 새로운 메모로 가득 채우게 되었다. 공책을 쓰다 보면 이런 경우를 종종 만난다. 그야말로 축복받은 순간이다. 이런 기회를 붙잡기 위해서라도 아이디어 공책 정리는 필수다.

덧붙여, 스스로 생각하기에 악필이라면 아이디어 공책의 내용을 한글 파일로 정리한 뒤 출력해서 보는 것도 고려해 볼 만하다. 처음부터 정리할 필요는 없다. 공책 분량이 꽤 되어 새로운 아이디어 생성이 조금 뜸해질 무렵 작업하면 된다. 이렇게 정리를 해 두면 내용을 좀 더 깔끔하고 쉽게 볼 수 있어 좋다. 다만 이때도 메모 사이의 여백은 충분히 확보해 둘 필요가 있다. 언제 어떤 아이디어가 떠오를지 모르기 때문이다.

## 알아두면 좋은 몇 가지

아이디어는 많으면 많을수록 좋다. 쓸모없는 아이디어는 없고 근사한 아이디어가 쓸모없어 보이는 아이디어 속에 숨어 있는 경우도 많다. 그러니 메모할 때 이것저것 중요도를 너무 따져가며 하지는 말자. 평범해 보이는 아이디어가 여럿 있으면 그 속에 반짝이는 아이디어 하나쯤 반드시 있다는 사실을 기억하자.

좋은 아이디어는 좋은 자료에서 나온다. 따라서 쓸거리와 관련해 충분한 자료조사를 했다면 가치 있는 자료를 찾아내 꼼꼼하게 읽어보는 게 좋다. 마음에 드는 부분을 만나면 밑줄도 긋고 메모도 하며 읽어보라. 그런 뒤 자료의 메모 내용을 아이디어 공책에 옮겨보라. 그 아이디어가 씨앗이 되어 훨씬 더 빛나는 아이디어를 불러올 것이다.

중요한 건
먹힐 만한 콘셉트

눈길 가는
콘셉트 만들기

다음에 소개하는 그룹의 이름은 무엇일까? 이 그룹은 2013년 6월 13일에 데뷔한 7인조 보이그룹이다. 국내외 신인상을 휩쓴 이 그룹은 한국을 대표하는 '21세기 팝 아이콘'으로도 불린다. 미국 빌보드, 영국 오피셜 차트, 일본 오리콘을 비롯해 아이튠즈, 스포티파이, 애플뮤직 등 세계 유수의 차트 정상에 올랐다. 이뿐만이 아니다. 음반 판매량과 뮤직비디오 조회수, SNS 팔로워 등에서도 독보적인 기록을 써내려가고 있다. 한 주에 빌보드 핫 100 차트와 빌보드 200 차트 정상을 동시에 석권한 최초의 그룹이기도 하며, 빌보드 200에서 다섯 차례, 핫 100에서 다섯 차례 1위를 차지하기도 했다. 이와 함께 제 63회 그래미 어워즈에서는 한국 가수 최초로 단독 무대를 펼침으로써 빌보드 뮤직 어워즈, 아메리칸 뮤직 어워즈를 비롯한 미국 3대 음

악 시상식 무대에서 공연하는 기록 또한 세웠다.[2]

## 콘셉트, 넌 누구냐

조금이라도 이 그룹에 관심이 있다면 바로 알아챘을 것이다. 답은 방탄소년단, 즉 BTS다. 궁금했다. 우리나라에만 국한해도 무수한 보이 그룹이 있는데 왜 유독 이 그룹만 그처럼 독보적인 스타가 될 수 있었을까? 찾아보면 이유야 많을 것이다. 하지만 내가 생각하는 결정적 이유 중 하나는 이름의 정체성에 있다.

방탄소년단이란 이름에서 '방탄'은 '총알을 막아낸다'는 뜻이다. '10대들이 살아가면서 겪는 힘든 일, 편견과 억압을 우리가 막아내겠다'는 의미를 담고 있다고 한다. 그래서일까? 방탄소년단이라는 이름과 마주할 때 내가 떠올리는 이미지는 '상처에 대한 공감과 위로'다. '나는 내가 사랑해야 할 단 하나의 존재'이기에 '나를 사랑하는 것이 진정한 사랑의 시작'이라는 메시지를 담은 앨범 〈Love Yourself〉도 이런 맥락에서 접근할 수 있다.

이처럼 '방탄소년단(BTS)'이라는 이름을 대할 때마다 내가 곧바로 떠올리게 되는 이미지, 이를 두고 뭐라고 할까? 콘셉트라고 한다. 따지고 보면 가수뿐만 아니라 이름 있는 브랜드, 영화, 책 등 성공한 무

---

2  나무위키. https://namu.wiki/w/%EB%B0%A9%ED%83%84%EC%86%8C%EB%85%84%EB%8B%A8.

언가는 모두 뚜렷한 콘셉트를 가졌다. 예를 들어보자. 출출한 밤이면 생각나곤 하는 배달의민족 앱에서는 무엇이 떠오르는가? 적어도 내게는, '줄 서서 먹던 맛집의 음식도 간편하게 배달'해 주는 이미지다. 그런가 하면 〈나혼자산다〉라는 TV 프로그램에서는 '홀로 사는 유명인의 일상'을, 〈텐트밖은유럽〉이라는 프로그램에서는 '호텔 대신 캠핑장, 식당 대신 현지 마트를 이용하는, 세상 자유로운 유럽 캠핑'을 떠올리게 된다.

그렇다면 책의 콘셉트란 뭘까? '나만의 색깔(자신의 정체성을 보여주는 차별화된 이미지)'이다. 책 쓰기와 관련지어 말하자면 '책 속에 담아내고자 하는 핵심 내용'을 가리키기도 한다. 그래서 콘셉트는 제목의 형태로 책의 표지에 바로 드러나는 경우도 많다. 예시 1의 사례를 보자.

여기서 알 수 있는 책의 콘셉트는 뭘까? 제목 그대로다. 선인장도

책의 콘셉트 예시 1(출처: 《선인장도 말려 죽이는 그대에게》 표지, 송한나 지음, 책밥, 2020)

책의 콘셉트 예시 2(출처: 《에어프라이어 홈베이킹》 표지, 김자은 지음, 책밥, 2019)

말려 죽이는, 식물에 대해서는 아무것도 모르는 사람에게 알려주는 '반려식물 키우는 법'이다. 나아가 '집 안에 아름다운 정원 만드는 법'을 알려주는 책이라고 해도 되겠다. 그러면 예시 2의 콘셉트는 뭘까?

역시 제목 속에 모든 게 담겨 있다. 집에 있는 에어프라이어를 활용해 과자 만드는 법을 알려주는 책이다. 제목 아래에 '가장 쉬운'이라는 표현이 있는 것으로 보아 이 책 또한 요리 초보자를 위한 책임을 알 수 있다.

바로 이 지점에서 한 가지 질문을 던져보자. 콘셉트를 왜 이처럼 책의 맨 앞에 노골적으로 드러내는 것일까? 콘셉트만큼 책의 성격을 명쾌하게 보여주는 것도 없기 때문이다. 그런 점에서 보면 콘셉트는 책의 얼굴이다. 더불어 책의 방향과 성격을 결정지을 뿐만 아니라 독자의 시선을 끄는 강력한 무기도 된다. 저자마다 매력적인 콘셉트를 찾기 위해 골몰하는 이유다.

## 좋은 콘셉트의 조건

그러면 독자를 매혹하는 콘셉트, 이른바 좋은 콘셉트라면 마땅히 가져야 할 요건이라는 것도 있을까? 물론이다. 다음의 네 가지로 정리해 볼 수 있겠다.

첫째, 자기만의 독특한 색깔이 잘 드러나야 한다. 차별화될 수 있어야 한다는 뜻이다. 예를 들어보자. 빵 덕후들 사이에서 유행하는 문화 중 '빵지순례'라는 말이 있다. 전국의 빵 맛집을 찾아 떠나는 여행인 셈인데, 맛과 재미를 동시에 느낄 수 있어 나도 한 번쯤 도전해 보고 싶은 것 중 하나다.

그런데 추천 빵집들을 보다 보면 재미있는 점이 하나 발견된다. 달콤한 풍미나 고소함, 쫀득한 식감 등 맛집 추천이니 맛에 대한 설명은 기본일 것이다. 하지만 맛과 함께, 때로는 맛 이상으로 그 집에서만 느낄 수 있는 독특한 캐릭터나 분위기도 중요하게 다루어질 때가 많다. 어떤 집은 세련된 도시 감성으로, 어떤 집은 투박하지만 어딘지 모르게 정감 가는 빈티지 느낌으로 사람을 끈다는 식으로 말이다. 그런가 하면 돌가마나 동화 속 공간 같은 분위기로, 또는 마치 공장처럼 컨베이어 벨트에서 빵이 내려오는 독특한 콘셉트로 입소문을 탄 곳도 있다. 결과적으로 맛도 맛이지만 그에 못지않게 그 집만의 독특함도 인기 비결이었던 셈이다.

책의 콘셉트도 다를 바 없다. 독자의 시선을 끌고 싶다면 좋은 내용과 함께 자기만의 독특한 색깔을 가져야 한다. 어디서나 들을 수 있는 이야기, 어디서나 느낄 수 있는 감성으로는 뭔가 부족하다. 자기만의 구체적이고 뾰족한 콘셉트를 찾아야 하는 이유다.

둘째, 저자가 즐길 수 있는 콘셉트라야 한다. 언젠가 〈유퀴즈온더블럭〉이라는 TV 프로그램에서 '어떤 콘텐츠가 좋은 콘텐츠라고 생각하는지' PD들에게 물은 적이 있다. 사람들에게 긍정적인 영향을 주는 콘텐츠, 세상에 대한 따뜻한 관심을 담은 콘텐츠 등 PD마다 좋은 콘텐츠에 대한 자신의 생각을 밝히는 게 인상 깊었다. 그런데 그중

제일 기억에 남는 게 무엇인지 아는가? '만드는 사람이 즐거워하는 콘텐츠'였다. 이 말을 듣는 순간 격하게 공감했다. 즐거움은 전염되기 때문이다. 만드는 사람이 즐거워야 보는 사람도 즐겁다. 책의 콘셉트도 마찬가지다. 쓰는 사람이 즐거워야 읽는 사람도 즐겁다. 나아가 쓰는 게 즐거워야 계속해서 쓸 수도 있다.

그래서 제안하는 게 덕질이나 자신의 진로를 바탕으로 콘셉트를 찾는 것이다. 팝송을 좋아한다면 팝송에서, 건축가가 되는 게 꿈이라면 건축 분야에서 콘셉트를 발굴하면 된다. 그래서 시간을 투자해도 아깝지 않은 콘셉트, 책을 쓰는 게 놀이처럼 즐거워지는 콘셉트를 찾아내는 게 포인트다.

셋째, 간결하면서도 구체적이어야 한다. '하이 콘셉트'라는 말이 있다. 할리우드에서 주로 사용하는 용어로, 스티븐 스필버그(Steven Spielberg) 감독식으로 말하자면 '손에 잡힐 듯 아주 간결한 아이디어'를 의미한다. 그는 복제 공룡에 대한 아이디어를 토대로 영화 〈쥬라기 공원〉을 제작한 것으로 잘 알려져 있는데, 이때 사용한 '만약 지금이 시대에 복제 공룡이 나타난다면?'과 같이 간결하고 선명하게 그려지는 아이디어가 바로 하이 콘셉트(High Concept)다.

그러면 구체적이면서도 손에 잡힐 듯 간결한 콘셉트는 왜 좋은가? 찰나에 상대의 마음을 사로잡으려면 반짝이는 것만으로는 부족하기 때문이다. 〈쥬라기 공원〉의 예에서 보듯, 멋진 아이디어일수록 간결하고 구체적으로 표현되어야 단숨에 상대의 마음속으로 파고들 수

있다.[3]

넷째, 독자에게도 유익해야 한다. 책이란 결국 독자와의 소통을 위한 것이기 때문이다. 따라서 아무리 소중하고 좋은 내용이라 하더라도 독자에게 아무런 의미가 없다면 좋은 책이 되기 어렵다. 독자는 내 책을 읽는 대신 친구와 유쾌한 시간을 보낼 수도 있었다. 또는 재미있는 TV 드라마나 영화, 음악 따위를 즐기며 시간을 보낼 수도 있었다. 그런데도 내 책을 읽어준 고마운 사람이다. 이런 독자의 시간이 헛되지 않도록 콘셉트를 잘 잡는 것도 작가의 의무다. 기발한 아이디어가 있다든지, 가슴 먹먹한 울림이 있다든지, 또는 유용한 정보가 있다든지, 어쨌건 독자의 시간이 아깝지 않을만한 무언가가 반드시 있어야 한다.

## 나만의 콘셉트 만들기

앞서 말했듯, 좋은 콘셉트의 조건 중 하나는 자기만의 독특한 색깔을 가지는 것이다. 그런데 이게 생각보다 만만찮게 여겨질 수 있다. 우리는 지금껏 살아오면서 이미 수많은 정보의 영향을 받았기 때문이다. 따라서 '완벽하게 독창적인 아이디어, 완전히 새로운 나만의 생각'이란 하나의 허구일 수 있다. 그러면 어떻게 자기만의 차별화된 콘셉트를 만들 수 있을까? 너무 어렵게만 생각할 필요는 없다. 비록 온

---

3  윤창욱, 《덕질로 배운다! 10대를 위한 글쓰기 특강》, 책밥, 2021, 131-132쪽.

전히 새로운 건 아닐지라도, 독자가 새롭다고 느끼도록 만들면 되기 때문이다.

언젠가 한 학생이 자신의 진로를 고려해 경제학 관련 책을 쓰고 싶다고 말한 적이 있다. 그래서 기획서를 봤더니 차례가 경제학과 관련된 일반적인 내용들로 채워져 있었다. 독특함이 부족했던 것이다. 여러분의 친구가 이런 식으로 콘셉트를 잡았다면 어떻게 조언해 줄 것인가?

가장 쉬운 방법은 저자가 학생인 점을 고려해 차별화를 시도하는 것이다. 사실 경제학 지식을 담은 책은 이미 차고 넘친다. 하지만 저자가 10대 학생인 경우는 좀처럼 찾기 어렵다. 그렇다면 이 점을 부각시켜야 하지 않을까? 10대의 입장에서 같은 또래인 10대들이 재미있어하거나 궁금하게 여길 것들을 찾아 대화하는 식으로 책을 쓴다면 어떨까? 또는 만화 그리기에 취미가 있는 학생이라면 웹툰 형식으로 경제학 책을 쓸 수도 있을 것이다. 이처럼 자신의 정체성이나 색깔을 잘 살리는 것만으로도 남과 차별화된 콘셉트를 만들 수 있다.

이 책의 경우도 마찬가지다. 서점에 가 보면 책 쓰기를 다룬 책은 참 많다. 그러나 청소년을 대상으로 한 책 쓰기 책은 생각보다 많지 않다. 게다가 덕질과 진로 탐색을 재료 삼아 쓰기 워크숍으로 책 쓰기를 제안하는 책은 더더욱 드물다. 여기에 학생들과의 책 쓰기 경험까지 더하면 어디서도 찾기 힘든, 독특한 콘셉트가 만들어지는 것이다.

이미 알고 있겠지만, 지금까지 단 한 번도 듣지도 보지도 못한 완벽하게 새로운 콘셉트란 거의 없다. 하지만 여러분은 10대 학생이거나 무언가의 덕후이거나 모종의 꿈을 가졌다는 점에서 세상 누구와도 다른 특별한 존재이기도 하다. 그러니 기억해 두자. 비록 흔한 콘셉트라 할지라도, 여러분의 독특함을 담는 것만으로도 그것이 대단히 특별해질 수 있다는 것을. 나아가 그것이야말로 독자의 눈을 끄는 가장 빛나는 매력 포인트가 된다는 것을 말이다.

책 쓰기의 시작,
콘셉트 정하기

## 친구들이 찾아낸
## 콘셉트의 사례

'계단을 밟아야 계단 위에 올라설 수 있다.' 터키 속담이다. 이렇게 간결하면서도 구체적으로 실천의 중요성을 일깨우는 말이 또 있을까 싶다. 그렇다. 원하는 게 있는데 생각만 해서는 저절로 이루어지지 않는다. 바라는 곳으로 가고 싶다면 힘들더라도 한 걸음 한 걸음 계단을 밟고 올라서야 한다. 책 쓰기도 마찬가지다. 책을 쓰고 싶다는 마음만으로는 부족하다. 나만의 책을 가지고 싶다면 단 한 줄이라도 좋으니 직접 써야 한다.

책 쓰기는 대개 콘셉트 정하기에서 시작된다. 하지만 콘셉트를 어떻게 잡아야 할지 아직 막막한 사람도 있을 것이다. 그래서 친구들의 사례 몇 가지를 소개한다. 참고가 되었으면 좋겠다. 성격에 따라 덕질에 치우친 것도 있고, 진로에 초점을 맞춘 것도 있다. 편의상 구분은 했지만 둘이 명확하게 나뉘는 것은 아니다. 특히 진로에 초점을 맞췄을 때는 자연스레 덕진일치가 나타난 경우가 많았다. 성인과 달리 학생의 경우, 아직은 진로를 탐색하는 과정에 있어 자신의 진로와 좋아하는 분야가 다를 이유가 없기 때문이다. 그러면 덕질에 관한 것부터 먼저 살펴보자.

### 덕질, 내가 좋아하는 것
### 그래서 너와 나누고 싶은 것

덕질과 관련된 콘셉트로 대표적인 것 중 하나는 케이팝이나 아이돌 그룹을 다룬 것이다. '방탄의, 방탄에 의한, 방탄을 위한 삶을 사는 나'라고 스스로를 소개한 학생이 생각난다. 그녀는 BTS의 열혈 팬답게 BTS만의 숨은 매력을 소개하는 콘셉트를 만들었다. 대표곡 소개뿐만 아니라 BTS의 출발과 성장 과정, 다른 아이돌 그룹과의 차별점, 전 세계에 미친 선한 영향력 등 대중에게 잘 알려지지 않은 이야기를 알리는 것으로 콘셉트를 잡았다. 이런 콘셉트는 〈응답하라 1997〉의 주인공 시원이가 HOT에 빠져 글쓰기를 즐겼듯, 자신의 우상과 함께 책 쓰기를 할 수 있다는 점에서 쓰기를 즐길 수 있는 좋은 콘텐츠가 된다.

특정 그룹에 초점 맞춘 경우도 있지만 이와는 달리 자기가 좋아하는 음악을 소개하는 것으로 콘셉트를 잡은 경우도 있었다. 봄을 느낄 수 있는 노래, 감성 타기 좋은 가을 노래 등 사계절을 담은 노래나 등하굣길에 들을 만한 노래, 썸탈 때 듣기 좋은 노래와 같이 다양한 상황에 어울리는 곡을 소개함으로써 독자를 아름다운 음악의 세계로 끌어들인다는 게 콘셉트의 핵심이었다. 덧붙여 자신이 가장 좋아하는 몇몇 곡에 대해서도 소개했는데 자기가 알고 있는 매혹적인 음악을 또래 학생과 나눈다는 점이 좋았다. 이는 다양한 상황에 어울리는 노래가 얼마든지 추가될 수 있다는 점에서 쓸거리 찾기에도 좋은 콘셉트다.

소설 덕후인 한 학생은 자신이 읽은 책 중에서 특히 재미있었던 작품만을 골라 소개하는 콘셉트를 잡기도 했다. 낭만적이고 아름다운 사랑 이야기가 인상적인 작품, 판타지 속 모험을 즐길 수 있는 작품, 모종의 깨달음을 주는 작품 등 재미있고 유익한 책을 찾는 또래 학생들에게 그 책만의 매력 포인트를 중심으로 책을 소개하는 기획 의도가 흥미로웠다.

그런가 하면 어느 인문학 덕후는 '인문학을 여행하는 히치하이커를 위한 안내서'라는 콘셉트로 책 쓰기에 도전했다. 생활 속에서 가질 수 있는 다양한 의문을 인문학 지식을 통해 풀어나가는 에세이 모음집이었다. '인문학의 종말'이라는 단어가 낯설지 않게 된 현실이지만 '그렇게나 흥미롭고, 가슴 뛰게 하고, 호기심을 자아내는 인문학이 사라지는 일은 결코 없으리라'는 믿음 아래 인문학 지식을 활용하면 우리 삶에 대한 이해가 얼마나 흥미진진해지는지를 독자에게 보여주려

했다는 점에서 가치가 돋보이는 콘셉트였다.

더불어 자신을 '탐구를 좋아하고 생각이 끝없이 이어지는 피곤한 성격의 IT 기술 덕후'라고 소개한 학생의 사례도 기억에 남는다. 이 학생은 IT 기술과 인공지능, 인터넷 문화의 발전이 우리 삶을 어떻게 변화시킬 것인지를 알려주는 콘셉트로 책 쓰기를 시도했다. 밈에 살고 밈에 죽는 요즘 세대의 특성을 비롯해 스마트폰과 3D 프린터, 가상화폐가 삶에 미치는 영향에 대해 꽤 깊이 다룬 글을 썼는데, 10대의 덕질이라 하여 가벼운 것만 있는 게 아님을 보여주었다는 점에서 특별하게 다가왔다.

## 진로 탐색, 나의 미래는
## 가능성으로 가득하다

자신의 진로와 관련지어 자주 볼 수 있는 콘셉트 중 하나는 역사를 활용한 것이다. 역사 분야로 진로를 정한 한 학생은 잘 알려지지 않은 우리나라의 역사를 대중에게 알리는 것으로 콘셉트를 잡았다. 설렁탕을 통해 본 배달 음식의 역사, 귀신의 모습을 통해 들여다본 여성 억압의 잔혹사, 흰색이 저항의 상징으로 자리 잡은 이유 등 우리가 기억해야 할 사건과 그 속에 담긴 의미를 쉽고 재미있게 에세이 형식으로 풀어 독자와 소통하고자 한 모습이 돋보였다.

그런가 하면 같은 역사를 소개했지만 인물에 좀 더 초점을 맞춘 경우도 있었다. 세종대왕이나 윈스턴 처칠같이 뛰어난 리더, 니체나 톨

스토이처럼 더 나은 삶을 위해 고민한 철학자, 부조리한 질서를 바꾸기 위해 고난의 길도 마다하지 않았던 이름 없는 혁명가 등 역사 속 인물이나 사건을 통해 깨달음을 얻고 그 내용을 독자와 나누려 했다는 점에서 의미 있는 콘셉트였다.

게임 개발자도 꽤 많은 학생이 희망하는 진로 중 하나다. 이와 관련해 기억나는 콘셉트 하나는 '또래 학생이 들려주는 코딩 이야기'라는 콘셉트다. 게임을 개발하기 위해서는 코딩 공부가 필수적인데 공부하는 과정에서 다소 어려움을 겪었던 모양이다. 그래서 친구들은 자신과 같은 시행착오를 겪지 않도록 일종의 코딩 길잡이가 될 수 있는 책을 쓰고자 했다. 또래 학생이라면 누구나 쉽게 이해할 수 있도록 또래의 관점에서 서술하는 데 초점을 두었다. 시행착오를 통해 얻은 소중한 깨달음을 또래 친구와 나누려는 시도가 보기 좋았다.

심리학과에 진학하기를 희망하던 학생의 이야기도 빼놓을 수 없다. 책을 쓰는 과정에서 자신이 얼마나 아들러 심리학을 사랑하는지 알게 되었다고 밝힌 그 학생은, 아들러 심리학을 통해 과거의 상처에서 벗어나게 되었다는 고백까지 했다. 트라우마를 새로운 관점에서 바라봤기에 가능했던 일이다. 콘셉트는《미움받을 용기》를 중심으로 각종 자료를 읽으며 떠올린 온갖 생각과 감정, 경험을 여러 꼭지로 나누어 독자와 공유하는 것이었다. 하나의 대상을 깊이 있게 파고들며 그 속에서 자기 이해와 미래 전공에 대한 앎의 폭을 넓히는 콘셉트라는 점에서 주목할 만했다.

한 권의 책을 깊이 있게 읽으며 점차 그 적용 범위를 확대하는 방법이 있는가 하면 하나의 진로와 관련해 다양한 책을 폭넓게 읽는 방법도 있다. 약학과 진학을 꿈꾸는 한 학생은 관련 전공 희망자들이 관심 가질 만한 책들을 골라 서평 책 쓰기를 시도했다. 《이기적 유전자》, 《생명과학, 신에게 도전하다》와 같은 생명과학, 《세상은 온통 화학이야》, 《원소 이야기》를 비롯한 화학, 《인류를 구한 12가지 약 이야기》, 《위대하고 위험한 약 이야기》 등 약학 관련 책들을 읽고 화학과 생명과학, 약학에 관심이 있는 고등학생이라면 누구나 쉽게 읽고 이해할 수 있도록 책에 대해 소개하는 콘셉트로 만들었다. 자신의 진로 탐색 과정에서 여러 종류의 책을 읽고 얻은 값진 지식을 공유한다는 점에서 가치를 찾을 수 있는 콘셉트였다.

그런가 하면 건축학과 진학을 꿈꾸는 한 학생은 다양한 자료를 읽으며 '팬데믹 이후 바뀌게 된 건축의 미래'를 탐구하는 내용으로 콘셉트를 잡았다. 코로나19를 겪으면서 바뀌게 된 공간에 대한 개념, 사람들이 살고 싶어 하는 공간의 특징, 전염병 창궐과 도시 해체의 가능성 등에 대해 다루어 보겠다는 계획을 세웠는데, 책 쓰기를 통해 관심 분야에 대한 전망을 탐색해 본다는 점이 좋아 보였다.

이 외에도 덕질이나 진로 탐색의 틀을 넘어 자신의 일상에서 콘셉트를 찾아낸 사례도 눈길을 끌었다. 자신이 키우는 반려동물이나 감명 깊게 읽은 책, 채식의 필요성 등을 에세이 형태로 섬세하게 소개하는 것으로 콘셉트를 잡은 경우다. 그런가 하면 계절이나 날씨마다 다른 냄새의 특성을 비롯해 자신의 머릿속에 둥둥 떠다니는 온갖 생각을 일기처럼 적는 것으로 콘셉트를 잡은 사례도 기억에 남는다. 나아가 사람들이 가지고 있는 다양한 편견의 부당함에 대해 날카롭게 비판하는 에세이 모음집이나 새벽에 떠오르는 색다른 감상을 시로 표현한 콘셉트도 흥미로웠다.

지금까지 덕질과 진로 탐색을 중심으로 친구들이 찾아낸 콘셉트를 살펴보았다. 여러분도 이미 알고 있겠지만, 여기 제시된 사례는 수많은 학생 저자들이 찾아낸 콘셉트의 극히 일부에 불과하다. 엄밀한 의미에서 콘셉트는 저자의 수만큼 존재하기 때문이다.

물론 10대 학생 전체를 놓고 볼 때 학생 저자의 비율은 높지 않다. 하지만 혼자서 글을 쓰고 있는 학생도 더러 있고, 학교 차원에서 책 쓰기를 장려하는 곳도 있다. 또 각 지역 교육청에서는 '학생 인문 책 쓰기 동아리'를 적극적으로 장려하기도 한다. 따라서 매년 새로운 학생 저자들이 나타나고 있다고 봐야 할 것이다. 그런 만큼 생각보다 훨씬 다양한 콘셉트들이 존재할 수밖에 없다.

나와 똑같은 얼굴을 가진 사람은 세상에 단 하나도 없다. 마찬가지로 나와 똑같은 생각, 똑같은 취향, 똑같은 삶의 조건을 가진 사람 또한 단 하나도 없다. 학생 저자들이 만들어 낸 콘셉트가 저마다 독특하고 다를 수밖에 없는 이유다. 그러니 여기 소개된 사례는 참고만 하기 바란다.

# 예상 독자 분석하기

유료 가입자만 5,700만 명에 이르는 세계 최대 동영상 스트리밍 서비스. 뭘까? 넷플릭스다. 넷플릭스에 대한 자료를 찾다 보면 흥미로운 게 참 많다. 그중 하나가 콘텐츠 수에 대한 것이다. 경쟁 서비스인 아마존 인스턴트 프라임의 경우 제공하는 콘텐츠 수만 해도 8만 종이 넘고 국내 OTT 업체들이 제공하는 콘텐츠도 10만 종 이상이라 한다. 그러면 넷플릭스가 보유한 콘텐츠의 수는 얼마나 될까? 채 1만 종이 되지 않는 것으로 추정한다. 그렇다면 경쟁 업체 대비 겨우 10분의 1에 불과한 콘텐츠 수로 넷플릭스는 어떻게 그처럼 압도적인 시장 지배자가 된 걸까?

비결은 '추천 알고리즘'에 있었다. 넷플릭스는 시청자에게 영상마다 별점을 주도록 한 뒤 그 시청자가 선호하는 영상의 패턴을 분석했

고 이후 다음에 볼 작품을 추천해 준 것이다.[4]

　한 명 한 명의 시청자에 대한 분석과 그에 따른 맞춤형 서비스가 빛을 발한 대표적인 사례다.

## 실수에서 배우는
## 예상 독자 분석

넷플릭스의 이와 같은 성공이 우리 책 쓰기 프로젝트에 시사하는 바는 뭘까? 예상 독자를 잘 분석해야 한다는 점이다. 사실 시청자 분석을 통한 넷플릭스의 성공은 이게 다가 아니다. 스트리밍뿐만 아니라 콘텐츠 제작마저 뛰어난 넷플릭스는 콘텐츠를 만들 때도 빅데이터를 활용한다. 대표적인 사례가 〈하우스 오브 카드〉라는 리메이크 드라마다. 넷플릭스는 시청자 성향 분석을 통해 그들이 원하는 연출 스타일이나 좋아할 만한 배우 등을 파악했고, 이후 작품 제작에 들어갔다. 결과는 어땠을까? 대성공이었다. 시즌 1이 공개된 뒤 시청자 가운데 85%가 만족했으며 에미상 3관왕의 영예를 안을 만큼 대중성과 작품성 모두 인정받았으니 말이다.[5] 상대에 대한 분석은 이처럼 중요하다.

　그리고 보면 간단한 문자 한 통 보낼 때조차 받는 사람이 누구냐

---

4　[네이버 지식백과] 넷플릭스: 세계 최대 유료 동영상 서비스(용어로 보는 IT, 권혜미) https://terms.naver.com/entry.naver?docId=3579217&cid=59088&categoryId=59096

5　앞의 자료.

에 따라 많은 것이 달라지지 않나? 예를 들어 받는 이가 친한 친구일 때와 할아버지 할머니일 때, 또는 부모님이거나 선생님일 때를 가정해 보자. 어떤가? 멀고 가까운 정도 혹은 개인적인 기억에 따라 내용이나 말투 심지어 문장의 길이마저 달라지지 않나? 내가 보내는 메시지가 상대에게 닿으려면 구체적인 내용보다도 상대가 누구냐에 대한 고려가 먼저인 이유다.

그런데도 처음으로 책 쓰기에 도전하는 학생들을 보면 예상 독자 분석에 소홀한 경우가 많다. 따지고 보면 학생만 그런 것은 아니다. 나도 그랬다.

내 첫 번째 책을 낼 때였다. 한 권 분량의 영화 에세이 원고를 완성한 뒤 여러 출판사에 투고했다. 그러다가 어느 출판사와 연락이 닿아 출간하게 되었는데, 가장 중요한 부분이라며 담당 편집자가 맨 처음 던진 질문이 하나 있다. 뭔지 아는가? 타깃(예상 독자)이 누구냐는 것이었다. 20대라면 좀 더 가볍고 말랑말랑해야 하고 40대를 대상으로 삼는다면 그들이 공감할 수 있도록 좀 더 무게감이 느껴져야 하는데, 이도 저도 분명치 않은 게 문제라고 했다. 질문을 듣는 순간 '아차!' 싶었다. 비로소 깨달은 것이다. 1년 넘게 글을 쓰면서도 예상 독자가 누구인지 구체적으로 정하지 않았다는 것을 말이다. 생각해 보면 같은 영화에 대한 이야기라 하더라도 20대가 좋아하는 메시지와 40대가 선호하는 내용이 같을 리 없다. 따라서 처음부터 읽을 대상을 구체적으로 정한 뒤 글을 써야 했던 것이다.

결국 나는 어떻게 했을까? 40대를 예상 독자로 삼은 뒤 그에 맞춰 원고를 다시 써야 했다. 처음부터 예상 독자를 분명히 정했더라면 하지 않았을 일을 뒤늦게 한 셈이다.

## 예상 독자는
## 책에 어떤 영향을 미칠까

"나는 사랑하는 사람의 귀에 속삭인다는 생각으로 글을 쓴다." 미국의 저술가이자 환경운동가인 테리 템페스트 윌리엄스(Terry Tempest Williams)가 한 말이다. 글이 독자의 마음을 움직이려면 저자가 어떤 자세를 가져야 하는지 명쾌하게 보여주는 격언이라 생각한다. 그렇다. 글은 독자와의 소통을 위한 것이다. 그러므로 내 이야기를 들어줄, 내가 사랑하는 사람이 누구냐에 따라 내가 쓸 책의 방향도 달라질 수밖에 없다.

지금 집필 중인 책 쓰기 안내서도 마찬가지다. 이 책을 읽을 사람이 성인이냐 아니면 학생이냐, 소설을 쓰고 싶은 사람이냐 아니면 칼럼집을 쓰고 싶은 사람이냐, 또는 책을 쓰려는 목적이 상업적 성공을 위함이냐 아니면 자신의 내면을 들여다보기 위함이냐에 따라서도 전체 틀이 달라진다. 똑같은 책 쓰기 안내서라 하더라도 예상 독자의 나이, 직업, 성별, 책을 읽는 목적 등에 따라 그 속에 담을 내용과 말투, 심지어는 그림 한 장까지도 달라져야 하는 것이다. 이뿐만이 아니다. 때로는 동일한 책마저도 타깃이 누구냐에 따라 구성이 새로워질 수 있다.

박경리 선생의 대하소설 《토지》를 예로 들어보자. '소설로 쓴 한국 근대사'라는 평가마저 받는 이 작품은 구한말부터 1945년 해방에 이르기까지 우리 민족의 굴곡진 역사를 생생하게 그려낸 작품으로 유명하다. 뛰어난 문장과 흥미로운 사건의 연속으로 우리 문학이 낳은 최고의 작품 중 하나로 손꼽히지만 정작 10대 중 이 책을 처음부터 끝까지 다 읽어본 사람은 많지 않을 것이다.

이 때문이었을까? 2000년대 초반, 청소년의 눈높이에 맞춰 《청소년 토지》가 발간되었다. 원작과 비교해 무엇이 달라졌을까? 출판사에 따르면 분량이 1/6 정도로 줄어들었고 삽화가 곁들여졌으며, 책마다 끝에 중요한 역사적 사건과 인물 가계도 등이 덧붙여졌다고 한다. 왜 이런 변화가 나타났을까? 200자 원고지 4만 매에 이를 정도로 방대한 분량의 책을 청소년이 읽어내기란 쉽지 않았기 때문이다. 또 삽화가 들어가고 책마다 끝에 간단한 정리가 추가되면 내용 이해도 훨씬 쉬워지기 때문이다. 뒤집어 말하자면, 원작의 경우 청소년이 읽기엔 지나치게 길고 어려웠다는 뜻도 된다. 애초부터 청소년을 예상 독자로 삼지 않았기에 생겨난 일이다.

이처럼 같은 책이라 하더라도 예상 독자가 누구냐에 따라 책의 분량, 내용, 문체, 삽화의 존재 여부, 해설 자료에 이르기까지 전반적인 틀이 달라질 수밖에 없다. 책을 쓰기 전 예상 독자가 누구인지부터 살펴야 하는 이유다.

## 알아두면 좋은 몇 가지

100명의 독자에게 감동을 주고 싶다면 한 명의 독자부터 감동시켜야 한다. 따라서 예상 독자를 설정할 때는 추상적인 100명의 독자보다 구체적이고 생생한 독자 한 명을 떠올리는 게 더 낫다. 이후 그 독자와 대화를 나누듯 책을 쓰면 된다. 그러다 보면 한 명의 독자와 비슷한 100명의 독자에게도 울림을 줄 수 있을 것이다.

단 한 명의 예상 독자를 구체적으로 떠올리는 것은 쓸거리를 찾는 데도 좋다. 나도 종종 써먹는 방법인데, 쓸거리가 잘 생각나지 않는다면 또래 친구나 잘 아는 동생과 같이 가까운 대상을 떠올린 뒤 다음의 질문을 던져보라. '얘는 뭘 궁금해할까, 뭘 필요로 할까, 이걸 재미있어할까?' 이렇게 이어서 고민하다 보면 어느 순간 문득 떠오르는 쓸거리를 발견하게 될 것이다.

학생 저자에게는 학생 독자가 잘 어울린다. 생각해 보자. 10대에 대해 가장 잘 아는 사람은 누구일까? 10대 학생이다. 비슷한 나이인 만큼 주요 이슈나 고민 등도 자연스레 공유할 때가 많아서다. 하지만 학생을 타깃으로 삼은 책의 저자 중 학생은 드물다. 대부분이 어른이다. 그러니 이 책을 읽는 여러분이 또래의 관심사를 담은 책, 또래 학생을 예상 독자로 삼은 책을 써 보면 어떨까? 공감하기 쉽고 희소성도 있기에 그 자체로 주목받을지도 모른다.

꿈은 현실의 설계도이다.

.

나폴레옹 힐

**4장**

필수는 아니지만 도전해 볼 만한 것
책을 쓰기 전 해야 할 작업들 2

밑그림을 좀 더 제대로
그리고 싶다면

책 쓰기 여행을 떠날 거야,
근사한 계획을 세워야 해

## 목차 짜기

언젠가 여름 방학을 맞은 조카가 우리 집에 놀러 온 적이 있다. 조카와 함께 남해로 가족 여행을 떠나는 경우를 생각해 보자. 무엇부터 해야 할까? 우선은 가볼 만한 곳을 꼽아봐야 할 것이다. 창선대교와 남해대교, 독일마을과 다랭이마을, 금산 보리암, 상주 은모래비치, 사촌해수욕장, 원예예술촌, 섬이정원과 미조항, 설천 방면 해안도로 등이 떠오른다. 그런데 이모두를 다 둘러볼 수 있을까? 없다. 시간이 한정되어 있기 때문이다. 그렇다면 이때 필요한 게 뭘

가족 여행지를 표시한 지도(출처: 남해군청 지도서비스)

까? 일정표다. 정해진 시간 내에 기억에 남을 만한 곳을 효율적으로 둘러보도록 도와주기 때문이다.

실제로 우리는 ①창선대교로 들어가서 ②독일마을과 원예예술촌에서 즐거운 한때를 보냈다. 그리고 ③미조항에 들러 멸치회를 먹고 ④상주 은모래비치에서 해수욕을 했다. 이후 드라이브를 위해 ⑤설천까지 해안도로를 달렸다. 모두 바다를 좋아했고 특히나 설천의 바다 빛깔과 멀리 보이는 산 풍경은 잊을 수 없을 만큼 매혹적이었기 때문이다.

## 목차
## 지도 위에 그린 일정표

뜬금없이 웬 여행 타령이냐고 생각할지도 모르겠다. 이유는 별것 없다. 여행을 떠나는 것과 책을 쓰는 것은 서로 닮았기 때문이니까. 특히 여행 계획을 짜는 것과 목차를 짜는 것이 무척 닮았다.

생각해 보자. 여행을 떠날 때 왜 일정을 짜는 게 좋을까? 가고 싶은 곳이 있다 해서 아무런 계획 없이 여기저기 오가기를 반복하면 혼란스럽고 시간만 낭비되기 때문이다. 실제로 위의 여정에서도 애초 후보지였던 다랭이마을과 금산 보리암, 사촌해수욕장, 섬이정원 등은 빠졌다. 기존의 여행지와 성격이 비슷하거나 동선에서 너무 멀거나 때로는 통일성을 해쳤기 때문이다. 그러므로 가고자 하는 지역이 정해졌다면 지도를 펼쳐놓고 매력적인 동선부터 미리 그려보는 게 좋다. 그래야 각각의 여행지에서 봐야 할 포인트는 뭔지, 어디에서 무얼 먹어야 할지, 숙소는 어디로 잡을지도 구체적으로 정할 수 있어서다.

책 쓰기도 마찬가지다. 쓰고 싶은 내용이 많다고 해서 모든 것을 다 쓸 수는 없다. 책의 분량도 쓸 시간도 한정되어 있기 때문이다. 겹치는 것은 하나로 묶고, 통일성을 해치는 것은 빼야 한다. 그렇다면 이를 위해 꼭 필요한 게 뭘까? 목차다. 왜일까? 목차가 있어야 책에 대한 전체적인 그림을 그려볼 수 있어서다. 중복되는 꼭지는 무엇인지, 어떤 꼭지를 빼고 무엇을 더해야 하는지, 전달 효과를 최대화하려면 각각의 꼭지를 어디에 배치해야 하는지에 대한 고민도 목차가 있어야 가능하다. 따라서 목차는 책 쓰기 여행을 떠나기 전 지도 위에 그린 일정표와 같다. 책을 쓰는 내내 들여다보며 검토해야 한다는 점에서 말이다.

그런데 책 쓰기에 도전하는 학생들을 보면 의외로 목차 정하기를 소홀히 하는 경우가 많다. 당장 큰 필요성을 느끼지 못해서일 수 있다. 하지만 분명한 사실 하나는, 책 쓰기에서 목차는 콘셉트만큼이나 중요하다는 점이다. 개별 원고들 사이에 질서를 잡아주고 책 쓰기라는 긴 여정에서 우리가 길을 잃지 않도록 이끌어주는 일정표 역할을 하기 때문이다.

내 경우 책을 쓸 때마다 느꼈던 것인데 목차를 짜기 전에는 책을 써야겠다는 마음을 먹더라도 늘 막연하기만 했다. 하지만 어떻게든 목차를 잡고 나면 이제 정말로 책을 쓸 수 있겠다는 생각이 들곤 했다. 그러고 보면 목차는 책 쓰려는 마음을 다잡는 데도 참 좋다.

# 목차
## 어떻게 짤까

목차를 만드는 데 있어 딱히 정해진 방법 같은 건 없다. 콘셉트와 자신의 색깔을 잘 보여줄 수만 있다면 마음 가는 대로 작성하면 된다. 다만 일반적인 절차를 알고 있다면 편하긴 할 것이다. 그래서 여기서는 내가 주로 사용하는 방법을 소개한다.

목차의 또 다른 이름은 '내가 쓰고 싶은 글의 버킷리스트'다. 그런 만큼 콘셉트가 정해지면 목차 속에 내가 쓰고 싶은 꼭지부터 메모해 본다. 이때 다른 자료는 참고하지 않는다. 홀로 고민해 떠올린 것들 속에 나만의 색깔이 담기기 때문이다.

다음으로, 같은 주제를 다룬 다른 책에서 목차 부분만 따로 떼어 살펴본다. 보통은 온라인 서점에서 제공하는 미리 보기를 통해 10~20개 정도의 목차를 찾아 하나의 파일로 만든 뒤 출력한다. 이후 출력한 자료를 읽으면서 내가 미처 생각하지 못했던 항목이 있는지 살펴본다. 이 과정에서 내게 꼭 필요하다고 판단되는 항목이 나타나면 그것도 목차 속에 넣는다. 기존에 생각해 두었던 것과 새롭게 찾아낸 것들을 적절하게 섞어 목차를 만드는 것이다.

목차를 좀 더 정교하게 만들고 싶다면 해당 분야의 좋은 책을 몇 권 골라 전체 내용을 꼼꼼하게 메모하며 읽어보는 것도 좋다. 참고도서를 정독하면 그 책의 목차가 뜻하는 게 무엇이었는지 더 잘 알 수 있기 때문이다. 그만큼 특정 꼭지가 내 책의 어디에 배치되어야 할지도 더 잘 알게 된다. 또 본문을 읽는 도중 갑자기 써야 할 꼭지가 떠오르기도 하고 말이다. 이와 같은 작업이 마무리되면 다시 목차를 검토하며 수정하면 된다. 이때 유의할 점은 두 가지다. 하나는 목차에서부터 자기만의 색깔과 말투가 묻어나야 한다는 점이고, 다른 하나는 목차에서 한 편의 이야기가 느껴져야 한다는 점이다. 목차란 결국 콘셉트를 하나의 이야기로 풀어내는 것이기 때문이다. 따라서 목차만 봐도 이 책이 하고 싶은 이야기가 무엇이고, 내용은 어떻게 전개되는지 그림을 그려볼 수 있어야 한다. 그러려면 목차에 구체성과 통일성이 있어야 한다. 참고로 내가 책 쓰기 동아리 학생들에게 자주 추천하는 목차 틀 두 가지를 소개하니 검토해 보면 좋겠다.

**개방형 목차**

책을 쓰는 도중 언제든 다양한 형태로 수정할 수 있는 목차다. 마치 레고 블록처럼 무얼 어디에 추가하느냐에 따라 무한 확장도 가능하다. 내 첫 번째 책의 사례를 살펴보자.

다음 표를 통해 확인할 수 있듯이 책은 총 5개의 주제 아래 25편의 영화 소개로 구성된 에세이집인데, 전형적인 개방형 목차의 틀을 보여준다. 이런 형태의 목차는 두 가지 장점이 있다. 첫째, 목차 변경이 쉽다. 책을 다 쓴 지금이야 고정된 형태로 제시되었지만, 실제로 글을 쓰는 과정에서는 상황에 따라 다양한 변화를 줄 수 있다. 각 장과 꼭지의 연결이 느슨하기에 가능한 일이다. 예를 들어 3장을 쓰다가

| 마흔, 영화를 보는 또 다른 시선 | |
|---|---|
| **장 제목** | **꼭지 제목** |
| 1장 삶에는 때로 위로가 필요하다 | ⋯ |
| 2장 시대와의 불화, 찬란한 탈주의 꿈 | ⋯ |
| 3장 선택은 언제나 치열한 떨림이어라 | • 시네마천국: 알베르토의 선택에 대한 단상<br>• 파이란: 강재의 선택<br>• 미드나잇 인 파리: 삶과 글쓰기를 위하여<br>• 올드보이: 미도, 함정과 구원 사이<br>• 엮어 읽는 영화이야기: 선택, 욕망의 두 갈래 길 |
| 4장 그토록 서늘했던 폭력의 기억 | • 동주: 뜨거움과 부끄러움, 악에 맞서는 두 가지 방식<br>• 황산벌: 권위적 기억과 해석에 대한 도전<br>• 살인의 추억: 범인 찾기, 맥거핀의 미로<br>• 제인 에어: 평강공주와 제인 에어, 고집 센 그녀들<br>• 쥬드: 돈키호테 또는 성 스테파노<br>• 엮어 읽는 영화이야기: 호모 사케르를 위하여 |
| 5장 만남과 헤어짐의 다섯 가지 얼굴 | ⋯ |

마음에 들지 않는다면 장 전체를 빼버릴 수도 있고, 해당 장은 그대로 두더라도 기존 꼭지를 다른 영화 이야기로 손쉽게 교체할 수도 있다. 그만큼 책 쓰기가 편해지는 것이다. 이제 막 책 쓰기를 시작했다면 이런 틀을 적극적으로 활용하는 것도 좋다.

둘째, 쓸거리 찾기가 쉽다. 영화 에세이를 쓴다고 가정해 보자. 한 편의 영화에서 하나의 꼭지가 나오는 셈인데, 영화의 수는 셀 수 없이 많으니 꼭지 또한 무수하게 나올 수 있는 것이다. 책이나 여행지, 음악을 소개하는 경우도 마찬가지다. 우리 주변에는 책도 많고 여행지도 널려 있다. 듣기 좋은 노래는 말할 필요도 없고 말이다. 그런 만큼 자신의 입맛에 따라 쓸거리를 다양하게 선택할 수 있다는 점이 무척 매력적이다.

다만 한 가지 유의할 점도 있다. 책이 독자의 시선을 끌려면 소개하는 하나하나의 대상도 매혹적이어야 한다. 그만큼 대상 선정에 신경을 써야 하는 것이다.

## 완성형 목차

처음 계획을 세울 때부터 하나의 완결된 모습을 추구하기에 중간에 큰 변화가 잘 나타나지 않는 목차다. 일관된 흐름과 통일성을 중시하며 짜임이 긴밀한 게 특징이다. 내 두 번째 책의 사례를 살펴보자.

10대를 위한 글쓰기 방법론을 소개한 책인데, 여기서는 완성형 목차의 형태를 확인할 수 있다. 1장에서 글쓰기를 배워야 하는 이유를 소개했다면, 2장부터 6장까지는 쓸거리를 찾고 생각을 펼치며 고쳐 쓰는 방법에 이르기까지 한 편의 글을 쓰는 동안 알아야 할 사항을 전반적으로 소개했다는 점에서 말이다.

어떻게 보면 이런 구성이야말로 가장 일반적인 형태의 목차라고 할 수 있겠다. 이와 같은 틀의 장점은 뭘까? 하나의 대상을 깊이 있게 다룰 때 적합하다는 점이다. 따라서 코딩하는 방법을 논하거나 BTS의 매력에 대해 체계적으로 알려주고 싶다면 이러한 목차 틀을 활용하는 게 좋다.

| 덕질로 배운다! 10대를 위한 글쓰기 특강 | | |
|---|---|---|
| **장 제목** | | **꼭지 제목** |
| 1장 | 왜 글쓰기를 배워야 하는가 | … |
| 2장 | 글쓰기 특강 1: 쓸거리 찾기 | … |
| 3장 | 글쓰기 특강 2: 생각을 펼칠 때 고려할 사항 | … |
| 4장 | 글쓰기 특강 3: 생각 펼치기 | • 개요 쓰기에 대한 새로운 제안<br>…<br>• 잊히지 않는 하나의 장면: 영화감상문 쓰기<br>• 책으로 나누는 실생활 정보: 서평 쓰기<br>• 문제가 있으면 해결책도 있다: 문제와 해결 구조의 글쓰기<br>• 결론 먼저 밝히고 논증하기: 논증하는 글쓰기의 모범 사례<br>• 의문과 편견을 깨는 방법: 팩트 체크 글쓰기 |
| 5장 | 글쓰기 특강 4: 고쳐 쓰기 | • 왜 고쳐 쓰기를 해야 할까<br>• 전체 흐름 다듬기<br>• 문장 다듬기<br>• 글을 더욱 빛나게 하려면 |
| 6장 | 더 나은 글쓰기를 위해 알아두면 좋은 일곱 가지 | … |

## 내겐 너무 어려운 목차?

간혹 목차가 잘 정리되지 않아 심각하게 고민하는 학생을 볼 때가 있다. 사실 목차는 처음부터 세워놓고 시작하는 게 좋기는 하다. 그래서 출판사와 작업을 하면 가장 먼저 목차부터 완성한 뒤 개별 꼭지를 쓰게 된다.

하지만 그게 너무 부담스럽다면 나중에 만들어도 된다. 이건 학생만의 특권이다. 따지고 보면 목차 작성은 어느 정도까지는 작가의 성향이나 책의 성격에 달린 문제이기도 하다. 이 때문에 학생의 경우, 처음부터 목차를 꼼꼼히 짜놓고 글을 쓰기도 하지만 큰 방향을 정해놓고 글을 조금씩 쓰다가 나중에 목차를 잡기도 한다.

특히나 책을 쓰려는 분야가 관심은 있으나 잘 아는 분야가 아닐 경우 처음부터 목차를 탄탄하게 정리하기란 정말 어려운 일일 수도 있다. 이때는 아주 거칠게 얼개만 짜놓고, 일단 자기가 쓰고 싶은 글부터 몇 편 써 보는 것도 괜찮다. 억지로 목차를 짜다가 지치는 것보다는 차라리 글부터 쓰는 게 더 나을 수 있어서다. 또 그렇게라도 쓰다 보면 그 속에서 질서를 찾게 된다. 내 첫 번째 책도 그렇게 썼다.

실제로 학생들과 책 쓰기를 해 보니 의외로 목차를 나중에 짜는 게 효과적일 때도 있었다. 경우에 따라 목차를 꼼꼼하게 짜는 게 만만찮은 작업일 때도 많기 때문일 것이다. 그렇다 하더라도 한 가지는 짚어두어야겠다. 짜임새 있는 책을 쓰고 싶다면 나중에라도 목차는 꼭 작성해야 한다.

## 알아두면 좋은 몇 가지

재미있고 잘 읽히는 꼭지일수록 앞쪽에 배치하는 게 좋다. 처음부터 내용이 지루하고 어려우면 독자가 아예 선택조차 하지 않을 수도 있기 때문이다. 그러므로 독자가 흥미를 느끼고 계속 책을 읽을 수 있도록 책의 앞부분에 좀 더 매력 넘치는 꼭지를 배치해 보자.

　독자는 제목과 표지를 보고 책을 집어 들지만, 많은 경우 목차를 보며 더 읽을지 말지를 판단하곤 한다. 따라서 목차도 가능한 한 매혹적으로 만드는 게 좋다. 모순처럼 보이는 단어를 엮어 고정관념을 깬다든지, 독자가 하고 싶었던 이야기를 대신 해 준다든지 또는 감각적인 표현을 쓴다든지 해서 독자의 시선을 끌 방법을 목차 짤 때부터 고민해 볼 필요가 있다.

내친김에
기획안도 써 볼까

## 책에 대한 종합 계획서, 간략 기획안 쓰기

기획안은 '내 원고를 책으로 출판해달라'며 출판사에 보내는 제안서다. 예비 저자들은 어느 정도 원고가 쌓이면 기획안을 작성한 뒤 출판사에 투고하곤 한다. 문제는 출판사에 비해 투고하는 예비 저자의 수가 너무 많다는 점이다. 그런 만큼 책의 출판 여부는 원고뿐 아니라 기획안의 참신함과 완성도에 따라 결정되는 경우가 많다. 예비 저자가 편집장이나 출판사 대표의 마음을 훔치기 위해 기획안 작성에 공을 들이는 이유다.

그런데 책 쓰기를 이제 막 시작하는 학생이라면, 바로 이 지점에서 의문이 하나 생길 법하다. '나는 지금 당장 투고할 것도 아니고 써놓은 원고도 없는데 굳이 기획안을 작성해야 할까?'

## 기획안, 책 쓰기 프로젝트의
## 종합 계획서

바로 투고할 게 아니라면 기획안을 꼭 써야 하는 건 아니다. 하지만 책을 쓰는 초기라 하더라도 기획안을 작성해 두면 여러모로 도움이 된다. 왜일까? 책 쓰기라는 긴 여행에서 길을 잃지 않도록 도와주는 또 하나의 강력한 장치이기 때문이다.

앞서 목차를 '지도 위에 그린 일정표'에 비유했다. 사실 목차만 있어도 책 쓰기의 큰 방향을 잡는 데 꽤 도움이 된다. 하지만 여기엔 중요한 몇 가지가 빠져 있다. 책의 콘셉트는 무엇인지, 예상 독자는 누구인지, 다른 책과 차별화되는 이 책만의 특징은 무엇인지에 대한 구체적인 정보가 없는 것이다. 그러면 목차와 함께 이 모든 정보를 담아놓은 건 뭘까? 바로 기획안이다. 따라서 기획안은 내 책 쓰기 프로젝트의 온갖 핵심을 모아 놓은 종합 계획서라고 보면 되겠다.

책을 쓰다 보면 어느 순간, 내가 무엇에 대해 글을 쓰고 있는지 헷갈릴 때가 있다. 책 쓰기를 처음 계획할 때는 선명했던 것들이 한 달 두 달 시간이 흐르면서 흐릿해진 것이다. 이때는 기획안을 다시 한 번 꺼내 보는 것이 좋다. 책 쓰기 계획을 세울 때 반짝거리던 아이디어와 콘셉트, 유의할 점, 내 책만의 차별화 요소를 다시 짚어볼 수 있어서다.

게다가 기획안을 만드는 건 별로 어렵지 않다. 시간도 많이 들지 않는다. 이미 마련해 두었던 콘셉트, 예상 독자, 목차, 기존 책과의 차별점 등을 서식에 따라 정리하기만 하면 되기 때문이다.

물론 예비 저자로서 출판사에 투고하는 게 목적이라면 꽤 치밀하게 작성해야 한다. 하지만 아직 학생이라면 굳이 그렇게까지 할 필요는 없다. 핵심만 골라 '간략 기획안'을 작성하는 게 더 낫다. 당장의 상업적 출판보다는 자신의 덕질이나 진로 탐색과 관련지어 쓰고 싶은 글을 쓴 뒤 책으로 묶어보는 데서 의의를 찾는 경우가 많기 때문이다. 그러면 이제 기획안을 작성할 때 필요한 항목과 간략 기획안 작성 방법에 대해 알아보자.

## 내 책의 기획안에
## 포함되는 것들

제목, 저자 소개, 분야, 콘셉트, 예상 독자, 목차, 이미 발행된 비슷한 내용이나 구성의 책, 이 책의 차별점 등이 흔히 기획안에 포함되는 요소들이다. 그중 콘셉트나 예상 독자, 목차 쓰는 법은 이미 앞에서 다루었고 제목 쓰는 법은 뒤에서 다룰 예정이다. 따라서 자세한 내용을 알고 싶다면 해당 꼭지를 찾아보면 된다. 다만 하나하나 찾아보는 게 귀찮을 수 있어 여기서는 각각의 내용을 간단히 정리해 소개한다.

### 제목

'잘 지은 제목 하나, 열 마케팅 안 부럽다'는 말이 있다. 제목이 독자의 마음을 얼마나 잘 움직일 수 있는지를 단적으로 보여주는 말이다. 실제로 많은 독자가 제목에 끌려 책을 선택하곤 한다. 그래서 출간 단계에서 출판사가 가장 많은 신경을 쓰는 것 중 하나도 바로 제목이다.

제목은 독자의 시선을 잡아끌어 읽고 싶은 생각이 들도록 짓는 게 포인트다. 동시에 책의 핵심 내용을 잘 담고 있어야 한다. 책의 얼굴이자 독자에게 다가가는 첫인상이 제목이어서 그렇다.

성공한 제목에는 독자가 하고 싶었던 이야기를 대신 해 준다든지(예 게으른 게 아니라 충전 중입니다) 편견과 고정관념을 깨 주거나(예 하마터면 열심히 살 뻔했다) 숫자를 활용하는(예 살면서 꼭 해야 할 재미있는 일 10가지) 등의 공통점이나 법칙이 있다. 그러니 제목을 잘 짓고 싶다면 기존의 책 제목 중 인상 깊었던 것들을 분석해 볼 필요가 있다. 이후 여러분이 제목을 지을 때 응용하면 된다.

## 저자 소개

역사책을 사는 경우를 생각해 보자. 두 권 중 한 권을 살 계획이다. 그런데 저자 소개를 봤더니 A 책은 저자의 전공이 역사학으로 되어 있고 B 책은 경영학으로 되어 있다. 게다가 A 책에는 저자의 방송 및 강의 경력, 인터뷰 내용, 저서 등에 대한 정보가 구체적으로 소개되어 있다. 그 외에 두 권의 책이 주는 전체적인 느낌은 비슷하다고 하자. 둘 중 어떤 책을 고를까? 나라면 A 책을 선택할 것이다. 아무래도 전공자가 쓰기도 했고 다양한 활동을 한 것을 보니 내용에 좀 더 믿음이 가서다.

이처럼 저자 소개는 책의 내용이 얼마나 믿을 만한지를 판단하는 근거가 되기도 한다. 그러니 투고까지 염두에 둔다면 블로그 운영 내용이나 커뮤니티 활동 내용 등 책과 관련된 자신의 경력도 구체적으로 적어 둘 필요가 있다.

하지만 학생 신분이고 당장 투고할 게 아니라면 생략해도 괜찮다. 다만 비워 두기 허전하다면 책과 관련된 자신의 색깔을 드러낸다는 점에서 주요 경력 위주로 간단히 적어보는 것도 좋다.

## 분야

'청소년/인문' 등과 같이 책이 속하는 갈래를 가리키는 말이다. 그런데 분야는 출판사와 작업을 할 때도 담당자와 협의해 정하거나 수정하는 경우가 많다. 그러니 학생 저자의 경우라면 자신이 쓰는 책의 분야에 대해 너무 민감하게 신경 쓰지 않아도 된다. 쓰고자 하는 책이 서평이라면 'ㅇㅇ 분야 서평', 에세이라면 'ㅇㅇ 분야 에세이' 정도로 간단히 적으면 된다.

## 콘셉트

'책 속에 담아내고자 하는 핵심 내용' 또는 '자기 책만의 차별화된 색깔'을 가리킨다. 책 쓰기에서 가장 중요한 단 한 가지를 고르라면 나는 조금의 망설임도 없이 콘셉트를 고를 것이다. 자기만의 차별화된 핵심 내용이야말로 책을 쓰는 가장 본질적인 이유이기 때문이다. 따라서 선명하고 매혹적인 콘셉트를 찾는 것은 무엇보다 중요하다.

하지만 따지고 보면 지금까지 단 한 번도 듣지도 보지도 못한, 완벽히 새로운 콘셉트란 허구에 가깝다. 모든 것은 서로 영향을 주고받기 때문이다. 그러면 새로운 콘셉트는 어떻게 만들 수 있을까? 비록 흔한 콘셉트라 하더라도 그 속에 자신의 독특함을 담아내면 된다. 예컨대 똑같은 서평 책이라 하더라도 작가가 약학대학에 진학하고자 하는 학생이고, 자기만의 생각을 담아 서평을 쓴다면 독자는 언제든 새로운 이야기로 받아들이는 것이다. 따라서 콘셉트를 만들 때는 평범한 이야기라 하더라도 그 속에 어떻게 자기만의 색채를 담을 것인지 고민할 필요가 있다.

## 예상 독자

"나는 사랑하는 사람의 귀에 속삭인다는 생각으로 글을 쓴다." 앞에서도 언급한 이 말에서 알 수 있는 것은 뭘까? 두 가지다. 하나는 책은 독자와의 소통을 위한 것이며, 다른 하나는 소통이 성공하려면 구체적이고 생생한 독자 한 명을 떠올려 마치 그와 사랑의 대화를 나누듯 책을 써야 한다는 사실이다.

책은 비슷한 내용이라 하더라도 예상 독자가 누구냐에 따라 성격이 완전히 달라진다. 예컨대 유사한 책 쓰기 안내서라 하더라도 예상 독자가 성인이냐 아니면 학생이냐, 소설을 쓰고 싶은 사람이냐 아니면 칼럼집을 쓰고 싶은 사람이냐에 따라 책의 분량, 내용, 문체, 삽화의 존재 여부, 해설 자료에 이르기까지 전반적인 틀이 달라질 수밖에 없다. 책을 쓰기 전 예상 독자가 누구인지부터 잘 살펴야 하는 이유다.

참고로 학생 저자에게는 학생 독자가 잘 어울린다. 비슷한 나이인 만큼 주요 이슈나 고민 등도 자연스레 공유할 때가 많아서다.

## 목차

책 쓰기에서 목차는 콘셉트만큼이나 중요하다. 목차가 있어야 책에 대한 전체 그림을 그려볼 수 있어서다. 중복되는 꼭지는 무엇인지, 어떤 꼭지를 빼고 무엇을 더해야 하는지, 전달 효과를 최대화하려면 각각의 꼭지를 어디에 배치해야 하는지에 대한 고민도 목차가 있어야 가능하다. 따라서 목차는 처음부터 짜놓고 시작하는 게 좋다.

다만 아직 학생이고, 아무리 애를 써도 목차가 잘 정리되지 않는다면 일단 거칠게 얼개만 짜놓고 자기가 쓰고 싶은 글부터 몇 편 써 봐도 된다. 그러다가 일정한 질서가 나타나면 그 뒤에 목차를 구성하는 것도 괜찮다.

## 이미 발행된 비슷한 내용이나 구성의 책

이 항목을 적는 이유는 기존에 나와 있는 책과 내 책을 비교·대조함으로써 내 책이 그 책과 어떤 점에서 같고 어떤 점에서 다른지 알아보기 위함이다. 너무 많은 책을 언급할 필요는 없다. 주요 서적 한두 권만 적어도 된다.

## 이 책의 차별점

이 항목은 바로 앞의 항목(이미 발행된 비슷한 내용이나 구성의 책)과 관련 지어 적어야 한다. 잠시 생각해 보자. 내가 쓰려는 책이 기존에 나와 있는 책과 별로 다를 게 없다면 어떨까? 독자가 굳이 내 책을 읽을 이 유가 있을까? 없다. 내 책이 책으로서 가치를 가지려면 어떻게든 다른 책과는 차별화된 모습을 가져야 하는 이유다. 따라서 여기서는 내 책이 기존 책과 어떤 점에서 다른지, 어떤 점에서 특별한 가치를 지니는지를 적으면 된다. 이를 위해서는 이 책과 비슷한 성격을 지닌 기존 책의 특징에 대해서도 알아 둘 필요가 있다.

### 또래 친구가 만든
### 기획안

약학대학 진학을 꿈꾸는 학생이 작성한 기획안 하나를 소개한다. 자신의 진로와 관련지어 서평 책을 쓰는 게 포인트다. 또래의 관점에 초점 맞춘 콘셉트가 특히 눈길을 끈다. 지금까지 설명한 내용을 바탕으로 다음 기획안을 살펴보자. 그리고 이를 참고해 나만의 기획안도 만들어 보자.

# 생명과학, 화학, 약학 관련 서평 책 쓰기 기획안

마산용마고 박지운

**1. 제목:** 함께 나누는 생명과학과 화학, 그리고 약 이야기

**2. 저자 소개:** 약학과 진학을 희망하는 인문계 고등학생. 책 읽고 글 쓰는 것을 좋아합니다.

**3. 분야:** 생명과학, 화학, 약학 관련 서평

**4. 콘셉트**

• 약학과 진학을 꿈꾸는 학생들이 관심 가질 만한 책을 읽고 또래 학생이 쓴 서평

• 쉬운 단어와 표현을 사용해 고등학생의 입장에서 기본적인 통합과학 지식만 알고 있어도 쉽게 이해되도록 서술

**5. 예상 독자:** 화학과 생명, 약에 대해 관심이 있는 고등학생

저와 같은 고등학생의 입장에서 책을 읽는다면 더 많은 공감을 느낄 수 있을 것 같아 예상 독자를 고등학생으로 설정하였습니다.

**6. 목차**

생명과학

① 뛰는 사람(베른트 하인리히, 월북, 2022)

숲을 달리고 관찰하며 탐구한 '생체시계'의 신비, 수명과 운동의 메커니즘

② 생명과학, 신에게 도전하다(김응빈 외, 동아시아, 2017)

5개의 시선으로 읽는 유전자 가위와 합성생물학

③ 물고기는 존재하지 않는다(룰루 밀러, 곰출판, 2021)

자연계에 질서를 부여하려 했던 19세기 어느 과학자의 삶을 따라가며 생명에

대한 폭넓은 시야를 제공해 주는 책

④ 이기적 유전자(리처드 도킨스, 을유문화사, 2018)

인간은 이기적 유전자의 복제 욕구를 수행하는 생존 기계

화학

① 세상은 온통 화학이야(마이 티 응우옌 킴, 한국경제신문, 2019)

어렵고 멀게만 느껴졌던 화학, 취미처럼 재밌게 즐겨보자!

② 원소 이야기(팀 제임스, 한빛비즈, 2022)

화학의 관점에서 풀어내는 세상의 작동 원리

③ 화학, 알아두면 사는 데 도움이 됩니다(씨에지에양, 지식너머, 2019)

그럴싸한 공포 마케팅에 속지 않는 48가지 화학 상식

④ 화학, 인문과 첨단을 품다(전창림, 한국문학사, 2019)

인문학과 화학의 세계가 만나다.

약학

① 오늘도 약을 먹었습니다(박한슬, 북트리거, 2020)

매일 먹는 약, 우리는 어디까지 알고 있을까?

② 인류를 구한 12가지 약 이야기(정승규, 반니, 2019)

마취제에서 항암제까지, 고통과 두려움에서 벗어나게 해 준 치료약의 역사

③ 위대하고 위험한 약 이야기(정진호, 푸른숲, 2017)

질병과 맞서 싸워온 인류의 열망과 과학

**7. 이미 발행된 비슷한 내용이나 체제의 책**
과학 책들을 소개하는《과학책은 처음입니다만(이정모, 사월의책, 2019)》

**8. 이 책의 차별점**
화학, 생명과학, 약학에 관심 있는 고등학생이 쓴, 같은 고등학생이 읽고 이해하고 공감하기 쉬운 책

작가가 되고 싶다면 작가들이 하는 일을 하라.
무슨 일이 있어도 매일 글을 써라.
.

주디 리브르

여행은 시작되었다,
개별 꼭지 쓰기

# 나만의
# 샘플 원고 작성하기

맥도날드의 빅맥, 롯데리아의 불고기버거, 버거킹의 와퍼. 이들의 공
통점은 뭘까? 각 브랜드의 시그니처(Signature) 버거라는 점이다. 시그
니처란 상품과 관련될 때 흔히 '대표적인', '고급스러운', '자기만의 고
유한 색깔을 보여주는' 등의 의미를 가진다. 그런 만큼 시그니처 버거
라면 해당 가게에서 내놓을 수 있는 가장 자신 있는 햄버거라고 봐도
되겠다.

시그니처는 음식에서만 쓰이는 게 아니다. 스포츠 분야에서는 특
정 선수나 팀을 상징하는 몸짓 또는 기술을 뜻하기도 한다. 일례로
축구 팬이라면 손흥민 선수가 골을 넣고 난 뒤 자주 하는 찰칵 세리
머니를 본 적 있을 것이다. 이처럼 어떤 선수가 자주 사용하는 몸짓
을 두고 시그니처 무브 또는 시그니처 퍼포먼스 등으로 부르기도 한

다.[1] 그러고 보면 시그니처란 말의 적용 범위는 꽤 넓다. 그렇다면 우리 책 쓰기 프로젝트에서는 어떤 과정에서 시그니처를 찾을 수 있을까?

## 샘플 원고
## 왜 작성해야 할까

책을 쓰기로 마음먹었다면 당장 해야 할 일이 몇 가지 있다. 그중 하나가 바로 샘플 원고 작성하기다. 샘플 원고는 앞으로 써나가게 될 원고의 기준이 된다. 그런 점에서 본다면 샘플 원고야말로 시그니처 원고라고 해도 되겠다. 가장 대표적인, 자기만의 색깔을 보여줄 수 있는, 그래서 책을 쓰는 동안 계속해서 참고할 수밖에 없는 원고이기 때문이다. 따라서 원고 전체의 성공과 실패도 샘플 원고와 관련되는 경우가 많다. 시간이 다소 걸리더라도 자기가 할 수 있는 가장 매력적인 방식으로 샘플 원고를 작성해야 하는 이유다.

그러면 좀 더 구체적으로 들어가 보자. 책 쓰기 프로젝트에서 왜 샘플 원고가 필요할까? 첫째, 일종의 빵틀 역할을 하기 때문이다. 길거리를 지나다 종종 봤을 것이다. 날씨가 추워질수록 더욱 사랑받는 붕어빵. 그런데 바삭바삭하고 달콤한 맛이 일품인 붕어빵은 생각보다 굽는데 많은 시간이 걸리지 않는다. 왜일까? 틀이 있어서다. 틀에

---

1 　https://a.abesbreads.com/34 참고.

기름 바르고, 반죽을 붓고, 앙금을 넣은 뒤 불 위에서 몇 분 굽기만 하면 비슷한 모양의 붕어빵이 계속 나온다.

책 쓰기에도 이런 빵틀 같은 게 있다면 얼마나 좋을까 싶을 텐데, 마침 그런 게 있다. 뭘까? 샘플 원고다. 30편의 꼭지로 된 책을 쓰는 경우를 가정해 보자. 한 편을 쓰려 해도 일정한 틀이 필요한데 30편 모두 틀이 다르다면 어떨까? 꼭지 쓰기가 너무 힘들지 않을까? 매번 새로운 틀을 고민하고 그에 맞는 내용까지 떠올려야 하니 말이다. 그런데 마치 붕어빵 틀처럼 하나의 좋은 틀이 있다면? 다른 꼭지를 그 틀에 맞추면 되니 쓰기가 훨씬 편해질 것이다. 게다가 틀에 대한 고민이 줄어든 만큼 거기서 아낀 시간과 노력을 오롯이 내용에 쏟을 수도 있으니 금상첨화다. 틀에 대한 고민도 줄여주고 원고의 질적 수준도 높여주는 샘플 원고. 이쯤 되면 안 쓸 이유가 없지 않을까?

둘째, 책 쓰기에서는 통일성이 중요하기 때문이다. 당장 아무 책이나 펼쳐서 각 꼭지들의 구성을 비교·대조해 보라. 어떤가? 대개 비슷비슷한 모양일 것이다. 왜 그럴까? 가능한 한 독자가 쉽게 읽고 이해할 수 있도록 돕기 위함이다. 생각해 보자. 독자가 제목에 끌려 책을 집어들었는데, 각 꼭지 사이에 아무런 통일성도 없다면 어떤 느낌일까? 예를 들어 요리책을 읽는데 어떤 꼭지는 에세이처럼 적혀 있고 다른 꼭지는 간단한 순서 소개 위주로 되어 있다면? 한 꼭지는 사진 한 장 없는데 다른 꼭지는 사진으로만 채워져 있다면? 또 바로 앞의 꼭지는 10쪽 분량인데 이어지는 꼭지가 1쪽 분량이라면? 독자는 다채로움에 앞서 혼란스러움을 느끼지 않을까?

그래서 필요한 게 꼭지 사이의 통일성이다. 온갖 형태의 꼭지가 뒤죽박죽 섞여 있는 것보다는 어느 정도 예상 가능한 틀에 꼭지마다 균형이 잘 맞아야 깔끔한 느낌을 받을 수 있기 때문이다. 그래야 보기에도 좋고 내용 정리도 잘된다. 안정되고 체계가 잡힌 느낌도 든다. 샘플 원고를 중심으로 각 꼭지들이 통일되어야 하는 이유다.

## 사례로 보는 샘플 원고

그러면 기존 책에서는 샘플 원고를 어떻게 만들고 활용하고 있을까? 이윤서 작가의 《한 그릇 일상채식》[2] 사례를 통해 살펴보자. 책을 읽으면서 특히 먹고 싶었던 채식 두 가지를 골라 봤다. 먼저 10번째 요리인 '3색 비건 피자'에 대한 레시피다. 아래의 예시가 샘플 원고를

원고 구조 예시 1(출처: 이윤서, 《한 그릇 일상채식》, 책밥, 2021, 128~129)

---

2  이윤서, 《한 그릇 일상채식》, 책밥, 2021.

토대로 만들어진 것이라 생각하고 그 구조를 한 번 찾아보자.

원고는 어떤 구조를 보이고 있는가? 아무래도 요리책이다 보니 다소 입체적인데, 다음과 같이 도식화할 수 있을 것이다.

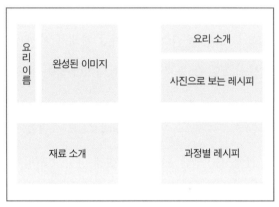

요리책 원고 구조 도식화

그렇다면 다른 원고에서도 이 틀이 유지되고 있을까? 다른 요리인 '두유 요거트볼'의 경우를 보자.

원고 구조 예시 2(출처: 이윤서, 《한 그릇 일상채식》, 책밥, 2021, 138~139)

어떤가? 거의 같지 않나? 각각의 원고들이 하나의 샘플 원고를 공유했기에 가능한 일이다. 물론 따지고 보면 약간의 차이도 있다. 레시피 부분에서 사진과 이에 따른 설명 외에 팁을 덧붙였다. 하지만 이 정도의 차이는 사소할 뿐만 아니라 지극히 자연스러운 일이기도 하다. 나아가 약간의 변형이 들어감으로써 단조로움을 줄여주는 효과마저 있다.

요약하자면, 이 책은 깔끔하게 정리된 샘플 원고를 다른 꼭지에 적용함으로써 두 가지 효과를 얻었다. 하나는 구체적인 음식 사진과 재료, 레시피만 바꾸어도 근사한 꼭지가 나올 수 있는 틀을 만든 것이고, 다른 하나는 독자에게 잘 정돈된 이미지를 보여줌으로써 책을 읽기 쉽게 만든 것이다. 이렇게 본다면 잘 만든 샘플 원고만큼 책 쓰기와 읽기에 도움을 주는 것도 없다. 그러니 여러분도 본격적으로 책을 쓰기 전 매력적인 샘플 원고부터 한 편 써 보는 건 어떨까?

## 알아두면 좋은 몇 가지

하나의 꼭지를 몇 개의 소주제로 나누면 원고 쓰기가 한결 쉬워진다. 앞의 사례가 대표적이다. '완성된 이미지 – 재료 소개 – 요리 소개 – 사진으로 보는 레시피 – 과정별 레시피'로 구분되니 각각의 소주제에 맞게 내용만 바꾸면 한 편의 멋진 원고가 탄생한다. 소주제들의 연결이 하나의 틀 역할을 하기에 가능한 일이다. 이 책뿐만 아니라 영화 에세이집이나 역사책같이 줄글로만 구성된 경우도 다를 것은 없다.

샘플 원고의 형태는 자유다. 개인적으로는 소주제를 중심으로 몇 개의 단락으로 나뉜 형태를 추천하지만 꼭 그러지 않아도 된다. 저자의 성향이나 원고 분량, 주제에 따라 달라질 수 있어서다. 예컨대 여러분이 지금 읽고 있는 이 책이나 앞서 언급한 요리책과 같은 경우는 소주제를 적극적으로 활용한 사례다. 하지만 짧은 칼럼은 오히려 소단락으로 나누지 않는 게 더 자연스러울 수 있다. 또한 하나의 샘플 원고가 있다고 해서 그 틀에 모든 원고를 기계적으로 맞춰야만 하는 것도 아니다. 맥락에 따라 약간의 변형을 주는 것도 괜찮다.

글로 쓸만한 내용의
매력 포인트

# 쓸거리는 어떻게 찾을까

샘플 원고가 만들어졌다면 이제 개별 꼭지를 써나갈 차례다. 책을 쓰
는 초기라면 몇 꼭지 정도는 쉽게 나올 것이다. 아직은 따끈따끈한
쓸거리[3]가 남아 있으니 말이다. 하지만 어느 정도 글을 쓰고 나면 뭘
어떻게 써야 할지 다시 막막해질 때가 있다.

사실 분명한 쓸거리만 있다면 꼭지 하나 쓰는 건 그리 어려운 일이
아니다. 뒤집어 말하자면, 마땅한 쓸거리를 찾지 못했을 때 글 쓰는
게 한없이 어려워질 수 있다는 뜻도 된다. 그래서 여기서는 쓸거리

---

3  쓸거리의 사전적 의미는 '글로 쓸만한 내용이 되는 재료'다. 하지만 이것만으로는 설명이 조금 부
족하다. 그래서 나는 여기에 그 재료들을 바탕으로 '대략의 얼개를 짜는 것'까지 포함시킨다. 쓸거
리에 대해 좀 더 구체적으로 알고 싶다면 《덕질로 배운다! 10대를 위한 글쓰기 특강(책밥, 2021)》
의 32~39쪽을 참고하기 바란다.

찾는 방법 몇 가지를 소개한다. 글을 써야 하는데 '바로 이거다!' 싶은 쓸거리가 떠오르지 않을 때 참고하면 좋겠다.

## 끊임없는 질문의 힘, 5Why 활용하기

우리는 살면서 수많은 문제에 부딪힌다. 종류는 다양하다. 관심 분야에서 만난 호기심을 자극하는 문제일 수도 있고, 자기 정체성이나 진로와 관련된 문제일 수도 있다. 때로는 범위가 넓어져 전쟁이나 이태원 참사, 세대 갈등 같은 사회적 문제일 수도 있다. 어쨌거나 현실 속에 존재하는 다양한 갈등과 모순에 대해 청소년 입장에서 문제를 제기하고 글을 통해 해법을 고민해 보는 것은 무척 의미 있는 일이다.

하지만 유의해야 할 점도 있다. 많은 경우 훌륭한 해법은 끊임없는 질문 속에서 나타난다는 점이다. 실제로 학생들과 이야기 나누다 보면 질문의 빈도가 해법의 수준을 결정하는 경우가 많았다. 나아가 질문을 통해 좋은 해법을 찾으면 근사한 글쓰기로 연결되는 경우도 많았다. 그렇다면 이런 이야기도 가능하지 않을까? 끊임없는 질문이 좋은 쓸거리를 만든다.

질문을 던지는 데도 일정한 방법이 있을까? 딱히 정해진 건 없으나 5Why 기법을 추천한다. 5Why란 문제의 진짜 원인을 찾기 위해 끊임없이 질문을 던지는 기법 중 하나다. 질문 끝에 찾아낸 해법이 기발한 경우가 많아 창의적 문제 해결을 위한 방법으로 각광 받기도 한다. 이와 관련한 대표적인 사례로 토머스 제퍼슨 기념관 이야기를 들 수 있다.

한때 기념관의 대리석 부식이 심각하게 진행되었는데 관리 소홀 때문이라며 방문객의 민원이 끊이지 않는 일이 있었다. 새로 부임한 기념관장은 문제를 해결하기 위해 직원들에게 다음과 같이 계속 질문을 던졌다고 한다. [4]

질문 1: **왜**(Why) 대리석이 빨리 부식되는가?
대답 1: 비눗물로 자주 씻기 때문이다.
질문 2: **왜**(Why) 비눗물로 자주 씻는가?
대답 2: 비둘기가 몰려들어 배설물이 많이 쌓이기 때문이다.
질문 3: **왜**(Why) 비둘기들이 많이 오는가?
대답 3: 비둘기의 먹이인 거미가 많아서 그렇다.
질문 4: **왜**(Why) 거미가 많은가?
대답 4: 거미의 먹이인 나방이 많아서다.
질문 5: **왜**(Why) 나방이 몰려드는가?
대답 5: 기념관 전등을 해 질 무렵에 켜기 때문이다.

이와 같은 질문의 끝에 무슨 일이 일어났을까? 기념관의 전등을 2시간 늦게 켬으로써 문제를 해결할 수 있었다고 한다.

다만 여기서 몇 가지 짚어야 할 점은 있다. 5Why라고 해서 기계적

---

4  블로그 https://brunch.co.kr/@sungmykim/2 참고.

으로 다섯 번 질문해야 하는 건 아니라는 점이다. 다섯 번은 하나의 상징이다. 따라서 문제를 해결하기 위해서는 그만큼 끊임없이 질문을 던져야 한다는 의미로 받아들이는 게 좋겠다. 더불어 답변은 우리가 사실 여부를 따질 수 있도록 구체적인 형태로 제시하는 게 좋다.[5] 손에 잡힐 듯 명확한 답변을 토대로 질문을 이어 가야 근본적인 해결책에 다가설 수 있기 때문이다.

5Why를 통해 질문을 던지고 해법을 찾으려 노력하다 보면, 생각지도 못한 통찰을 발견하게 된다. 나아가 이러한 통찰이야말로 근사한 쓸거리가 된다.

## 낯설게 보고 뒤집어 보고

최근 음료업계에서는 새로운 아이디어와 콘셉트로 승부하는 제품이 주목받고 있다고 한다. 커피는 수면을 방해한다는 상식을 뒤집어 '잠오는 커피'로 알려진 '슬리빈 수면 카페'가 대표적인 사례. 이 커피는 디카페인 커피에 우유에서 추출한 락티움을 넣어 수면에 도움이 되는 것으로 알려졌다.[6]

그런가 하면 어느 보일러 회사는 '보일러는 겨울에 사용한다'는 관념을 깨고 '온수 샤워'를 위한 제품을 출시함으로써 여름에도 꾸준한

---

5   오상진, '창의적 사고를 통한 문제해결방법 5Why 질문', 〈한국강사신문〉, 2021년 9월 24일자 기사.
6   박유연, '역발상 잠오는 커피', 기발한 '약수터 생수'', 〈조선일보〉, 2022년 11월 21일자 기사.

매출을 올렸다고 한다.[7]

발상의 전환은 이처럼 독특함을 무기로 소비자들의 시선을 끌어 높은 매출을 만들어 낸다. 하지만 이 같은 생각의 전환이 물건 판매에만 유용한 건 아니다. 매력적인 쓸거리를 찾는 데도 큰 역할을 한다.

예를 들어 비만도 병이라며 하나같이 그 위험성을 경고하고 있는데 '적당한 비만은 조기 사망의 위험을 줄여준다'는 내용의 글이 있다면 어떨까? 스트레스는 건강에 해롭고 채식은 건강에 이롭다는 게 널리 알려진 상식인데 이를 뒤집는 글이 나왔다면 독자의 적극적인 선택을 받지 않을까? 낯설게 보고 뒤집어 보는 역발상은 이처럼 글을 매혹적으로 만드는 데 큰 역할을 한다. 충격을 주어 주목하게 만들거나 뻔한 내용에서 벗어나 통념을 뒤집는 짜릿함을 주기에 가능한 일이다.

그러면 어떻게 하면 역발상을 통해 쓸거리를 찾을 수 있을까? 별것 없다. 우리에게 익숙한 상식을 떠올린 뒤 '정말 그런가?'라는 질문을 던져보면 된다. 예컨대 '남자는 지도를 잘 읽는다, 정말 그런가?' '결혼하면 아이를 낳아야 한다, 정말 그런가?'와 같이 되물어 보는 것이다.[8]

이렇게 했을 때 '정말 그렇다'는 대답이 선뜻 나오지 않는다면 쓸거

---

7   송주용, "여름엔 온수를 'TV는 이동식으로'…'역발상' 어디까지 가봤니', 〈한국일보〉, 2022년 9월 10일자 기사.
8   하시구치 유키오, 구수진 옮김, 《100가지 아이디어 노하우》, 시그마북스, 2022, 55쪽.

리 찾기에 절반은 성공한 셈이다. 이후 추가 질문을 던지거나 자료를 찾거나 물음에 대해 골똘히 생각해 봄으로써 '당연함 속에 숨은 당연하지 않음'에 대해 이야기하면 된다. 낯설게 보고 뒤집어 보는 발상의 전환, 읽고 싶은 쓸거리를 찾는 데도 큰 역할을 하니 적극적으로 활용해 볼 만하다.

## 관찰하고 연결하고, 보이는 모든 것이 쓸거리다

얼마 전 있었던 일이다. 고쳐 쓰기에 관한 꼭지를 쓰는 중이었다. 중간에 넣을 내용은 마련되었는데 첫 부분을 어떻게 제시해야 할지 도무지 감이 잡히지 않았다. 딱딱한 이론보다는 말랑말랑한 에피소드로 시작하는 게 좋을 것 같긴 했다. 하지만 딱히 어울리는 내용이 떠오르지 않았던 것이다.

고민 끝에 미국 소설가 조앤 디디온(Joan Didion)의 말을 인용한 뒤 그에 대한 생각을 밝히는 식으로 들머리를 만들었다. 마음에 썩 들진 않았지만 어쩔 수 없었다. 그 뒤 지저분해진 머리카락이 눈에 거슬려 미용실에 머리를 깎으러 갔다. 꼭지의 첫 부분이 여전히 내키지 않아 혼란스럽던 차에 헤어디자이너가 머리 깎는 모습을 별생각 없이 지켜보고 있었다. 그러던 중 별안간 이런 생각이 들었다. 머리 깎는 모습을 고쳐 쓰기와 연관 지으면 어떨까?

처음에 빠른 속도로 대충 깎는 초벌 깎기가 대충 쓰는 초고 쓰기와 닮았기 때문이다. 또 꽤 공을 들여 세심하게 다듬는 과정과 오래오래

공들여 초고를 다듬는 고쳐 쓰기가 너무나 유사했기 때문이다.

아이디어가 사라질까 봐 집에 돌아오자마자 앞부분을 새로 썼다. 이때 분명히 알게 되었다. 우리의 일상이야말로 쓸거리의 보물창고라는 것을 말이다. 다만 일상 속에 무수히 많은 쓸거리가 있다는 사실과 그것을 글쓰기로 연결 짓는 것은 또 다른 일이다. 그렇다 해도 걱정할 필요는 없다. 관심만 있다면, 쓸거리에 대한 생각을 계속하고 있다면 언제 어디서든 나타나는 게 바로 쓸거리이기 때문이다.

### 메모, 반짝이는 아이디어 붙잡기

메모는 왜 하는 걸까? 찰나에 스쳐가는 아이디어를 붙잡기 위해서다. 우리의 뇌는 외부의 자극을 받을 때 주의를 기울이지 않으면 1~2초 내에 그 기억을 잊어버린다고 한다. 그런데 약간의 주의를 기울인다면 15~30초 정도는 기억한다는 것이다. 메모가 힘을 발휘하는 것은 바로 이 순간이다.[9]

때때로 우리는 예기치 않은 순간에 '아하!'를 경험하곤 한다. '아하!'는 불현듯 스치고 지나가는 깨달음의 순간이다. 그런데 이와 같은 통찰의 순간은 왜 나타나는 것일까? 안 풀리던 문제를 고민하다가 잠시 다른 일을 하더라도 우리의 무의식은 끊임없이, 심지어 새로

---

9    오상진, '기록이 기억을 지배한다. 메모하는 습관을 갖아라!', 〈한국강사신문〉, 2022년 3월 12일 자 기사.

운 방식으로 그 문제의 해법을 고민하기 때문이다. 그러다 해법을 찾게 되면 갑자기 머릿속에 떠오르는 것이다. 짚어야 할 점은, 나타나는 것도 순간이지만 사라지는 것도 순간이라는 점이다. 따라서 빛나는 아이디어를 붙잡기 위해서는 늘 메모해야 한다. 상식을 뒤집는 기발함만큼 소중하고 매혹적인 쓸거리도 없기 때문이다.

그런가 하면 메모를 활용해 좀 더 적극적으로 쓸거리를 찾는 방법도 있다. 정약용 선생의 경우를 살펴보자. 그는 28세 나이에 대과에 급제하고 오랜 유배 생활을 하면서도 500권이 넘는 방대한 분량의 책을 썼다. 어떻게 그처럼 많은 책을 쓸 수 있었을까? 독서 메모가 한몫했을 것이다. 선생은 독서를 할 때 책의 내용을 끊임없이 의심하며 읽었다고 한다. 제시된 내용이 사실과 맞아떨어지는지 글쓴이의 의견에 잘못된 부분은 없는지 따지며 읽은 것이다. 또 책을 읽으며 끊임없이 질문했는데, 그 책에서 답을 찾지 못하면 다른 책을 통해서라도 의문을 해결했다고 한다.[10] 그렇다면 이 모든 과정을 가능케 한 것은 무엇이었을까? 메모다. 독서의 매 순간 습관처럼 메모했고, 그 메모가 책 쓰기로 이어진 것이다. 따라서 우리도 메모를 이런 방식으로 활용하면 된다. 책을 읽은 뒤 떠오르는 생각을 적고, 궁금한 점이 생기면 질문하고, 그 질문에 대한 답을 찾아 메모하는 것이다. 이런 메모들이 모이면 그 무엇이 되었건 하나의 쓸거리가 나올 수밖에 없다.

---

10  권영식, 《다산의 독서 전략》, 글라이더, 2016.

이렇게 본다면 메모야말로 쓸거리를 찾는 최고의 방법 중 하나였던 셈이다.

## 쓸거리 찾기의 성공과 실패는 자료 수집에 달렸다

번뜩이는 아이디어는 꼭지 쓰기의 출발점이다. 이뿐만이 아니다. 남과 다른 독특함이나 통념을 뒤엎는 기발함만큼 독자를 잡아끄는 요소도 찾아보기 어렵다. 하지만 그것만 가지고는 안 된다. 왜일까? 글의 속살을 채우는 건 어디까지나 구체적인 내용이기 때문이다. 실질적인 내용 없이 주장만 들어있는 글을 읽는다고 생각해 보라. 어떤 느낌이 들까? 기발하긴 하나 막연하다, 추상적이다, 구체적인 근거가 없다, 그래서 믿음이 가지 않는다 등의 반응이 나오지 않을까?

글이 울림을 주고 독자의 마음을 움직이기 위해선 반드시 구체적인 내용이 필요하다. 하지만 그 내용 모두를 필자의 생각만으로 채울 수는 없다. 혼자서 경험하고 생각할 수 있는 범위가 한정되어 있어서다. 이를 보완하기 위해 필요한 게 뭘까? 자료조사다. 그래서 작가들은 하나같이 자료 수집에 최선을 다한다.

자료는 주장을 뒷받침하는 근거로서의 역할만 하는 게 아니다. 때로는 지금껏 몰랐던 사실을 알려줌으로써 처음에는 생각지도 못했던 아이디어를 제공하는 경우도 많다. 그래서 나는 써야 할 꼭지가 있거나 그것과 관련된 막연한 아이디어가 떠오르면 일단 자료 수집부터 하고 본다. 하나의 꼭지를 쓸 경우 관련 기사나 블로그, 책 등을 적어도 10편 정도는 수집한다. 이후 내용을 꼼꼼히 읽는데, 그러다 보면 처음에는 생각지도 못했던 쓸거리를 발견하게 된다.

예컨대 이 꼭지 중 '메모, 반짝이는 아이디어 붙잡기' 부분을 보면, 중간에 정약용 선생과 관련된 이야기가 나오는데 처음에는 쓸 생각조차 못했던 내용이다. 하지만 메모와 관련된 자료를 찾다 보니 다산 선생의 독서 및 메모 관련 내용을 알게 되었다. 그 뒤 자료를 좀 더 찾아 꼭지 속 내용으로 활용한 것이다.

이처럼 자료는 애초 생각지도 못했던 방향으로 글쓰기를 이끈다. 자료가 또 다른 자료를 소개해 더 새롭고 알찬 방향으로 글쓰기를 이끄는 것이다. 그러니 한 꼭지를 쓰더라도 자료 수집을 충실히 할 필요가 있다. 때로 자료는 반짝이는 아이디어 이상의 가치를 지닌다.

### 독자는 무엇이 궁금할까, 독자의 관점에서 질문 던지기

책을 쓰다 보면 종종 잊기 쉬운 게 하나 있다. 뭘까? 책은 일방통행을 위한 게 아니라는 점이다. 책은 독자와 저자 사이의 대화다. 따라서 쌍방통행이 기본이다. 그런 만큼 저자는 늘 독자에 대해 생각해야 한다. 독자가 궁금해하는 건 뭔지, 무슨 이야기를 듣고 싶어 하는지, 구체적으로 뭘 얼마나 알고 싶어 하는지 계속해서 생각해야 하는 것이다.

이렇게 독자를 가운데 놓고 질문을 던지다 보면 문득 근사한 쓸거리가 나타나곤 한다. 예를 들어 이 책 2장의 '쓰기 워크숍의 꽃, 모둠 활동'이라는 글을 보자. 소단락이 모두 질문과 그에 대한 답으로 구성되어 있다. 왜 문답 형식으로 구성되었을까? 쓰기 워크숍을 하는 동안 학생들이 실제 던진 질문이나 독자가 궁금해할 만한 내용을 토대로 글을 썼기 때문이다.

물론 이는 하나의 사례에 불과하다. 따지고 보면 이 책 내용의 대부분이 '독자가 궁금해할 만한 것은 무엇인지'에 대한 물음에서 나온 것이다. 아이디어 공책과 관련된 글을 쓸 때는 독자가 구체적인 공책의 모습을 보고 싶어 할 것 같아서, 샘플 원고 작성에 대한 글을 쓸 때는 '샘플 원고 작성의 필요성이나 실제 사례'에 호기심이 일 것 같아서 관련 예시를 소개했다. 덕분에 쓸거리를 좀 더 쉽게 떠올릴 수 있었다. 쓸거리가 생각나지 않는다면 여러분도 상상 속 독자를 초대해보라. 아니면 여러분 스스로가 독자가 되어도 좋다. 이후 독자가 궁금해할 만한 것에 대해 질문을 던지고 스스로 답을 찾아보라. 얼마 지나지 않아 꽤 근사한 쓸거리가 떠오를 것이다.

## 덕질, 나는 알지만 남들은 잘 모르는 그것만의 빛나는 매력

쓸거리 찾기와 관련짓자면, 덕후는 축복받은 자다. 적어도 쓸거리가 없어 글을 못 쓰는 경우는 별로 없기 때문이다. 물론 쓸거리는 많지만 무엇부터 써야 할지 몰라 고민인 경우는 있다. 그때는 써야 할 것의 우선순위를 정하면 된다.

가장 먼저 찾아야 할 쓸거리는 뭘까? 덕질의 대상이 나를 매혹시킨 포인트다. 달리 말하자면, '나는 알지만 남들은 잘 모르는 그것만의 빛나는 매력'에 집중하면 된다. 예를 들어 대중가요 안내서를 쓰는 덕후가 있다고 하자. 평소 즐겨듣던 박효신의 음악에 대한 글 하나를 쓰려 한다. 뭘 써야 할까? 박효신의 음악이 가진 수많은 매력 중 가장 빛나는 무언가에 초점을 맞추면 된다.

　실제로 한 학생은 박효신의 목소리에 초점을 맞춰 흡인력 높은 글을 쓰기도 했다. 좀 더 구체적으로 말하자면 데뷔 초의 날 것 같은 목소리, 3집의 호소력 짙은 목소리, 5집의 부드러운 목소리, 6집의 좁으면서도 매혹적인 목소리, 뮤지컬의 단단하고 남성적인 목소리 등 음반마다 다르게 변해 온 목소리의 특징과 감상 포인트에 대해 이야기한 것이다. 이후 그와 같은 목소리의 변화를 잘 느낄 수 있는 곡 몇 가지를 추천함으로써 글을 마무리했다. 이처럼 '나는 알지만 남들은 잘 모르는 박효신만의 빛나는 매력'과 같이 대상이 가진 숨은 매력이야말로 쓸거리의 첫째 조건이 된다. 그러니 내가 사랑하는 덕질의 대상이 어떤 매력 포인트를 가졌는지 다시 한 번 진지하게 생각해 보는 게 좋겠다. 그러면 하나씩 둘씩 쓸거리들이 보일 것이다.

## 진로 탐색, 꿈 찾기가 곧 쓸거리 찾기

꿈을 꾸는 학생들에게 진로 탐색은 덕질만큼이나 풍부한 쓸거리를 제공한다. 진로 탐색의 범위는 무척 넓어 자신이 하는 모든 생각과 행동이 진로 탐색 글쓰기로 연결될 수 있어서다.

　먼저 자신의 꿈이 분명한 경우부터 살펴보자. 이때는 관련된 진로 체험이나 독서 등 다양한 직·간접 경험을 토대로 쓸거리를 찾으면 된다. 예를 들어 디자이너가 꿈이라면 디자인과 관련된 책을 읽고 마음에 와닿았던 내용을 메모해 두었다가 쓸거리를 찾는 식이다. 또는 다양한 디자인 전시회를 다니거나 실제 디자이너를 만나 인터뷰한 경험을 토대로 쓸거리를 찾을 수도 있다. 이 외에 평소 좋아하는 디자인이 있다면 그 디자인에 대한 자신의 느낌이나 특별한 감상 포인트를 바탕으로 쓸거리를 찾는 방법도 있다. 생물학자가 꿈인 경우도 마찬가지다. 생물학과 관련된 책을 읽고 인상 깊었던 내용을 중심으로 쓸거리를 찾으면 된다. 또는 생물학 분야에서 관심 가는 주제가 생겼을 경우, 그 주제와 관련해 몇 가지 질문을 던져보고 그 질문에 대한 답을 찾아가는 과정에서 쓸거리를 찾을 수도 있다. 이때는 질문 자체가 하나의 근사한 쓸거리가 되기도 한다.

아직 명확한 꿈이 없다면 어떨까? 그렇다 해도 별문제 될 건 없다. 쓸거리는 얼마든지 있기 때문이다. 이때는 꿈을 찾기 위한 탐색 과정 자체를 쓸거리 찾기와 연결 지으면 된다. 특히 책을 비롯해 영화나 음악, 드라마, 그림이나 사진 등 삶과 미래 직업에 대한 이해를 넓혀줄 수 있는 자료를 접하는 게 중요하다. 좋은 자료를 만났다면 모종의 울림이나 생각거리가 없을 리 없다. 그때 떠오른 하나하나의 울림과 생각거리를 구체적으로 발전시키면 그게 모두 쓸거리가 된다. 다만 애써 찾은 쓸거리도 시간이 지나면 잊혀진다. 그러니 특별한 느낌이 살아있을 때 메모부터 하고 글을 쓰는 게 중요하다.

책의 콘셉트에 다시 집중하는 것도 좋은 전략이다. 꼭지를 몇 편 쓰다 보면 시간이 꽤 흐른다. 그러다 보면 애초 잡았던 책의 콘셉트에 대한 기억이 흐릿해질 때가 있다. 이때는 책 쓰기 프로젝트 초반에 작성했던 목차나 기획안을 다시 꺼내 보는 게 꽤 도움이 된다. 처음 책을 쓰고자 결심했을 때의 설렘과 그 속에서 떠올랐던 갖가지 아이디어 및 콘셉트의 저장고가 바로 목차와 기획안이기 때문이다.

글쓰기 틀에 대한 공부도 필요하다. 쓸거리를 찾았다면 다음 할 일은 생각을 펼쳐내는 것이다. 그런데 의외로 많은 학생이 틀에 대해 잘 몰라 자신의 생각을 제대로 펼쳐내지 못한다. 나열, 순서, 문제와 해결, 팩트 체크, 논증 등 다양한 구조의 글쓰기 틀은 생각을 좀 더 짜임새 있게 펼치도록 도와준다. 샘플 원고가 있건 없건, 틀은 익히는 데 들이는 시간과 노력에 비해 얻는 효과가 매우 크므로 한번쯤 공부해 두는 것이 좋겠다.

모든 쓰기의 출발점

# 거친 초고 쓰기

"첫 줄을 쓰는 것은 어마어마한 공포이자 마술이며, 기도인 동시에 수줍음이다." 노벨문학상 수상자인 존 스타인벡(John Steinbeck)이 한 말이다. 첫 줄 쓰기의 어려움과 설렘을 이토록 매혹적으로 표현한 문장이 또 있을까 싶다. 쓰기를 다루는 수많은 책에서 자주 인용하고 있는 이유일 것이다.

하지만 초고 쓰기와 관련 지을 때, 나는 이 말이 썩 마음에 들진 않는다. 물론 첫 줄 쓰기를 둘러싼 다양한 감정을 탁월하게 묘사한 건 좋다. 그러나 이와 같은 말들이 자칫하면 첫 줄 쓰기를 더 어렵게 만들 수 있어서다. 결과적으로 많은 예비 작가들이 지레 책 쓰기를 포기하게 만드는 데 한몫할 수도 있고 말이다.

정말 첫 줄은 그렇게 특별한 의미가 있는 것일까? 만약 첫 줄이 그렇게나 중요하다면 이어지는 문장 또한 함부로 막 쓸 수는 없는 게 아닐까?

## 초고는 초고답게

사실 존 스타인벡의 이 말은 쓰는 사람이 누구냐, 쓰는 단계가 어디냐에 따라 다르게 읽혀야 한다. 이미 유명하거나 글쓰기 자체를 예술로 여기는 프로 작가에게는 당연히 첫 줄마저 중요할 것이다. 더구나 고쳐 쓰기 단계에 접어들었다면 첫 줄을 매혹적으로 만드는 작업은 필수다. 하지만 쓰기의 길로 이제 막 들어선 학생 저자라면, 게다가 이제 겨우 초고를 쓰는 단계라면 심혈을 기울인 첫 문장보다는 그냥 막 써내려간 문장들이 훨씬 더 중요하다. 왜일까? 첫 줄에 대한 욕심은 나중에 부려도 늦지 않기 때문이다.

한 번씩 글쓰기를 어려워하는 학생과 대화할 때가 있는데 이야기를 나누다 보면 몇 가지 공통적인 문제점을 발견하게 된다. 그중 하나가 처음부터 너무 잘 쓰려 한다는 점이다. 예컨대 첫 문장 하나를 쓰기 위해 지나칠 정도로 고민하는가 하면 몇 줄 쓰고 난 뒤 단어를 바꾸거나 문장 지우기를 반복하는 식이다. 심지어 초고를 쓰면서 맞춤법까지 일일이 따지는 경우도 있다.

어떤 결과가 나타날까? 우선 쓰는 데 속도가 붙질 않는다. 쓰다 보면 생각이 또 다른 생각을 불러오기 마련이다. 그러다가 어느 순간 번쩍이는 아이디어가 나타나기도 한다. 그때는 아이디어를 바로 붙

들어야 한다. 순식간에 사라질 때가 많아서다. 그런데도 단어 하나 문장 한 줄의 완성도를 따지며 쓰다 보면 정작 잡아야 할 아이디어를 놓치게 된다. 게다가 힘은 힘대로 든다. 생각하고 쓰고 고치기를 동시에 해야 해서 그렇다. 자연스레 초고 한 편 쓰고 나면 기진맥진 지칠 대로 지친다. 초고 쓰기에 온 힘을 쏟아낸 학생일수록 고쳐 쓰기를 하지 않는 경우가 많은데 이 때문이 아닐까 싶다. 그러고도 쓴 글을 다시 보면 썩 마음에 들지 않으니 다음과 같은 생각을 하게 되는 것이다. '아, 역시 글쓰기는 어려워. 내게는 맞지 않아.'

과연 이 같은 생각은 타당한 것일까? 그렇지 않다. 잘못된 방법에서 나온 잘못된 결론일 수 있어서다. 더불어 이 지점에서 꼭 짚어야 할 게 하나 있다. 바로 초고는 그 어떤 것이든 엉망일 수밖에 없다는 점이다. 어니스트 헤밍웨이(Ernest Hemingway)는 "모든 초고는 쓰레기"라고 말했다. 이 말의 의미는 뭘까? 정말 모든 초고는 아무런 의미가 없으니 쓰레기통에 집어넣어야 한다는 뜻일까? 그건 아니다.

생각해 보면 글쓰기에서 초고만큼 중요한 것도 없다. 초고는 처음 글을 쓸 때 떠올랐던 아이디어를 가장 날 것의 형태로 담고 있기 때문이다. 또 초고가 있어야 완성본도 있을 수 있다. 그리고 보면 초고야말로 모든 쓰기의 출발점인 셈이다. 비유하자면 초고는 원석(原石)과 같다. 속에 반짝반짝 빛나는 무언가를 담고 있지만 아직은 다듬어지지 않은 '무한한 가능성의 덩어리' 말이다. 따라서 모든 초고는 쓰레기라던 헤밍웨이의 말은, 그러니 그 초고가 제대로 빛을 발할 때까지 갈고 다듬어야 한다는 말로 이해하는 게 좋다. 그렇다면 어차피 다듬는 과정에서 숱한 표현들이 다른 것으로 바뀌게 될 텐데, 굳이 초고를 쓰면서 단어 하나 문장 하나까지 세심하게 따질 필요는 없지 않을까?

## 초고, 막 쓰는 용기

그래서 뭘 어떻게 써야 할지 모르겠다는 학생들에게 내가 자주 하는 말이 있다. 바로 '그냥 막 써라'다. 글이란 쓰려고 마음먹는 게 어려워 그렇지 일단 쓰기 시작하면 무슨 생각이든 떠오르고 어떻게든 쓰게 되기 때문이다.

하지만 처음부터 완벽하게 쓰려고 하면 할수록 쓰기는 한없이 어렵게만 느껴진다. 이래서야 쓰기를 즐길 수가 없다. 우리에게는 고쳐 쓰기라는 든든한 과정이 남아 있다. 그걸 믿고 써야 한다. 초고를 쓰는 단계에서 꼭 필요한 것, 그것은 바로 '막 쓰는 용기'다.

내친김에 한 가지 더 짚어두자. 초고를 쓰기 위해 시간을 너무 오래 끌면 안 된다. 초고는 엉성하든 말든 일단 쓰는데 의미를 두고 빨리 끝내는 게 좋다. 그래야 고쳐 쓰기 단계에 집중할 수 있어서다.

초고를 빨리 쓰려면 어떻게 해야 할까? 추천하는 방법 중 하나는 마감 날짜를 정해 놓고 쓰는 것이다. 이틀이면 이틀, 사흘이면 사흘. 초고 쓰는 기간을 정한 뒤 그 안에는 무조건 쓰는 버릇을 들이는 게 포인트다. 물론 초고를 급하게 쓰다 보면 문맥도 맞지 않고 맞춤법도 엉망인 것처럼 여겨질 때가 많다. 그래도 신경 쓰지 말고 막 써야 한다. 초고 단계에서 그것들 하나하나 다 신경 쓰다가는 초고만 써도 지치기 마련이다. 전체 틀을 잡고 문장의 호흡이나 맛을 살리고 마음에 드는 단어를 찾는 것은 고쳐 쓰기 단계에서 해도 충분하다.

이 때문일까? 쓰기의 고수들은 초고는 빠르게, 대충 쓰는 경향이 있다. 성향에 따라 휘갈기듯 쓸 수도 있고, 평소 작성해 둔 메모를 모아 엮어가듯 쓸 수도 있다. 어쨌든 초고는 처음 떠오른 아이디어를 잡는데 초점을 둘 뿐 그냥 막 쓴다. 이후 열 번이든 백 번이든 반복해 읽으면서 고친다. 그러면 처음엔 뭔가 거칠고 어색해 보였던 초고가 어느 순간 매끈해진다.

그러면 초고를 대충 쓸 때의 장점은 뭘까? 일단 아이디어를 잡는데 집중할 수 있다. 초고 단계에서부터 세세한 부분을 다듬다가 번쩍이는 아이디어를 놓치는 것보다는 이게 훨씬 낫다. 대충 쓰는 만큼 부담도 덜하다. 자연스레 빨리 쓰게 되고 그만큼 힘도 아낄 수 있다. 나아가 여기서 절약한 힘을 고쳐 쓰기에서 쏟으면 효율은 몇 배나 높아진다. 또 고칠 때마다 조금씩 좋아지는 글을 보면 신기하기도 하고 재미도 있다. 그래서 시간 가는 줄 모르게 된다. 글도 그만큼 좋아질 수밖에 없다.

글쓰기는 단거리 달리기가 아니다. 책 쓰기는 더더욱 그렇다. 그러니 초고에서부터 전력 질주해 온 힘을 다 빼지는 말자. 초고는 거칠게, 대충 쓰는 것이다. 이순신 장군에게 12척의 배가 남아 있었다면 우리에게는 고쳐 쓰기라는 단계가 남아 있다. 그러니 막 쓰자. 막 쓰는 초고야말로 여러분의 쓰기를 쉽고 재미있게 만들어 주는 특급 비법이다.

## 알아두면 좋은 몇 가지

근사한 아이디어가 떠오르지 않는다고 무작정 기다려선 안 된다. 멋진 아이디어가 떠오를 때까지 기다리다 보면 한 꼭지의 글도 쓰지 못하게 된다. 생각이 떠올라야 쓴다지만 쓰다 보면 생각이 떠오른다. 그래서 미국의 소설가 루이스 라모르(Louis L'Amour)는 이런 말도 했다. "무슨 일이든 쓰기부터 시작하라. 물은 수도꼭지가 켜질 때까지 흐르지 않는다." 그리고 보면 쓰는 것이야말로 생각의 수도꼭지를 트는 것이다. 그러니 책을 쓰고 싶다면 일단 쓰자. 아무것이나 쓰다 보면, 어느 순간 숨어 있던 말들이 쏟아져 나오는 걸 느끼게 될 것이다.

결과를 처음부터 짐작할 필요는 없다. 소설가 스티븐 킹(Stephen King)은 말했다. "때로는 쓰기 싫어도 써야 한다. 그리고 때로는 형편없는 작품을 썼다고 생각했는데 결과는 좋은 작품이 되기도 한다." 그의 말에 격하게 공감한다. 모든 좋은 작품이 처음부터 좋았을 리 없다. 쓰고 다듬다 보니 좋아진 게 더 많다. 초고가 부끄럽고 형편없어 보여도 미리부터 포기하진 말자. 우리에겐 아직 고쳐 쓰기가 남아 있다.

고쳐 쓰기로
디테일을 살리다

## 협의하고
## 고치고 또 고치고

머리카락이 짧아 그런지 조금만 자라도 보기 싫어진다. 그래서 미용실에 자주 가는 편이다. 적어도 3주에 한 번은 간다.

헤어디자이너에게 머리를 맡긴 뒤 깎는 모습을 지켜보다 보면 문득 재미있는 걸 하나 발견하게 된다. 처음 깎기 시작할 때와 마무리할 때의 속도가 다르다는 점이다. 깎기 시작할 때는 대충 자르는 것 같다. 가위질의 속도도 빠르고 과감하다. 짧은 시간, 몇 번의 손질만으로도 어느 정도 정리가 된 듯한 느낌마저 든다. 그런데 내 눈에는 그 정도만 해도 된 것 같은데 헤어디자이너는 손을 멈추질 않는다. 거울을 통해 이곳저곳 확인해가며 세세한 부분까지 계속 다듬는 것이다. 가만 보면 내 눈에 그럭저럭 괜찮아 보이기까지의 시간보다 이후에 다듬는 시간이 훨씬 더 긴 것 같다. 공도 많이 들이고 말이다.

이 때문일까? 섬세한 마무리 과정을 거쳐서 그런지 깎은 모양이 훨씬 더 마음에 든다. 디테일도 하나하나 살아있는 느낌이다. 끝이 좋아야 모든 게 좋다는 말이 실감 나는 순간이다.

## 워크숍을 통한 고쳐 쓰기

글도 마찬가지다. 마무리가 좋아야 한다. 초고는 대충대충 빨리 쓴 만큼 아무래도 거칠기 짝이 없다. 문단의 연결도 어색하고 비문투성이다. 꼭 필요한 내용인데도 빠진 게 있는가 하면 굳이 필요 없는데도 자리를 차지한 게 있다. 이런 부분들이 다듬어져야 비로소 글이 글다워진다. 그래서 고쳐 쓰기는 아무리 오래 해도 시간이 아깝지 않다. 투자한 시간에 비례해 글이 좋아지기에 더 그렇다. 우리가 워크숍을 통해 오랜 시간 고쳐 쓰기를 하는 이유도 결국 이 때문이다.

쓰기 워크숍의 핵심은 피드백이고, 피드백의 대부분을 채우는 건 고쳐 쓰기다. 워크숍을 '친구들과 함께하는 고쳐 쓰기'라고 봐도 될 정도다. 다만 워크숍을 하더라도 무얼 어떻게 고쳐야 할지 알 때와 모를 때 그 효과는 다르다. 그래서 여기서는 워크숍에서 피드백을 주고받을 때 특히 주목해서 봐야 할 부분 몇 가지를 짚어 보겠다.[11] 친구들과 협의 시 다음 사항에 초점을 맞춰 보면 좋겠다.

---

11 윤창욱, 《덕질로 배운다! 10대를 위한 글쓰기 특강》, 책밥, 304-341, 2021. 다양한 예문과 더불어 고쳐 쓰기에 대해 좀 더 구체적으로 알고 싶다면 상기 도서를 참고하기 바란다.

## 하고 싶은 말이 제대로 드러났는가

글은 소통을 위한 것이다. 소통에 성공하려면 어떻게 해야 할까? 자기가 하고 싶은 말을 분명하게 드러내야 한다. 학생의 글을 읽다 보면 부분 부분은 괜찮은데 '하고 싶은 말'이 무엇인지 도무지 파악할 수 없을 때가 있다. 말하고 싶은 바를 명확하게 드러내지 못했기에 생기는 일이다. 이런 글일수록 소통에 실패할 확률이 높다. 따라서 고쳐 쓰기 단계에서 이와 같은 문제가 발견되었다면 핵심 아이디어를 선명하게 나타낼 수 있도록 다듬어야 한다. 이를 위해 추천하는 방법 중 하나가 바로 '초점화와 배경화' 전략이다.

그러면 '초점화와 배경화'란 무엇인가? '초점화'란 가장 말하고 싶은 것, 다 지워도 이것만은 결코 지울 수 없는 것을 글의 전면에 내세우는 것이다. 핵심 아이디어나 주제를 명료하게 드러내는 것도 여기에 포함된다. 그런가 하면 '배경화'란 덜 중요한 것일수록 간단하게 언급하여 바탕에 까는 것을 가리킨다.

초점화와 배경화는 왜 필요할까? 말하고자 하는 모든 것이 똑같이 중요한 것은 아니기 때문이다. 더 중요한 게 있고 덜 중요한 게 있다. 그런 만큼 선택과 집중만 잘해도 말하고자 하는 바가 선명하게 살아난다. 나아가 글에 대한 이해도, 글의 분량 조절도 쉬워지니 일석삼조다. 글을 검토할 때 하고 싶은 말이 분명하게 드러나지 않았다면 초점화와 배경화 전략부터 적용해 보자.

## 뺄 것은 없는가

'가장 훌륭한 디자인은 더 이상 추가할 것이 없는 게 아니라 더 이상 뺄 것이 없는 것'이란 말이 있다. 그런가 하면 사진작가들 사이에서는 이런 말도 전한다. "사진은 뺄셈으로 완성된다."

모두 단순함의 미학을 드러내는 말들이다. 글도 비슷한 면이 있다. 같은 내용이라면 단순하게 표현될수록 좋다. 깔끔하고 읽기 쉬우며 이해도 잘되기 때문이다.

하지만 처음부터 군더더기 없이 매끈한 글을 써내기란 쉽지 않다. 초고일수록 중언부언 잡다한 표현이 많은 것도 이 때문일 것이다. 따라서 이때는 여러 번 읽으며 군더더기부터 빼는 게 좋다. 복잡하게 생각할 것 없다. 중복되는 내용이나 불필요한 수식어부터 지우면 된다. 특히 삭제 1순위는 주제에서 벗어난 것들이다. 글이 산만하게 여겨진다면 맥락에서 벗어난 것들부터 지워보라. 그것만 해도 글이 좋아질 때가 많다.

물론 애써 쓴 내용을 지우기란 쉽지 않다. 고생하며 쓴 글엔 애정이 담겨서 더 그렇다. 하지만 아깝다고 군더더기를 그냥 둘 수도 없다. 잘 지우는 것이 잘 쓰는 것의 핵심임을 잊지 말자.

## 더할 것은 없는가

사진에서는 뺄셈이 중요하다지만 글은 뺄셈만큼이나 덧셈도 중요하다. 이미지로 표현되는 사진과 달리 글은 말로써 독자의 마음을 움직이는 것이기 때문이다. 특히나 실용적인 글일수록 구체적 사례와 논리적인 근거 제시는 필수다.

나름대로 열심히 썼다고는 하지만 내용이 매우 빈약하게 느껴지는 글을 볼 때가 있다. 더러 구체적인 사례 없이 주장만 늘어놓은 글을 볼 때도 있고 말이다. 이런 글의 공통점은 뭘까? '손에 잡히는 무언가'가 없다는 점이다. 그래서 글에 힘이 실리지 않는다. 독자에게 가 닿기도 어렵다.

짚어야 할 점은, 나와 독자는 다르다는 점이다. 내게는 너무나 당연한 것이 독자에게는 낯설 수 있다. 따라서 글을 처음 보는 사람이라 하더라도 쉽게 이해할 수 있도록 구체적인 사례나 추가 설명이 필요한 부분은 없는지 잘 살펴보아야 한다.

자기 눈에는 이런 부분이 잘 보이지 않을 수도 있다. 하지만 걱정할 필요 없다. 우리에겐 글동무들이 있으니 말이다. 어디에 무엇을 채워야 할지 잘 모르겠다면 친구들의 피드백을 적극적으로 활용해 보라. 많은 경우, 피드백을 참고해 주장에 어울리는 사례 한 가지만 잘 채워 넣어도 글이 살아나곤 한다.

## 문단은 적절하게 나누어졌는가

대부분의 학생은 문단 나누기를 잘한다. 그런데 열 명에 한 명꼴로 문단 나누기를 하지 않는 경우를 본다. 문단 나누기야말로 상식 아니냐 하겠지만 의외로 문단 나누기를 하지 않는 학생이 많다.

하나의 문단에는 하나의 중심 생각만 있는 게 좋다. 하나의 단락에 둘 또는 그 이상의 중심 생각이 담길 때 독자가 그 문단의 핵심을 파악하는 데 어려움을 겪을 수 있어서다. 그런 만큼 흐름이 조금이라도 달라졌다면 단락을 나누도록 하자. 그래야 읽기 쉽고 이해도 잘 된다. 의외로 간단한 문단 나누기. 독자를 위한 최소한의 배려라는 것을 항상 기억할 필요가 있다.

## 문단 순서를 바꿀 때 더 자연스러워지는 곳은 없는가

학생들의 고쳐 쓰기를 지켜보면 생각보다 큰 틀에서의 변화는 잘 나타나지 않는 것 같다. 대개 고쳐 쓰기는 내용을 추가하거나 필요 없는 부분을 지우거나 문장을 다듬는 데 집중된다. 물론 그것만 해도 글이 몰라보게 향상되는 경우가 많다.

하지만 가끔은 좀 더 과감하고 큰 변화가 필요한 순간도 있다. 예컨대 초고를 여러 번 읽다 보면 문단 순서를 바꿀 때 글맛이 갑자기 좋아지는 경우처럼 말이다. 개요 짤 때 생각했던 것과 초고를 쓰고 난 뒤의 느낌이 다르기에 생기는 일이다. 그래서 나는 글이 잘 안 풀릴 때면 앞에 배치했던 이야기를 맨 뒤로 옮기는가 하면 중간에 두었던 내용을 앞으로 빼거나 뒤쪽으로 보내 보곤 한다. 그러다 보면 생각지도 않았던 데서 해결의 실마리를 찾게 될 때가 있다.

초고는 초고일 뿐이다. 굳이 처음 생각했던 틀에 얽매일 필요는 없다. 그러니 초고를 쓰고 난 뒤 어색한 문단이 보이거든 그 문단을 지우거나 다른 곳으로 옮겨 보자. 의외로 근사한 해법이 생길지도 모른다.

## 소리 내어 읽었을 때 자연스레 읽히는가

쓰기 워크숍에서 결코 빠지지 않는 핵심 요소 중 하나가 '소리 내어 읽기'다. 고등학생쯤 되면 처음에는 소리 내어 읽는 데 약간의 어색함을 느낄 수도 있다. 하지만 막상 한두 번 소리 내어 읽다 보면 아무렇지도 않게 된다. 심지어는 소리 내어 읽는 걸 즐기게 될 수도 있다.

그러면 고쳐 쓰기를 하는데 왜 소리 내어 읽는 게 좋을까? 훌륭한 문장일수록 귀에 착착 감기기 때문이다. 말과 글은 애초부터 다른 게 아니다. 생각을 입으로 드러내면 말이 되고 적으면 글이 된다. 따라서 듣기 좋은 문장이 읽기에도 좋다. 이해도 잘된다. 그러므로 문장 다듬기의 핵심은 이 속에 있다고 해도 지나치지 않다. 여러 번 소리 내 읽으면서 자연스럽게 들릴 때까지 고치고 또 고치면 되는 것이다.

다만 소리 내어 읽을 때 더 간결하게 줄일 수는 없는지, 문장이 길지는 않은지, 더 짧게 끊을 수는 없는지에 유의하며 읽으면 더욱 좋다. 특히 중요한 것은 반복해 읽는 것이다. 반복하면 할수록 처음에는 보이지 않던 게 보이기 때문이다. 그때 드러난 어색한 것들을 조금씩만 고쳐 보면 문장이 훨씬 매끈해질 것이다.

## 비문은 없는가

초고를 쓸 때는 비문 같은 데 연연해 할 필요가 없다. 떠오르는 생각을 잡는 게 먼저다. 하지만 본격적인 고쳐 쓰기 단계에 접어들었다면 문법이나 어법에 어긋난 것은 없는지 꼼꼼하게 살펴야 한다. 아무리 기발하고 그럴듯한 내용을 담고 있다 하더라도 비문과 오타가 난무한다면 독자에게 외면당하기 쉽기 때문이다. 내용만큼이나 정확하고 깔끔한 표현도 중요한 이유다.

그렇다고 해서 너무 걱정할 필요는 없다. 대개의 문서작성 프로그램들은 맞춤법 검사를 지원한다. 그것만 잘 활용해도 오타를 많이 줄일 수 있다. 또 친구들과 함께 워크숍을 하다 보면 피드백을 통해서도 오류를 바로잡을 기회는 많다. 처음에는 그렇게라도 비문을 고치면 된다.

물론 앞으로도 계속 글을 쓰려면 문장 성분 간 호응이라든지 맞춤법에 대한 기본적인 지식은 알아둘 필요가 있다. 이와 관련해서는 학교에서 배우는 한글맞춤법 규정부터 제대로 익히는 걸 추천한다. 그것만 열심히 공부해도 웬만큼 글을 쓰고 다듬는 데 큰 어려움은 없기 때문이다. 좀 더 욕심이 난다면 문장 쓰는 법을 다룬 책을 보고 공부하는 것도 좋다.

## 단어 사용은 적절한가

나의 경우, 단어를 살필 때 주로 세 가지를 본다. 먼저, 쉬우면서도 맥락에 맞는 단어를 사용했는지 검토한다. 하나의 단어는 문맥에 따라 여러 개의 단어로 바꿔 쓸 수 있다. 이때 말의 뜻이 변하지 않는다면 가능한 한 쉬운 단어를 쓴다. 예컨대 초고에서 '서적(書籍)'이라는 단어를 썼다고 하자. 이와 바꿔 쓸 수 있는 단어로 책, 책자(冊子), 도서(圖書), 서권(書卷) 등이 있다면 누구나 쉽게 이해할 수 있는 '책'을 고르는 식이다.

다음으로, 조사를 맛깔나게 사용했는지 검토한다. 흔히 조사는 '말들의 관계를 나타내주는 품사' 정도로 알려져 있다. 그런데 조사의 역할은 거기서만 끝나는 게 아니다. 어떤 조사를 사용했느냐에 따라 말맛이 확 달라진다. '영화 보러 가자'와 '영화나 보러 가자'의 두 문장을 비교해 보자. 어떤가? 차이는 두 번째 문장에 붙은 '-나' 하나밖에 없다. 하지만 느낌은 사뭇 다르다. 앞의 표현이 단순한 청유에 불과하다면 뒤의 문장은 '할 일도 없는데'와 같은 느낌이 덧붙는 것이다. 이렇듯 조사 하나만 잘 활용해도 느낌을 섬세하게 바꿀 수 있다.

끝으로, 같거나 소리가 비슷한 단어들이 반복되어 읽기 지루해진 곳은 없는지 찾아본다. 대표적으로 '그래서', '그러나', '하지만' 같은 접속사다. 이런 말들이 자주 보이면 글이 지루해진다. 이때는 적절하게 지우거나 다른 말로 바꾸는 게 좋다. 또 같은 대상이라고 해서 하나의 단어만으로 표현할 이유는 없다. 그 단어를 대신할 수 있는 다양한 말들을 찾아서 바꿔 보라. 느낌이 훨씬 다채롭고 풍부해질 것이다.

## 논란이 될 만한 내용은 없는가

실컷 고생해 글을 쓰고도 안 쓴 것만 못하게 될 때가 있다. 쓴 글이

논란의 대상이 될 때다. 아무리 구성이 뛰어나고 문장이 아름다워도 내용상 작은 실수만으로도 논란의 대상이 될 수 있다.

그런 만큼 피드백을 통해 글을 고칠 때는 이 부분에 대해서도 잘 살펴볼 필요가 있다. 구체적으로는 혹시라도 표절의 위험은 없는지, 부정확한 정보는 없는지를 검토하는 것이다. 더불어 다른 이에게 부당하게 상처 주는 내용은 없는지도 주의 깊게 살펴봐야 한다. 우리 주변에는 생각보다 차별과 혐오의 표현이 많이 퍼져 있다. 그런 만큼 의도치 않게 이러한 편견에 영향을 받아 글로 표현하게 될 수도 있다.

보이는 상처만이 아픈 것은 아니다. 말이나 글로 인한 상처도 아프다. 애써 쓴 글이 다른 이에게 상처를 주는 일이 없도록, 글을 고칠 때 꼼꼼히 잘 살펴볼 필요가 있다.

## 알아두면 좋은 몇 가지

고쳐 쓸 때는 큰 단위에서 작은 단위의 순서로 다듬는 걸 추천한다. 단어나 문장을 신경 써 잘 고쳤다 하더라도 해당 단락이 글의 흐름에 맞지 않는다면 결국 다 들어내야 하기 때문이다. 그러니 웬만하면 전체적인 짜임부터 살핀 뒤 하나하나의 문장을 다듬도록 하자.

글을 좀 더 섬세하게 다듬고 싶다면 종이로 출력해 읽어 보는 게 좋다. 사실 디지털 화면이 주는 장점도 많다. 휴대하기 편하고 언제 어디서든 볼 수 있으며 잘못된 부분도 바로 다듬을 수 있다. 그럼에도 종이로 출력해 고쳐 쓰기를 권하는 이유는, 종이로 출력해 읽으면 모니터로 볼 때는 보이지 않던 문제점들이 잘 보이기 때문이다. 우리 워크숍에서 군이 종이로 출력해 같이 돌려 읽는 이유도 이 때문이다.

사례로 보는
고쳐 쓰기

학생의 고쳐 쓰기 사례를 소개한다. 이 학생은 쓰기 워크숍에 열정적으로 참여했다. 그래서였을까? 참여 초기에도 글을 잘 썼지만, 시간이 지나면 지날수록 문장력이 눈에 띄게 늘었다. 그처럼 글이 좋아진 데는 친구들의 피드백을 적극적으로 받아들인 것도 분명 한몫했을 것이다. 초고와 수정본을 비교하며 구체적으로 어떤 부분이 달라졌는지 살펴보기 바란다.

# 흐린 뒤 맑음(초고)

함안고 양윤영

사람은 살면서 많은 고난을 겪는다. 그리고 누군가는 고난을 통해 더 성장하기도 한다. 사람을 성장시키는 고통, 심리학에서는 그런 고통을 <u>역경 후 성장</u>이라 부른다.

<u>post-traumatic growth(PTG), stress-related growth, adversarial growth</u> 등 이 현상을 칭하는 용어는 여러 가지이지만, 의미하는 바는 모두 비슷하다. 역경 후 성장은 고통을 야기하면서도 극복하고 성장시키는 경험, 즉 역경의 고통 속에서 일어나는 긍정적인 심리적 변화를 뜻한다. (임선영, <u>권석만 "역경 후 성장에 영향을 미치는 인지적 처리 방략과 신념 체계의 특성 관계 상실 경험자를 대상으로")</u>

▶ 굳이 제공할 필요가 없는 정보다. 삭제하는 것이 좋겠다.

▶ 각주로 보내는 것이 좋겠다.

주변 사례를 찾아보면 더 쉽게 이해할 수 있다. 멀리 갈 것도 없다. 로맨스 드라마 속 주인공들을 떠올려 보자. <u>사랑을 방해하는 사람과 사건, 환경 등 수많은 방해물을 이겨내고 주인공들은 결국 사랑을 이루어낸다.</u> 만화 속 주인공 같은 이야기는 실제 세상에서도 종종 들려온다.

▶ 좀 더 간결하게 바꿀 수는 없을까?

최근 심리학계에서는 고통을 단순히 버텨내는 것을 넘어 고통을 딛고 성장하는 <u>역경 후 성장</u>에 관심이 많다. 필시 현 사회에 너무 많은 고통이 있어서일 테다. 고통이 단순히 고통에 머무르는 것이 아니라, 더 나아갈 성장의 길이 되도록 돕는 것. 그것이 추구하는 방향성을 모르는 건 아니다.

▶ 따옴표를 넣어주면 강조효과가 나타나서 좋을 것 같다.

하지만 꼭 상처를 통해서였어야만 했나? 그 방법밖에 없었나? 이미 받은 상처를 어찌할 수 없다는 걸 안다. 이 방법이 어떤 방면에선 가장 현실적인 대책이 될 수 있음을 안다. 그러나 지금도 고통을 겪고 있는 누군가에게, 회자되는 이야기 속 주인공이 되지 못한 사람에게, 이 이야기 자체만으로도 또 다른 아픔이 될 수 있다는 것 또한 안다. 그러니 역경 후 성장이라는 단어에 미운 마음이 드는 이에게, 이런 말을 전하고 싶다.

> ▶ 꼭 필요한 표현인가? 지우는 게 좋지 않을까? 또는 여기에 '우리 삶은 고통을 자양분 삼아 성장해 간다'는 주장을 한 철학자의 이야기를 넣는 건 어떨까?

흐린 뒤 맑음. 익숙한 나열이어서일까? 흐린 뒤에는 맑아야만 할 것 같다. 하지만 어제 흐렸다고 해서 오늘 맑아야만 하는 건 아니다. 흐린 뒤 맑을 수 있는 이유는, 흐린 날씨가 개었기 때문이다. 당신의 날이 흐린 이유가 있다면 아직 날씨가 개지 않기 때문이다. 날씨를 바꾸지 못한 당신의 탓이 아니다. 그러니 하늘이 개기까지 기다리면 된다. 가끔은 안개가 자욱할 때도 있을 것이고, 비가 억수처럼 내릴 때도 있을 것이고, 햇살이 옅게 내릴 때도 있을 것이다. 그렇게 하루하루 버텨내다 보면 언젠가 구름도, 안개도, 빗방울도 하나 없는 화창한 하늘이 당신을 반길 것이다. 당신이 맑은 날씨에 웃을 수 있는 이유는 흐린 날을 버텨낸 당신 덕분이다. 날씨를 바꾸지 않았더라도, 궂은 날씨를 버텨낸 것만으로도 당신은 위대하다.

나는 상처를 통해 인간이 성장한다고 믿지 않는다.

어떤 사람들은 어떤 상처를 통해 성장하기도 하지만

사실 그들은 상처가 없이도 잘 자랐으리라 생각한다.

나는 당신을 상처없이 지켜주고 싶다.

심지어 그대, 전혀 성장하지 못한대도 상관없다.

_ 이상이 금홍에게 보낸 편지 中

▲ 나는 이상과 달리 상처가 인간을 성장시킬 수 있음을
믿는다. 하지만 상처가 버겁게 느껴진다면 할 수 있는 것만
감당해도 족하다 생각한다. 상처를 통해 인간이 성장한다
할지라도, 세상에는 없느니만 못한 상처도 많다.

# 흐린 뒤 맑음(고친 글)

함안고 양윤영

사람은 살면서 많은 고난을 겪는다. 그리고 누군가는 고난을 통해 더 성장하기도 한다. 사람을 성장시키는 고통. 심리학에서는 그런 고통을 역경 후 성장이라 부른다. '역경 후 성장'은 고통을 야기하면서도 극복하고 성장시키는 경험. 즉 역경의 고통 속에서 일어나는 긍정적인 심리적 변화를 뜻한다. *

주변 사례를 찾아보면 더 쉽게 이해할 수 있다. 멀리 갈 것도 없다. 로맨스 드라마 속 주인공들을 떠올려 보자. 사랑을 가로막는 수많은 방해물을 이겨내고 결국 사랑을 이루어낸다. 만화 속 주인공 같은 이야기는 실제 세상에서도 종종 들려온다.

최근 심리학계에서는 고통을 단순히 버텨내는 것을 넘어 고통을 딛고 성장하는 '역경 후 성장'에 관심이 많다. 아마도 현 사회에 너무 많은 고통이 있어서일 테다. 고통이 단순히 고통에 머무르는 것이 아니라, 더 나아갈 성장의 길이 되도록 돕는 것. 그것이 추구하는 방향성을 모르는 건 아니다.

하지만 꼭 상처를 통해서였어야만 했나? 그 방법밖에 없

▶ 역경 후 성장에 대해 간결하게 표현함으로써 글이 한결 깔끔해졌다.

▶ 참고 자료에 대한 정보를 각주 처리함으로써 글 읽기가 훨씬 편해졌다.

▶ 표현이 간결해지니 잘 읽힌다.

▶ 따옴표로 표시함으로써 강조의 효과가 잘 살아났다.

---

\* 임선영, 권석만, '역경 후 성장에 영향을 미치는 인지적 처리 방략과 신념 체계의 특성: 관계 상실 경험자를 대상으로', 〈한국심리학회〉, 32(3), 2013.1, 567-588쪽.

었나? 이미 받은 상처를 어찌할 수 없다는 걸 안다. 이 방법
이 어떤 방면에선 가장 현실적인 대책이 될 수 있음을 안다.
그러나 지금도 고통을 겪고 있는 누군가에게, 회자 되는 이
야기 속 주인공이 되지 못한 사람에게, 이 이야기는 그 자체
만으로 또 다른 아픔이 될 수 있다는 것도 안다.

니체의 저서 「차라투스트라는 이렇게 말했다」에 이런 구
절이 있다.

> "인생은 괴롭다. 하지만 그렇게 연약한 모습을 보
> 이지는 마라. 우리는 그 짐을 질 정도로 힘이 센 수
> 탕나귀이고 암탕나귀이다."

니체는 절망 속에서 삶을 긍정할 수 있다고 말했다. 나는
그런 니체를 좋아한다. 그렇다면 운명을 사랑하라고 외친
니체를 사랑하면서도, 이 단어에 미운 마음이 드는 이유는
무엇일까. 그건 아마 운명을 사랑하는 것이 얼마나 힘든지
알기 때문일 테다. 고통스러운 운명을 사랑하는 것이 얼마
나 가혹한지 알기에, 나는 채찍질 당하는 말을 끌어안고 미
쳐버린 니체처럼 슬퍼할 수밖에 없었다. 그리고 절망 속에
서 성장하는 것이 얼마나 아픈 것인지 알기에, 이런 얄팍한
위로밖에 적을 수 없었다.

흐린 뒤 맑음. 익숙한 나열이어서일까? 흐린 뒤에는 맑아
야만 할 것 같다. 하지만 어제 흐렸다고 해서 오늘 맑아야만
하는 건 아니다. 흐린 뒤 맑을 수 있는 이유는, 흐린 날씨가

▶ '절망 속에서도 삶을
긍정할 수 있다'고 말
한 철학자 니체의 이
야기를 넣음으로써 내
용이 더 풍부해지고
설득력도 높아졌다.

개었기 때문이다. 당신의 날이 흐린 이유가 있다면 아직 날씨가 개지 않았기 때문이다. 날씨를 바꾸지 못한 당신의 탓이 아니다. 그러니 하늘이 개기까지 기다리면 된다. 가끔은 안개가 자욱할 때도 있을 것이고, 비가 억수처럼 내릴 때도 있을 것이고, 햇살이 옅게 내리쬘 때도 있을 것이다. 그렇게 하루하루 버텨내다 보면 언젠가 구름도, 안개도, 빗방울도 하나 없는 화창한 하늘이 당신을 반길 것이다. 당신이 맑은 날씨에 웃을 수 있는 이유는 흐린 날을 버텨낸 당신 덕분이다. 날씨를 바꾸지 않았더라도, 궂은 날씨를 버텨낸 것만으로도 당신은 위대하다.

나는 상처를 통해 인간이 성장한다고 믿지 않는다.
어떤 사람들은 어떤 상처를 통해 성장하기도 하지만
사실 그들은 상처가 없이도 잘 자랐으리라 생각한다.
나는 당신을 상처없이 지켜주고 싶다.
심지어 그대, 전혀 성장하지 못한대도 상관없다.
        _ 이상이 금홍에게 보낸 편지 中

▲ 나는 이상과 달리 상처가 인간을 성장시킬 수 있음을 믿는다. 하지만 상처가 버겁게 느껴진다면 할 수 있는 것만 감당해도 족하다 생각한다. 상처를 통해 인간이 성장한다 할지라도, 세상에는 없느니만 못한 상처도 많다.

길은 걸어가는 곳이 아니라,
걸음으로 만들어지는 것이다.
·

안토니 드 멜로

## 6장

책 쓸 때 알아두면
좋은 일곱 가지

# 여럿이서 한 권 쓰기와 혼자서 한 권 쓰기

지금까지 이 책에서 초점 맞춰 이야기한 것은 1인 1책 쓰기다. 자기만의 책을 쓸 때 온전한 자기 색깔과 목소리를 담을 수 있고 구성도 더 자유롭게 할 수 있어서다. 사실 내 이야기를 담은, '온전한 나만의 책'이 주는 만족감은 직접 느껴보지 못하면 알기 어렵다. 계획을 잡고 첫 꼭지를 쓸 때의 설렘도 완성된 책을 들여다볼 때의 기쁨도 남다를 수밖에 없다.

하지만 저자가 되는 방법이 1인 1책 쓰기만 있는 것은 아니다. 친구들과 함께 한 권의 책을 쓰는 방법도 있다. 그래서 책 쓰기 동아리에 참여할 학생을 모을 때 처음부터 두 가지 프로젝트에 대해 소개한다. 하나는 단기 프로젝트이고 다른 하나는 중장기 프로젝트다. 둘은 별개의 것이 아니다. 저마다 장점으로 서로 연결되어 있다. 그러면 각각은 어떤 특징을 가지고 있을까? 하나씩 살펴보자.

## 단기 프로젝트:
## 여럿이서 한 권 쓰기

'친구들과 어울려 한 권 쓰기'를 목표로 1년 이내에 마무리하는 프로젝트다. 참여 학생 수나 꼭지의 길이에 따라 달라지기는 하지만 5~10명 정도의 학생이 각자 5~10편 정도의 꼭지만 쓰면 한 권의 책을 만들 수 있다. 비교적 짧은 시간에 책 한 권이 뚝딱 만들어지기 때문에 많은 학교에서 이와 같은 방식으로 책 쓰기 프로젝트를 진행한다. 예컨대 계룡고등학교에서는 학생 책 쓰기 동아리인 '마음을 울리는 작은북(BOOK)' 소속 10명의 학생이 44편의 글을 모아 한 권의 책을 발간했다. 한 해 동안 8권의 성장소설을 함께 읽고 글쓰기 주제를 정한 뒤, 주제에 대해 시, 소설, 수필, 동화 등의 문학작품을 창작해 '열일곱 살의 봄'이라는 제목으로 책을 펴낸 것이다.[1]

그런가 하면 진도고등학교에서는 자율동아리 '명랑한 진도'에서 《언어창고: 대화》라는 인문학 도서를 발간하기도 했다. 이뿐만이 아니다. 또 다른 자율동아리 '컬미넌트'에서는 주제심화연구 도서 《Dream & Challenge》를 출간했고, 문예창작반에서는 20명의 학생

---

1 허형남, '충남 계룡 계룡고, 열 명의 학생 저자를 만나는 책 《열일곱 살의 봄》', 〈e지역news〉, 2017년 12월 19일자 기사.

이 다양한 형식의 글을 모아 《클라우드》라는 책을 펴내기도 했다.[2]

되짚어 보면 나와 책 쓰기 프로젝트를 진행한 학생들도 여럿이서 책 한 권 쓰기를 많이 진행했다. 경남과학고에 있을 때는 '바칼로레아 문제와 명저 탐구'를 주제로 책을 썼고, 함안고등학교에서는 8명의 학생들이 저마다의 색깔과 이야기로 쓴 에세이를 묶어 책으로 발간하기도 했다.

이 같은 프로젝트의 장점은 뭘까? 상대적으로 적은 시간을 투자해 학생 저자가 될 수 있다는 점이다. 해야 할 일도 많고 공부하기에도 바쁜 학생이라면 충분히 고려해 볼 만한 방법이다. 게다가 한 권의 책을 만들기 위해 친구들과 모여 논의하는 과정에서 깊은 마음의 교류를 나눌 수도 있다. 나아가 각자의 뛰어난 점과 아이디어를 모아 더 다채롭고 근사한 책을 만들 수 있다는 점은 덤이다.

물론 글쓰기를 즐기는 학생이라면 자기만의 색깔과 이야기를 충분히 담을 수 없다는 것이 아쉬울 수 있다. 하지만 짚어야 할 것은 여기서 끝이 아니라는 점이다. 한 걸음 더 나아가 끝내는 자기만의 책을 완성하고 싶은 학생을 위해 마련된 게 있으니 그게 바로 1인 1책 쓰기 프로젝트다.

---

2    예향진도신문, '진도고 학생 저자 여섯 권의 책을 내다!', 2020년 2월 15일자 기사.

## 중장기 프로젝트:
## 1인 1책 쓰기

이 프로젝트는 단기 프로젝트에 참여했던 학생 중 온전히 자기만의 책을 갖고 싶은 학생을 대상으로 한다. 한 권의 책을 만들기 위해 필요한 글도 많아지는 만큼 프로젝트에 소요되는 시간도 상대적으로 더 길다. 적어도 1년 이상으로 예상하는 게 일반적이다.

물론 이는 학생이 놓인 개인적인 환경이나 각자의 성향에 따라 달라질 수도 있다. 예컨대 초등학생이나 중학생이 책을 쓴다면 시간 활용이 훨씬 더 자유로울 것이고, 수능을 집중적으로 준비하지 않는다면 심지어 고등학교 3학년 때도 책을 쓸 수 있다. 예컨대《삼파장 형광등 아래서(정미소, 2019)》라는 책은 고등학교 3학년인 노정석 학생이 학교생활과 친구들, 책 등에 대한 골똘한 생각과 느낌을 에세이, 시, 일기 형식으로 틈틈이 기록한 것을 모은 것이다. 학교를 그만두는 친구에 대한 이야기나 마치 어른 세계의 축소판인 듯 이간질, 왕따, 아부가 존재하는 교실 풍경에서부터 자기가 좋아하게 된 어느 여학생에 대한 이야기까지, 10대라면 누구나 겪을 만한 일들을 진솔한 목소리로 들려준다.[3]

그런가 하면 윤민근 학생은 초등학교 때 써내려간 시들을 모아 '외

---

3  이주현, '"삼년 건너 나비 되기 전 너무 많은 고치가 떨어져"…형광등 아래 새겨진 고3의 기록', 한겨레, 2019년 9월 16일자 기사.

로움이란'이라는 제목의 시집을 내기도 했다. 엄마와 아빠에 대한 이야기, 책 읽기, 학교 공부 등 일상에서 마주치는 숱한 사건 속에서 보고 듣고 느낀 것들을 바탕으로 초등학생의 내면을 잘 보여주었다.[4]

덧붙여, 바로 이 지점에서 한 가지 짚어야 할 게 있다. 그건 공식적으로 출간된 책만 책인 건 아니라는 점이다. 자기가 쓴 글을 모아 책으로 만들고 주변 지인들에게 나누어 주는 것도 훌륭한 책 쓰기 활동이 된다. 오히려 이게 더 일반적이기도 하다.

일례로 장세림 학생은 《19세, 나이의 향기를 탐하다》라는 책을 냈다. 독서 모임 동아리에서 1, 2학년 때부터 부원들과 함께 공저자로 책을 낸 뒤 고등학교 3학년 때 책 쓰기 동아리 선생님의 권유로 '나홀로 책 쓰기'에 도전한 것이다. 책을 쓰면서 단순히 스스로를 돌아보는 사색의 시간을 넘어 '앞으로 내 삶의 주인으로서 어떻게 살아갈지에 대해 고민하는 시간'을 가졌다고 하는데,[5] 이런 출판물들은 자신뿐만 아니라 우리 공동체 모두의 삶을 더 알차고 풍성하게 만든다.

1인 1책 쓰기는 오랜 시간과 꽤 많은 공을 들여야 한다는 점에서 일종의 진입장벽이 있다. 하지만 그 벽이 생각만큼 높기만 한 것은 아니다. 자신의 덕질에 대해 꼭 하고 싶은 이야기가 있다면, 자신의 진로나 삶을 바라보는 과정에서 떠오른 생각을 꾸준히 기록하는 정

4    윤민근, 《외로움이란》, 지식과감성, 2022.
5    블로그 https://blog.naver.com/2earth_traveler/222683572382 참조.

도의 열정만 있다면, 누구나 뛰어넘을 수 있는 높이다.

어려움을 딛고 자기 책을 가졌을 때의 기분은 오직 느껴본 사람만이 알 수 있다. 자기 삶에서 하나의 벽을 넘어 새로운 세계에 다다른 느낌이랄까? 아무튼 그 감정은 책을 썼을 때 주어지는 이런저런 이익으로 설명될 수 있는 게 아니다. 누구나 할 수 있지만 아무나 하지는 못하는 '나만의 책 쓰기'. 여러분도 꼭 도전해 보길 바란다.

## 알아두면 좋은 몇 가지

**목표는 멀리 보고 잡는 게 좋다.** 처음부터 여럿이 한 권 쓰기를 계획했더라도 마찬가지다. '나만의 책을 쓴다'는 다짐에서 출발해야 마음가짐이 달라진다. 더 설레고, 설렌 만큼 착실하게 준비하게 된다. 비록 현실적인 이유로 자기가 원한 만큼 이루지 못한다 해도 처음 목표만큼은 크게 가질 필요가 있다. 〈최후의 심판〉으로 유명한 미켈란젤로는 "목표를 너무 높게 잡아서 이루지 못하는 것보다는 목표를 낮게 잡아서 이루는 것이 더 위험하다"라고 했는데, 한 번쯤 곱씹어 볼 만한 말이 아닌가 싶다.

**책 쓰기는 장기 과제다.** 이런저런 이유로 책 쓰기에 실패했다 하더라도 실망할 필요 없다. 씨앗을 뿌려둔 것이라 생각하면 된다. 대학에 가거나 그 이후에라도 조금씩 글을 쓰면 된다. 책 쓰기를 향한 마음만 잊지 않는다면 결국에는 자기만의 책이 나온다.

**책 쓰기 전에
거쳐야 할 과정**

# 글쓰기 책 읽기는
# 기본 중의 기본

책 쓰기에 도전하는 학생들에게 꼭 하는 말이 하나 있다. 책을 쓰기로 마음먹었고, 이왕 쓰는 것 마음에 드는 책을 쓰고 싶다면 단 한 권이라도 좋으니 글쓰기 책부터 읽어보라는 것이다. 책을 쓰려는데 왜 글쓰기 책을 읽어야 할까? 책은 결국 한 편 한 편의 글이 모여 만들어지기 때문이다. 따라서 잘 읽히는 책을 쓰고 싶다면 글쓰기에 대해서도 공부해 두는 게 좋다.

생각해 보면 독서가 어떤 일을 성공적으로 수행하는 데 결정적인 역할을 한다는 것은 잘 알려진 사실이다. 이 때문일까? 위대한 업적을 남긴 인물 중에는 유난히 독서광이 많다. 투자의 귀재인 워런 버핏 버크셔 해서웨이 회장은 여가 시간의 80%를 독서하는 데 활용하는 것으로 유명하다. 페이스북의 창업자인 마크 저커버그는 '성공 비결이 무엇이냐'는 질문에 대답 대신 책으로 가득 찬 자신의 서재를 보여주었다. 이들과 함께 제프 베이조스 아마존 의장이나 빌 게이츠 같은 사람도 대표적인 독서광 CEO로 꼽힌다.[6] 그렇다면 글쓰기 책에 대한 독서도 글쓰기 실력을 기르는 데 도움이 될까? 도움이 된다면 그 이유는 무엇 때문일까?

## 친구도 선생님도 모든 것을 설명해 주지는 않는다

책 쓰기 프로젝트를 진행하면서 1년 정도 학생들의 글을 관찰하다 보면 한 가지 분명히 느낄 수 있는 게 있다. 뭘까? 학생들의 글쓰기 실력이 놀랄 만큼 좋아진다는 점이다. 물론 개인차가 있기는 하다. 하지만 꾸준히 글을 썼다면 그 누구라도 문장력이 향상된다는 것만은 틀림없는 사실이다.

　짚어야 할 점은, 학생들의 글쓰기가 마치 그래프의 직선처럼 시간에 비례해 우상향하는 것은 아니라는 점이다. 점차 늘기는 한다. 하지만 그중에서도 급격하게 늘어나는 시기가 있다. 마치 날개를 달고 날아오르듯, 폭발적으로 향상되는 시기가 있다는 것이다. 그게 언제일까? 다소 조심스럽긴 하지만, 글쓰기 책을 정독한 이후가 아닐까

---

6　정채희, '[우영우 읽기] 배우 박은빈의 연기 내공, 책에서 왔다고?', 〈한경비즈니스〉, 2022년 7월 23일자 기사.

싶다. 다시 말하자면 학생들의 글쓰기 실력은 글쓰기 책을 읽은 이후 눈에 띄게 발전한다. 상대적으로 글쓰기 책을 한 권도 읽지 않은 학생은 실력 향상 또한 더딘 편이다.

왜 이러한 일이 일어나는 것일까? 학생들의 필요가 책을 통해 채워졌기 때문으로 보인다. 줄탁동시(啐啄同時)란 말이 있다. 병아리가 알에서 나오기 위해서는 새끼와 어미 닭이 안팎에서 서로 쪼아야 한다는 뜻으로, 서로 합심해야 일이 잘 이루어지는 것을 비유한 말이다.[7]

이와 유사하게, 개별 꼭지를 쓰다 보면 어떻게 써야 더 잘 쓰게 되는지 비결이 알고 싶어지는 순간이 온다. 처음은 어떻게 시작해야 하고 끝은 어떻게 맺어야 할지, 사례는 어떻게 제시할 때 효과적이며 구성은 어떻게 전개할 때 독자에게 잘 전달될지 궁금해지는 것이다. 그때 마치 알 깨기를 도와주는 어미 닭과 같이 학생들에게 필요한 정보를 주는 가장 훌륭한 창구는 무엇일까? 책이다. 글쓰기 방법을 담은 책은 우리가 글을 쓰면서 궁금해할 만한 사항이나 알아두면 좋은 것에 대한 온갖 정보를 담고 있기 때문이다.

그런가 하면 꾸준히 글은 쓰지만 아직 글 쓰는 방법에 대해 큰 호기심을 느끼지 못하는 학생도 있을 수 있다. 그 같은 경우라 하더라도 글쓰기 책을 읽는 게 도움이 될까? 물론이다. 도움이 된다. 학생들의 글을 읽다 보면 몰라서 저지르는 실수도 꽤 많기에 더욱 그렇다.

---

7    다음백과 https://100.daum.net/encyclopedia/view/26XXXXX01309

아래 사례를 살펴보자. 처음 꼭지를 쓰는 학생들에게 늘 하는 조언 중 일부다.

- 말하고자 하는 바가 명확하지 않고 이야기가 자꾸 옆으로 새는 경우: 글을 쓰기 전 단 한 줄로 요약할 수 있는 핵심 내용부터 생각해 보는 게 좋다. 말하자면 아이디어는 손에 잡힐 만큼 구체적이어야 한다. 주제는 바늘 끝만큼 좁아야 한다. 그래야 글이 흔들리지 않는다. 하고자 하는 이야기도 선명하게 살아난다.
- 글이 지나치게 짧거나 근거가 부족해 논리적 비약이 심한 경우: 한 편의 글 속에는 그 글을 이해할 수 있는 모든 단서가 들어있어야 한다. 그러려면 글이 너무 짧아서는 곤란하다. 더구나 글은 혼자만을 위한 게 아니다. 소통을 위한 것이다. 독자를 설득하고 싶다면 글 속에 주장을 뒷받침하는 사례나 충분한 논리적 근거를 담아야 한다.
- 글이 너무 길어 지루한 경우: 똑같은 내용을 담았다면 길이가 짧을수록 효과적이다. A4 1장으로 충분한 내용을 4장 분량으로 제시하면 독자는 읽다가 지친다. 그러니 글이 지나치게 길다면 다시 읽으면서 불필요한 부분은 없는지 점검해 보는 것이 좋다. 군더더기만 지워도 글이 확 살아난다.
- 문단 나누기를 하지 않는 경우: 긴 글을 하나의 문단으로 써 오는 경우가 생각보다 많다. 그러나 하나의 문단에는 하나의 중심 생

각만 있는 게 좋다. 독자가 읽고 이해하기 쉽기 때문이다. 따라서 중심 생각이 바뀌면 문단도 나누어야 한다.

- 제목이 없는 경우: 제목은 글의 얼굴이다. 독자에게 가 닿는 첫인상이자 독자의 눈길을 끄는 데 결정적인 역할을 한다. 이뿐만이 아니다. 대개 제목은 글의 핵심 내용을 담고 있다. 그런 만큼 제목이 있어야 독자가 글을 쉽게 이해할 수 있다. 저자 또한 자기가 무엇에 대해 쓰고 있는지 제목을 통해 분명히 알 수 있다. 제목 쓰기가 선택이 아닌 필수인 이유다.

- 단기간에 글쓰기 실력을 끌어올리고 싶은 경우: 모방을 통한 창조가 답이다. 스스로 생각하기에 잘 썼다고 생각하는 글, 따라 쓰고 싶은 글을 찾아 분석하고 따라 써 보라. 글쓰기 실력이 금방 늘어날 것이다.

조언의 가짓수가 많아 보이는가? 그렇지 않다. 위 내용은 학생들에게 자주 하는 조언 중 극히 일부에 불과하다. 이 몇 가지만 고쳐도 글이 좋아지는 경우가 많다. 다만 짚어야 할 점은, 필요한 모든 조언을 선생님이나 친구들이 다 해줄 수는 없다는 점이다. 따라서 좋은 글을 쓰려면 스스로 문제점을 찾고 고칠 수 있는 힘을 기르는 수밖에 없다. 그렇다면 글에 대한 안목과 비판적 사고력을 기르는 최고의 방법은 뭘까? 꾸준히 쓰면서 글쓰기 관련 책을 함께 읽는 것이다.

## 알아두면 좋은 몇 가지

도움이 많이 된 책은 늘 옆에 두고 참고하는 게 좋다. 한번 읽었다고 완벽하게 이해하는 것도, 영원히 기억하는 것도 아니기 때문이다. 좋은 책은 곁에 두고 반복해 볼 때 더 큰 도움이 된다. 볼 때마다 배울 게 있고 그때마다 느껴지는 게 달라서 그렇다. 간단히 참고할 책들이야 도서관에서 빌려 본다 하더라도 기본서는 구입해 언제나 곁에 두고 읽도록 하자.

청소년을 대상으로 한 책 중 예시가 풍부한 책부터 보는 것이 좋다. 시중에 있는 글쓰기 책 중에는 의외로 일반인을 대상으로 한 책, 또는 구체적인 방법을 다루기보다는 글쓰기에 대한 자신의 생각을 에세이처럼 적은 책이 많다. 물론 그런 책도 필요하다. 글쓰기에 대한 태도를 가다듬는 데 도움이 되기 때문이다. 하지만 글쓰기 방법에 대한 명확한 설명 없이 단편적인 경험만 나열한 책은 학생 저자에게 당장 필요한 현실적인 조언을 주는 데 한계가 있다. 그러니 처음에는 구체적인 사례를 제시한 책, 이왕이면 청소년의 눈높이까지 고려한 책부터 읽어보자.

맨땅에 헤딩하면
머리만 아프다

# 모방이 어때서?

2019년 3월, 서울 모처에서 '4차 산업혁명과 유니콘'이라는 주제로 토론회가 열린 적이 있다. 당시 토론의 핵심은 '유니콘 기업[8] 육성을 위해 각종 규제를 없앨 필요가 있다'는 것이었다. 하지만 정작 우리가 주목할 것은 따로 있었다. 바로 성공한 해외 비즈니스 모델에 대한 모방 또한 규제 해제만큼이나 중요하다는 논의들이었다.

실제로 유효상 서울과학종합대학원 교수는 "전 세계 유니콘 기업 약 500개 중 100개 정도는 다른 유니콘 기업을 모방한 카피캣"이라고 밝혔다. 나아가 임정욱 스타트업얼라이언스 센터장은 "하늘 아래 새로운

---

8  기업 가치가 10억 달러 이상이고 창업한 지 10년 이하인 비상장 스타트업 기업을 말한다. 우리나라 기업으로는 토스, 야놀자, 위메프, 지피클럽, 무신사, 쏘카 등이 있다(위키백과 참조).

것은 없으며, 에어비앤비에 앞서 카우치서핑, 우버 이전에 사이드카 등 비슷한 비즈니스 모델이 있었다"며 "해외에서 성공한 비즈니스 모델을 모방하는 것도 중요하다는 인식이 필요하다"고 주장했다.[9]

## 모방이 필요한 이유

이들의 발언을 통해 알 수 있는 건 뭘까? 창조적 모방이야말로 혁신과 성공의 출발점이라는 것이다. 이를 뒷받침하는 사례는 많다. 일례로 텐센트의 경우를 보자.

2010년 모바일 시장이 활성화되던 때였다. 당시 우리나라에서 가장 인기 있는 메신저 프로그램이던 네이트가 그 자리를 카카오톡에게 내주게 되었다. 그러자 텐센트는 뭘 했을까? 카카오톡의 서비스를 연구한 뒤 2011년 모바일 메신저 위챗(WeChat)을 출시했다. 쇼핑, 택시 호출, 배달 음식 서비스 등 다양한 영역에서 카드 없이 결제할 수 있는 간편결제서비스를 도입한 위챗은 중국 내 사용자를 빠르게 늘려 최근에는 무려 12억 명에 이르는 가입자를 확보하기에 이르렀다. 이미 성공한 누군가의 아이템을 가지고 자기만의 스타일로 재창조한 텐센트. '텐센트라 쓰고 짝퉁이라 읽는다'는 말도 있다지만, 실상 짝퉁을 넘어선 그들의 창조적 모방은 지금까지 매번 성공이었던 셈이다.[10]

---

9  강경래, '유니콘 기업 6곳... 규제 없었으면 20곳 나왔을 것', 〈이데일리〉, 2019년 3월 7일자 기사.
10  김상미, '[김상미의 창업 클리닉] 모방을 통한 창의적 창업 텐센트를 통해 배운다', 〈이코노믹리뷰〉, 2019년 9월 16일자 칼럼.

책 쓰기도 다를 바 없다. 성공한 비즈니스 모델이 사람을 끌어들이는 데는 나름의 이유가 있듯 성공한 책도 사람을 매혹하는 데는 나름의 이유가 있다. 하지만 이와 같은 비결을 책 쓰기에 처음 도전하는 사람이 바로 터득하기란 쉽지 않다. 그렇다면 이때 필요한 전략은 뭘까? 모방이다. 모방을 굳이 꺼려할 필요는 없다. 앞서 밝혔듯 수많은 혁신의 성공 비결도 알고 보면 모방에서 출발한 경우가 적지 않으니 말이다. 그러니 마음에 드는 책이 한 권 있다면, 그게 왜 잘 쓴 책인지 콘셉트에서부터 각각의 꼭지와 전체 구성에 이르기까지 낱낱이 살펴보라. 이후 배울 점을 찾아 자신의 책 쓰기에 적용해 보라. 그러면 책의 수준을 쉽게 높일 수 있을 것이다. 이제 좀 더 구체적으로, 개별 꼭지 쓰기와 책 구성하기로 나누어 모방을 통해 책 쓰기 능력을 높이는 방법에 대해 알아보자.

## 모방을 통한 도움닫기 1
### 꼭지 쓰기

언젠가 TV에서 요리 경연 프로그램을 본 적이 있다. 다양한 경력의 요리사들이 출연해 매 미션마다 훌륭한 요리를 만들어 내는 모습이 너무나 멋져 보였다. 그런데 그 대회에서 준우승을 차지한 사람이 누군지 아는가? 공식적인 요리 경력이라곤 전혀 없는 어느 잡지사 기자였다. 그렇다면 그는 어떻게 쟁쟁한 경쟁자들을 물리치고 뛰어난 성적을 거둘 수 있었던 것일까? 나는 그가 타고난 미식가였기에 가능했다고 본다. 섬세한 맛을 즐기던 그는 유명한 가게들을 찾아다녔고, 그가 맛본 매혹적인 음식들이 결국에는 그의 요리 실력을 높인 것이다. 그렇다면 그의 독특한 레시피 속에는 이전에 맛보았던 뛰어난 요리에 대한 창의적 모방 또한 숨어 있다고 봐야 하지 않을까?

꼭지 쓰기도 마찬가지다. 하나의 꼭지를 잘 쓰려면 기존의 좋은 글을 읽은 뒤 거기서 영감을 얻는 과정이 필요하다. 모든 글은 저마다 독특한 개성을 가지고 있지만 전개 방식을 비롯한 몇몇 요소는 일정한 틀을 따를 때가 많아서다. 예컨대 글을 시작할 때 도발적인 질문이나 하고 싶은 말을 내지르듯 던진다든지, 독자의 관심을 끌만한 사건이나 에피소드를 제시한다든지 하는 식이다.

그러니 마음에 드는 글을 분석하면서 해당 꼭지가 시작하고 끝맺는 방식이나 표현, 사례 제시, 아이디어 전개 방법 등 글을 쓰는 데 도움이 될 만한 요소들을 한번 살펴보라. 이후 거기서 배운 걸 자신의 글쓰기에 적용해 보면 생각보다 쉽게 꼭지 쓰는 능력을 높일 수 있을 것이다.

그래서 쓰기 워크숍 활동 초기에 결코 빠지지 않는 작업 중 하나가 바로 꼭지 모방하기다. 책을 쓰기 위해 모이긴 했으나 막상 글을 쓰자니 어떻게 써야 할지 모르겠다고 말하는 학생이 생각보다 많아서다.

방법은 다음과 같다. 먼저 '따라 쓰고 싶을 만큼 마음에 드는 글'을 찾아본다. 이때 글의 분량은 2쪽 이내가 좋다. 너무 길면 글을 분석하는 게 힘들기 때문이다. 그리고 워크숍에 참여하기 전 처음-중간-끝으로 이어지는 글의 구성 방식은 어떠한지, 글의 특별한 매력 포인트나 글 분석을 통해 깨닫게 된 점은 무엇인지 정리해 본다.

이후 워크숍에서 각자가 찾아온 좋은 글을 나누고 그것에 대해 토의·토론하는 시간을 가진다. 여기서 유의할 점이 하나 있다. 모둠원에게 글을 소개할 때 처음부터 글의 구성 방식이나 매력 포인트에 대해 이야기해서는 안 된다는 점이다. 우선은 모둠원 스스로가 해당 글의 구성 방법이나 매력 포인트를 찾아보는 것이 좋다. 그 뒤 각자가 생각한 글의 전개 방식과 장점에 대해 이야기하면 된다. 이와 같은 방식으로 모둠원 4명이 각자 찾은 좋은 글을 서로 나누면 한 번 모일 때마다 4편의 매력적인 글을 살펴보게 된다. 이런 시간을 2~3회 정도만 가져도 대략 8~12편 정도의 뛰어난 글을 분석하는 셈이 된다. 충분하진 않을지도 이 정도만 해도 자기만의 꼭지를 쓰는 데 꽤 큰 도움을 받을 수 있을 것이다.

### 모방을 통한 도움닫기 2
### 책 구성하기

모방하기는 책을 구성할 때도 유용하다. 그런 만큼 책을 이제 막 쓰기 시작했거나 자기 책을 쓰고 싶은데 아이디어가 구체적으로 떠오르지 않을 때 롤모델이 될만한 책을 찾아 아이디어를 얻고 모방해 보는 것도 좋다. 왜일까?

생각해 보면 책 한 권이 그냥 나오는 게 아니기 때문이다. 저자와 전문 편집자가 오랜 시간 고민하고 최선의 노력을 다한 결과로 나온 게 한 권의 책이다. 따라서 책을 처음 쓴다면 참고할 만한 책을 찾아 모방하는 것만큼 좋은 전략도 찾기 어렵다.

이와 관련해 강원국 작가가 알려준 '책 모방법'을 소개한다. 우연히 유튜브 채널에서 관련 강의를 듣고 무릎을 탁 쳤는데, 여러분도 따라 해 보면 좋을 것 같다. 방법은 간단하다. 먼저 자기가 쓰고자 하는 것과 다른 분야의 책 중에서 정말 괜찮다는 생각이 드는 책, 모방하고 싶은 책을 고른다. 다음에는 그 책의 콘셉트나 목차, 원고, 글의 짜임 등을 분석해 자신의 책 쓰기에 적용해 보는 것이다.

그런데 여기서 한 가지 짚어둘 게 있다. 왜 굳이 자기가 쓰고자 하는 책과 다른 분야의 책에서 시사점을 찾는 것일까? 같은 분야의 책에서 지나치게 많은 영향을 받으면 표절의 우려가 생기기 때문이란다. 하지만 다른 분야 책의 체제를 모방하면 그런 우려가 줄어든다는 것이다. 확실히 그가 소개한 방법은 표절의 위험은 피하면서도 모방을 통한 창조를 도와준다는 점에서 장점이 많다.

하지만 몇 가지 덧붙이고 싶은 것도 있다. 첫째, 모방의 대상이 굳이 한 권일 이유는 없다. 어떤 책은 선명한 콘셉트가 인상적일 수도 있고, 어떤 책은 사진이나 그림의 배치가, 또 다른 책은 내용 전개 방식이 마음에 들 수도 있다. 책마다 매혹 포인트가 다르기 때문이다. 그렇다면 각각의 책에서 마음에 드는 부분을 가져와 자기에게 맞도록 변형하는 것이 더 낫지 않을까? 둘째, 목차는 같은 분야의 책으로 보완하는 작업도 필요해 보인다. 꼭 언급해야 할 중요한 내용 요소를 빠트리지 않기 위해서다. 실제로 나 같은 경우에는 온라인 서점에서 제공하는 미리 보기를 통해 같은 분야의 책 목차 10~20개 정도는 찾아 읽어 본다. 그러다 보면 정말 중요한 내용이었지만 내가 미처 떠올리지 못한 부분 몇 가지는 꼭 발견하게 된다. 그러니 자신의 책을 좀 더 알차게 만들고 싶다면 다른 분야뿐만 아니라 같은 분야의 책도 참고해 보는 게 좋겠다.

## 알아두면 좋은 몇 가지

글은 베껴 쓰는 것보다 분석하는 게 더 낫다. 쓰기 비법을 알려주는 책 중 베껴 쓰기를 권하는 경우가 더러 보인다. 물론 베껴 쓰기도 쓰기 실력을 늘리는 데 도움이 된다. 고수의 글을 그대로 따라 써 봄으로써 쓰기 비법을 온몸으로 익힐 수 있기 때문이다. 하지만 베껴 쓰기에는 한 가지 단점이 있다. 베껴 쓰기를 통해 효과를 보려면 너무 많은 시간과 노력이 필요하다는 점이다. 그러므로 짧은 시간 내에 효과적으로 쓰기 능력을 높이고 싶다면 베껴 쓰기보다는 분석하기를 추천한다.

모방을 하는 이유는 결국 나만의 것을 더 근사하게 창조하기 위함이다. 따라서 모방 자체에만 빠져서는 안 된다. 완벽한 것은 없다. 모든 모방의 대상은 일정한 빈틈을 가지고 있다. 그러니 모방을 할 때는 대상이 가진 장단점을 잘 살핀 뒤 장점은 받아들이되 빈틈은 자기만의 방식으로 채우고 발전시킬 필요가 있다.

학교에서도
지원해 준다는데!

들어는 봤나,
학생 책 쓰기 동아리

〈광부화가들〉이라는 연극이 있다. 뮤지컬 〈빌리 엘리어트〉로 유명한 영국 극작가 리 홀(Lee Hall)의 희곡을 토대로 평범한 광부들이 화가로 변해가는 과정을 그린 작품이다.

대략의 내용은 이렇다. 1934년 영국 북부의 탄광촌 애싱턴에서 광부를 위한 미술 감상 수업이 열린다. 강사 라이언은 레오나르도 다빈치 등 유명 화가의 작품을 보여주며 미술사를 설명하지만 광부들은 시큰둥해한다. 그러자 라이언은 광부들에게 직접 그림을 그려볼 것을 제안한다.[11]

---

11  유명준, '[D:헬로스테이지] "예술이란 무엇인가"…10년 만에 다시 '질문'하는 '광부화가들'', 〈데일리안〉, 2022년 12월 5일자 기사.

지독한 가난과 전쟁까지 겪었던 광부들. 그들은 온종일 갱 속에서 일하면서도 그림을 포기하지 않는다. 왜였을까? 동료들과 끊임없이 토론하고 자신의 이야기를 그림으로 풀어내며 '예술은 결국 우리 삶 속에 존재한다'는 사실을 깨달았기 때문이다. 나아가 예술이 우리 삶을 얼마나 가치 있게 만드는지 몸으로 느꼈기 때문이다.

이 작품에서 내가 주목한 것은 세 가지다. 하나는 예술은 누구에게나 필요하다는 것이고, 두 번째는 친구들과 함께할 때 예술은 더욱 즐거울 수 있다는 점이며, 마지막으로 적절한 지원이 있다면 예술에 접근하기가 훨씬 쉬워진다는 사실이다. 우리 책 쓰기 프로젝트와 관련지어 이 세 가지 측면을 고스란히 보여주는 게 있다. 바로 저자 지원 프로그램의 일종인 '학생 책 쓰기 동아리' 사업이다.

## 학생 책 쓰기 동아리란

학생 인문 책 쓰기 동아리, 학생 저자 책 쓰기 프로젝트, 학생 독서 책 쓰기 동아리…….  각 지역 교육청에서 독서 인문 소양을 길러주기 위해 지원하고 있는 학생 책 쓰기 동아리의 다양한 이름이다. 약간의 차이야 있겠지만 크게 보면 거의 같은 개념이라고 봐도 무방하다.

그런데 학생 책 쓰기 동아리 지원 사업이 생각보다 많이 알려지지는 않은 것 같다. 만나는 사람들과 이야기 나눠 봐도 아는 이가 별로 없기 때문이다. 하지만 막상 찾아보면 의외로 많은 교육청에서 학생 책 쓰기 동아리 활동을 지원하고 있다. 예컨대 경상남도 교육청에서는 2015년부터 지금까지 학생 인문 책 쓰기 동아리 지원 사업을 꾸준히 펼쳐오고 있다. 그래서 2022년 1월에는 54개교 63개의 동아리가 참여해 '우리들의 이야기가 글이 되다'라는 주제로 학생 인문 책 쓰기 동아리에서 발간한 책 190권을 전시하는 자리를 만들기도 했다.[12]

이게 다가 아니다. 대구광역시 교육청에서는 '학생 저자 책 쓰기 프로젝트'라는 이름으로 14년째 관련 사업을 운영·지원해오고 있다. 이 프로젝트는 학생들이 수업, 동아리 활동 중 쓴 글이 한 권의 책으로 정식 출판되도록 돕는 사업이다. 2009년부터 2022년 현재까지 총 386권의 책이 학생 저자 책 쓰기 프로젝트를 통해 출간되었다고 한다.[13]

광주광역시 교육청에서도 비슷한 자리를 만들었다. 2022년 12월, '2022 학생 저자 책 출판 축제: 책이 된 우리들의 이야기, 아홉 번째' 행사를 개최한 것이다. 여기서는 광주 지역 25개 초·중·고등학교 독서 책 쓰기 동아리가 저술한 도서 50종을 전시했다고 한다.[14]

그런가 하면 대전 동부교육지원청에서는 '나만의 책 쓰기 공모전'을 열어 '교육과정 속 책 만들기' 활동을 통해 스스로 작가가 되어 책을 써 보고 이를 통해 제작된 도서를 교육지원청 공모전에 출품토록 했다. 해당 공모전에서 선정된 우수 작품 46편에 대해서는 '책으로

12  문병용, '경남 학생 인문·책쓰기 동아리 발간책 전시', 〈경남연합일보〉, 2022년 1월 3일자 기사.
13  박준, '대구교육청 '학생저자 책쓰기 프로젝트 만나보세요'', 〈뉴시스〉, 2022년 8월 19일자 기사.
14  류형근, '광주 25개 학교 책쓰기 동아리 출판축제… 책이 된 우리들의 이야기', 〈뉴시스〉, 2022년 11월 29일자 기사.

만드는 세상, 나만의 책 쓰기 展'을 개최해 전시하기도 했다.[15]

이 외에도 울산광역시 교육청에서는 '2022 독서·인문 교육 주간'을 운영하면서 '책愛 쓰다'라는 이름의 학생 저자 책 전시회를 열어 우수 작품은 따로 시상하기도 했다.[16]

이처럼 전국의 각 교육청에서는 다양한 형태로 학생 책 쓰기 동아리 활동을 돕고 있다. 또 교육청의 정책과는 별도로 학교에서 자체 특색 사업으로 책 쓰기 동아리를 지원하는 곳도 꽤 있다. 책 쓰기에 관심 있는 학생이라면 적극적으로 활용해 볼 만한 제도가 생각보다 많은 것이다.

## 학생 책 쓰기 동아리 가입, 무엇이 좋을까

그러면 생각해 보자. 왜 굳이 학생 책 쓰기 동아리에 가입해야 할까? 네 가지 측면에서 이유를 찾아볼 수 있다. 첫째, 책 쓰기에 관심 있는 친구를 만날 수 있다. 광부 화가들의 사례에서도 확인할 수 있었지만, 청소년의 책 쓰기는 함께할 때 시너지 효과가 일어난다. 특히 쓰기 워크숍을 한다면 콘셉트 잡고, 목차 짜고, 샘플 원고 만들고, 꼭지를 쓰는 모든 과정에서 친구들의 피드백을 받을 수 있는데 이는 굉장

---

15  한영섭, '책으로 만드는 세상, 나만의 책쓰기 展 개최', 〈대전경제〉, 2022년 12월 14일 기사.

16  구미현, "'책愛 쓰다·말하다·듣다'…울산시교육청 독서·인문교육주간 운영', 〈뉴시스〉, 2022년 12월 7일자 기사.

히 큰 장점이다. 무에서 유를 창조하듯, 스스로 나서서 쓰기 워크숍을 결성하고 운영하기엔 다소 부담이 따를 수 있다. 그러나 기존에 책 쓰기 동아리가 있다면 거기 가입하는 것만으로도 모든 문제가 한꺼번에 해결된다. 동아리에 가입함으로써 자연스레 워크숍을 함께할 친구를 얻게 된다는 것, 이 하나만으로도 동아리 가입의 이유는 충분하다.

둘째, 선생님의 지도를 받을 수 있다. 아무리 글을 잘 쓴다 해도 아직은 학생이다. 완벽하지도 않고 배워야 할 점도 많다. 물론 친구들의 피드백을 통해 부족한 부분을 채울 수는 있다. 그렇다 해도 한계는 있다. 아직은 전문적인 지식이나 안목이 갖추어지지 않았기 때문이다. 하지만 선생님과 함께하면 좀 더 체계적이고 깊이 있는 도움을 받을 수 있다. 게다가 관계가 좋다면 선생님의 지속적인 격려와 응원이 무엇보다 큰 힘이 되기도 한다. 내게 조언과 격려와 힘을 주는 사람은 하나보다는 둘, 둘보다는 셋이 낫다. 친구들과 함께, 혹은 선생님과 더불어 책 쓰기를 하는 게 좋은 이유다.

셋째, 책 쓰기 동아리가 정규 동아리일 경우 관련 내용을 학생부에 기록할 수 있다. 학교생활기록부 기재 요령이 갈수록 엄격해지고 있다. 이에 따라 과목별 세부능력 특기사항란에 적을 수 있는 것도 '학생 참여형 수업 및 수업과 연계된 수행평가 등에서 교사가 직접 관찰하고 평가한 내용'으로 한정된다. 해당 교과 선생님과 함께한 내용이 아니라면 책 쓰기와 관련된 내용을 기재하기 어려울 수도 있다는 얘기다. 그렇다면 여러분이 책을 쓰기 위해 노력한 내용은 어디다 적는 게 좋을까? '동아리 활동 특기사항'란이다. 이게 가능하려면 기존 동아리에서 책 쓰기 활동을 하든지 아니면 책 쓰기와 관련된 정규 동아리 활동을 하는 게 좋다.

넷째, 교육청이나 학교 차원에서 다양한 행정 및 재정적 지원을 받을 수 있다. 좋아서 하는 책 쓰기라지만 종이와 연필만으로 책을 쓸수 있는 것은 아니다. 참고할 만한 책도 구입해 읽어야 하고 물품도 사야 한다. 때로는 초청특강을 통해 책 쓰기에 필요한 노하우를 배우거나 친구들과 어울리면서 간식을 먹어야 할 수도 있다. 또 책도 제작해야 하고 책이 나오면 전시회도 열어야 한다. 이 모든 일에는 비용이 든다. 신경 써야 할 일도 많다. 그런데 교육청이나 학교 차원에서 필요한 행정 및 재정적 지원을 해 준다면 어떨까? 책 쓰기가 한결 편해지지 않을까? 이 모든 것은 학생이니까 누릴 수 있는 특권이다. 책 쓰기에 관심이 있다면 이런 혜택을 놓칠 이유가 없다.

## 알아두면 좋은 몇 가지

학교에 책 쓰기 동아리가 없다면 지도해 줄 선생님부터 찾자. 이미 책 쓰기 동아리가 있는 경우라면 별 고민할 것도 없다. 그냥 동아리에 들어가면 된다. 하지만 아직 동아리가 없다면? 스스로 친구를 모아 쓰기 워크숍 활동을 시작하는 것도 하나의 방법이다. 하지만 그 이상으로 중요한 것이 지도 선생님을 찾는 일이다. 선생님이 도와줄 경우, 공식적인 동아리 지원도 받을 수 있고 필요한 시간이나 공간을 확보하기도 훨씬 수월해지기 때문이다. 그러니 여러분에게 든든한 지원군이 되어 줄 선생님부터 찾아보자.

동아리 지도 선생님에게 늘 감사하는 마음을 갖자. 선생님의 일이 교재 연구와 수업만으로 끝나는 건 아니다. 기본 업무 외에도 학생 및 학부모 상담도 해야 하는 등 해야 할 일이 상상 이상으로 많다. 그럼에도 불구하고 동아리를 맡아 지도해 주는 선생님이 계신다면 그분께는 감사의 마음을 잊지 않는 자세가 필요하다.

쓰기를 위한
자산이 여기에

# 쓰기의 기본은
# 읽기

책은 한 꼭지 한 꼭지의 글이 모여 만들어진다. 따라서 좋은 책을 쓰고 싶다면 쓰기 실력을 높일 필요가 있다. 글을 잘 쓰려면 어떻게 해야 할까? 중국 송나라 때의 문장가였던 구양수(歐陽脩)는 '삼다(三多)'의 실천을 강조했다. 삼다란 '다독(多讀), 다작(多作), 다상량(多商量)'을 가리킨다. 잘 쓰려면 많이 읽고, 많이 쓰고, 많이 생각해야 한다는 뜻이다.

몇 마디 되진 않지만, 쓰기의 핵심은 이 속에 다 들어있다. 쓰기를 둘러싼 현대의 그 어떤 논의도 결국 이 세 가지를 중심으로 펼쳐지는 이유다. 그런데 가만 보면 재미있는 게 하나 있다. 쓰기를 위한 세 가지 실천 사항 중 첫 번째로 꼽은 게 바로 '읽기'라는 점이다.

쓸거리가 다채로워지고 글 속에 번뜩이는 통찰을 담을 수 있어서다. 따지고 보면 이것이야말로 쓰기를 위한 가장 큰 자산이다.

이 책이 책 쓰기 프로젝트를 다룬 책이다 보니 아무래도 전반적인 이야기가 쓰기에 치우친 면이 있다. 하지만 그럴수록 잊지 말아야 할 사실이 하나 있다. 뭘까? '쓰기의 기본은 어디까지나 읽기'라는 점이다. 책을 쓰겠다고 마음먹은 순간까지는 읽은 책이 별로 없어도 괜찮다. 그러나 본격적인 책 쓰기의 길로 접어들었다면, 나아가 책을 좀 더 잘 쓰고 싶다면 독서를 생활화하는 게 좋다. 읽은 게 많아야 쓸거리도 풍성해지기 때문이다.

물론 자기 내면을 들여다봄으로써 가치 있는 생각을 길어 올릴 수도 있다. 하지만 그것만 가지고 글을 쓰면 곧 한계에 부딪힌다. 어느 순간 이야기가 뻔해지기 때문이다. 덕질에 관한 것이든 진로 탐색에 관한 것이든 다 마찬가지다. 새로운 이야기를 쓰려면 지금까지와는 다른 빛깔의 생각과 만나야 한다. 특히 책은 여러 가지 읽을거리 중에서도 더 풍부한 자료와 정교한 생각을 담고 있어 더욱 좋다.

작가이자 독서광인 샤를 단치(Charles Dantizg)도 말했다. 책을 읽는 이유는 지식의 경계를 확장하고 편견을 없애며 이해의 폭을 넓히는 데 있다고.[17]

---

17 샤를 단치, 임명주 옮김, 《왜 책을 읽는가》, 이루, 2013, 91쪽.

반짝이는 아이디어도 근사한 쓸거리도 이 속에서 나온다. 창의적이고 깊이 있는 사고도 이 속에서 가능해진다. 결국 독서는 스스로의 한계를 넘어서게 하는 가장 확실한 방법이었던 셈이다.

이뿐만이 아니다. 언어학자인 스티븐 크라센(Stephen D. Krashen)은 '읽기는 훌륭한 문장력과 풍부한 어휘력, 고급문법능력 등을 기르는 최고의 방법'이라고 강조하기도 했다.[18]

책 쓰기에 대한 열망이 크면 클수록 읽기도 소홀히 하지 말아야 할 이유다.

## 어떤 것을 읽을까

일단은 꼭지를 쓰는 데 필요한 자료부터 읽는 게 먼저다. 종이책이든 전자책이든 신문이든 잡지든 아무 상관이 없다. 하지만 멀리 보고 내면의 충실함을 쌓고 싶다면 명저를 폭넓게 읽는 걸 추천한다.

그래서 중·고등학교 시절에 읽어보면 좋을 만한 책 몇 권을 소개한다. 책 선정은 경남과학고 34기 및 마산용마고 책 쓰기 동아리 학생들과 함께했다. 이 책의 예상 독자들이 흥미를 느낄 만한 책은 나보다는 또래들이 더 잘 알고 있으리라 여겼기 때문이다. 같은 이유로 책에 대한 소개도 학생들이 쓴 것을 제시한다.

여러분도 읽어보면 느끼겠지만, 술술 넘어가는 게 있는가 하면 다

---

18  송숙희, 《돈이 되는 글쓰기의 모든 것》, 책밥, 2020, 75쪽.

소 시간을 들여야 하는 책도 있다. 하지만 읽기 어려운 책이라 하더라도 몇 번 반복해 읽다 보면 이해할 수 있을 것이다. 고생해서 읽은 책이 기억에 더 오래 남는 법이다. 얻는 것도 훨씬 더 많다. 그러니 관심 가는 책이 있다면 한번 읽어보기 바란다.

더불어 한 가지 짚어두고 싶은 게 있다. 그것은 책이 반드시 우리가 쉽게 떠올리는 종이책의 형태로만 국한될 이유는 없다는 점이다. 신문도 책이고 잡지도 책이다. 철학자였던 성 아우구스티누스(Saint Augustine)는 세상 자체가 하나의 거대한 책이라고도 했다. 그렇게 본다면 내가 살아가며 마주치는 모든 것, 내 생각을 자극하는 모든 것이 책인 셈이다. 다만 여기서는 여러분에게 좀 더 직관적으로 다가가기 위해, 더불어 추천의 편의를 위해 책의 범위를 한정지었을 뿐이다. 그러니 여러분은 여기 소개된 책들부터 읽되 언젠가는 그 범위를 넘어서길 바란다. 그래서 생각과 쓰기의 지평을 계속해 넓혀갔으면 좋겠다. 그러면 이제 하나하나의 책들을 만나보자.

## 문학부분

### 《모모》, 미하엘 엔데, 비룡소

점점 바빠지는 현대 사회에서 자꾸만 줄어드는 '행복한 시간'에 대해 이야기한다. 나이를 먹으면 먹을수록, 욕망을 가지고 꿈을 꾸면 꿀수록, '나를 위해 투자하는 행복한 시간'이 줄어들고 있음을 느끼게 된다. 우리는 행복하기 위해 살아가지만 행복을 위해 일에 매달릴수록 행복에서 멀어지는 삶을 살게 되는 것이다. 이 책을 읽고 내가 정말 바라는 행복이 무엇인지, 앞으로의 삶을 어떻게 살아야 할지에 대해 생각해 보는 시간을 가졌다.

《아몬드》, 손원평, 창비

감정을 느끼지 못하는 소년의 특별한 성장 이야기를 담은 책이다. 읽는 순간순간 다음 페이지가 궁금해진다. 청소년뿐만 아니라 요즘 타인의 감정에 무감각해진 '공감 불능'인 우리 사회에도 큰 울림을 줄 수 있을 것이다. 이 책을 청소년들이 읽는다면 다른 사람에게 공감하는 태도를 기를 수 있지 않을까?

《어린 왕자》, 앙투안 드 생텍쥐페리, 열린책들

사막에 불시착한 한 비행사와 장미가 있는 자신의 별을 떠나 지구에 도착하게 된 어린 왕자의 이야기를 그린 책이다. 어린아이의 시각으로 세상의 모순을 지적해 내는 모습이 인상적이었다. 특히 어린 왕자가 여우와의 만남을 통해 별에 있던 장미의 소중함을 깨닫게 되는 장면이 잊히지 않는다. 어린아이든 어른이든 모두 꼭 읽어봐야 하는 책이라 생각한다.

《멋진 신세계》, 올더스 헉슬리, 태일소담출판사

디스토피아에 대한 일반적인 생각은 철저한 감시와 탄압이 이루어지는《1984》의 모습이다. 그러나 이 책은 약간 다른 시각을 제시해 준다. 감시와 검열이 아닌, 넘쳐나는 정보와 즐거움의 홍수를 통해서도 중요한 정보를 숨길 수 있다는 것이다. 심지어 이 멋진 신세계는 수많은 문제점을 내포한 디스토피아임에도 언뜻 유토피아처럼 보일 수 있다. 일반적인 통념을 뒤엎고 새로운 시각과 경고를 제시해 준다는 점에서 인상 깊은 책이다.

**《1분 1시간 1일 나와 승리 사이》, 웬들린 밴 드라닌, 씨드북**
교통사고로 다리를 잃은 육상선수 제시카. 하루아침에 모든 걸 잃고 매일 매일 고통 속에서 살아가던 그녀가 반려견 셜록과 친구 피오나, 로사의 도움으로 절망을 딛고 다시 일어나 달리기를 시작한다는 이야기다. 악조건을 극복하고 꿈을 이루는 과정이 잘 묘사되어 있어 꿈을 가진 청소년들이 읽으면 좋을 것 같다.

**《1984》, 조지 오웰, 문학동네**
빅브라더가 지배하는 독재 사회의 폭력성을 비판하는 소설이다. 윈스턴이라는 주인공이 강압적인 사회에 대항하다가 철저하게 짓밟히는 모습을 그렸다. 이 작품을 통해 독재자가 대중을 어떻게 지배하는지 알게 되었다. 현재 스마트폰과 사물인터넷이 발달하고 있는데, 이 책에 나오는 텔레스크린과 비교해 보면 급속도로 발전하는 인터넷 시대에 대해 한 번쯤 의문을 가질 수도 있을 것이다.

**《데미안》, 헤르만 헤세, 을유문화사**

선과 악이라는 두 세계에서 방황한 싱클레어가 진정한 자아를 찾아
가는 성장기를 담은 책이다. 작품에서 강조하는 부분 중 하나는 알을
깨고 나오라는 것이다. 이때의 알은 세계를 뜻한다. 이 작품은 본인
에 대한 끊임없는 성찰이 필요함을 보여준다. 다양한 주체들을 경험
하고 방황하면서 알(세계)을 깨야 온전한 자신으로 살아갈 수 있다고
말하는 것이다. 철학적이고, 다소 난해한 부분도 있지만 그렇기에 더
생각하면서 읽을 수 있었던 책이다.


**교양부분**

**《과학은 어떻게 세상을 구했는가》, 그레고리 주커만, 브론스테인**

이 책은 과거 에이즈 백신부터 현재 코로나19 백신에 이르기까지의
백신 개발과정을 다루고 있다. 이야기의 범위는 단순한 개발과정에
대한 것을 넘어 실제 의학계의 뒷이야기까지 포함한다. 이로써 독자
는 연구비 조달을 위한 홍보, 경쟁사와의 대결, 논문 투고, 특허 출원
까지 경험하면서 마치 백신 연구자들과 한 팀이 된 것 같은 몰입감을
느끼게 된다. 백신의 원리와 개발과정뿐만 아니라 생동감 넘치고 현
실적인 의학계의 뒷이야기를 원하는 사람에게 추천한다.


**《미움받을 용기》, 기시미 이치로·고가 후미타케, 인플루엔셜**

끊임없는 경쟁으로 인해 피로한 사회에서 '자기 주장'이라는 신념을

갖게 해 줄 수 있는 책이다. 청소년기 자아 성찰하기에 적합한 도서다. 특히 문답 형식으로 구성되어 이해하는 데 큰 어려움도 없다. 교우관계 때문에 고민하고 있다면 읽어봐도 좋을 것이다.

### 《10대에게 권하는 역사》, 김한종, 글담출판

역사와 관련된 다양한 내용이 소개되어 있다. 그러면서도 청소년이 읽기 쉬운 간결한 단어와 문장을 사용해 독자를 배려했음을 잘 알 수 있다. 특히 역사에 대해 편견을 가졌거나, 한 방향으로만 역사를 보는 청소년들에게 새로운 시각을 제공할 수 있다는 측면에서 추천할 만하다.

### 《위험한 과학책》, 랜들 먼로, 시공사

과학 이야기임에도 불구하고 빠져들어 읽었다. '모든 사람이 동시에 점프하면 어떻게 될까'와 같은 호기심을 유발할 만한 소재들을 다룬다. 책에서는 재미있는 상황들을 가정하고 그 결과를 예측하는데 중학교 수준 이상의 과학 내용은 나오지 않는다. 하지만 그 단편적인 지식들을 논리적으로 엮어가며 흥미로운 결과를 유도해 낸다.

### 《아웃라이어》, 말콤 글래드웰, 김영사

이 책은 성공한 사람들의 공통점과 특징을 알려주면서 성공을 이루는 방법에 대해 설명하고 있다. 많은 예시를 통해 내용을 설명했기에 이루고 싶은 꿈이 많은 또래의 학생들에게 추천하고 싶다. 아마 이 책을 읽고 나면 자신이 생각하고 있는 성공에 대한 개념이 바르게 잡힐 수 있지 않을까 싶다.

《우리는 왜 잠을 자야 할까》, 매슈 워커, 열린책들
500페이지에 가까운 분량임에도 탄탄한 구조 덕분에 책 읽기가 수월하다. 작가는 학술적인 근거에 유머를 더해 잠에 대해 재미있게 풀어간다. 뿐만 아니라 개인과 사회적으로 꼭 필요한 잠을 확보하는 방법도 다양하게 제안한다. 경쟁과 성과를 부추기는 현대 사회에서 잠이라는 것이 단지 휴식 이상의 기능이 있음을 많은 사람이 이해했으면 한다.

《모두 거짓말을 한다》, 세스 스티븐스 다비도위츠, 더퀘스트
사람들의 포장된 겉모습 속에 숨어 있는 솔직한 욕망의 경향성을 폭로하는 책이다. 이 책을 보면 '검색'이라는 것이 얼마나 사람들의 욕망을 잘 보여주는지 알 수 있다. 세상의 진실에 대해 놀라면서도 공감할 수 있는 내용을 담고 있다.

《어떻게 민주주의는 무너지는가》, 스티븐 레비츠키·대니얼 지블랫, 어크로스
극단적인 독재자들이 어떻게 선출되는지 설명한 책이다. 현재 우리가 믿고 있는 민주주의조차 쉽게 무너질 수 있음을 경고하고 있다.

스포츠 등에 빗댄 설명이 흥미로웠으며 최근 국제 정세에 관심이 많다면 재미있게 읽을 수 있는 책이다.

## 《두뇌는 최강의 실험실》, 신바 유타카, 끌레마

과학적 사고실험뿐만 아니라 철학적 딜레마와 수학적 고찰(주로 확률), 과학계의 철학적 논쟁 등을 다룬다. 나열된 단어에서 느껴지는 위압감과 달리 내용은 기찻길 딜레마, 도박의 역설 등 쉽고 재미있게 접근할 수 있으면서도 오래 고민할 만한 주제들로 구성되어 있다. 책의 구성이 깔끔하고 텍스트도 그리 많지 않은 편이다.

## 《사막의 꽃》, 와리스 디리, 섬앤섬

이 책은 와리스 디리라는 소말리아 여성의 유년기와 현재의 삶을 그대로 담은 책이다. 잘못된 문화 때문에 '할례'라는 엄청난 육체적·정신적 모멸감을 안고 살아가야만 하는 사람들의 고통에 대해 이야기한다.

## 《사랑하기 좋은 계절에》, 이묵돌, 부크럼

드라마에서 볼 수 있는 꿈같은 사랑 얘기가 아닌, 철저하게 작가 자신의 연애담을 담고 있기에 '이것이 현실이구나' 하는 것을 느낄 수 있다. 사람과 사람 사이에서 갈등은 피할 수 없다. 자신이 좋아하는 사람이기에 더욱 자주 다툴 수도 있다. 그런 상황을 대하는 작가의 가치관과 생각들이 반짝였다.

**《생명이 있는 것은 다 아름답다》, 최재천, 효형출판**
이 책의 장점은 동물들의 행동에 대하여 구체적으로 분석해 독자가
흥미를 느낄 수 있게 해 준다는 점이다. 또 동물의 행동에서 찾을 수
있는 인간과의 유사점이나 오히려 인간보다 더 지혜로운 점 등을 통
해 우리 사회를 비판하고 있는 것도 재미있다. 누구나 비교적 쉽게
읽을 수 있다는 것도 장점이다.

**《공기의 연금술》, 토머스 헤이거, 반니**
공기 중 질소를 암모니아로 변환해 비료를 만드는, 역사상 가장 중요
한 발견을 이루어 낸 두 과학자, 프리츠 하버와 카를 보슈에 관한 이
야기를 다루고 있다. 하버가 암모니아 합성법을 찾아낸 과정, 이를
산업화한 보슈의 노력과 함께 이들의 연구가 독가스 같은 전쟁 무기
로 변해가는 모습을 그리고 있다.

**《우리는 어떻게 괴물이 되어가는가》, 파울 페르하에허, 반비**
이 책에서는 잘못된 사회 구조 속에서 인간이 '악'해지는 이유를 아주
논리적으로 보여주고 있다. 우리는 사회의 폭력이 어디에서 비롯되
는지, 악은 무엇 때문에 생겨나는지를 알아야 하고 끊임없이 고민해
야 한다. 이 책은 그런 고민의 출발점이 되어 줄 것이다.

**《시민의 불복종》, 헨리 데이비드 소로우, 은행나무**

옛날부터 '불의의 법이 있다면 그것을 어길 것인가, 아니면 법을 개정하려 노력하면서 개정에 성공할 때까지는 그 법을 지킬 것인가?'에 대한 고민을 수없이 했는데 그에 대한 작가의 견해를 볼 수 있는 책이다.

**《청소년을 위한 마시멜로 이야기》, 호아킴 데 포사다·전지은, 한국경제신문**

학교생활을 열심히 하지 않던 주인공이 어떤 청년을 만나 진로를 정하고 노력해 나가는 과정을 적은 이야기다. 진로 선택에 많은 갈등을 보이는 청소년들에게 추천해 주고 싶은 책이다.

누구라도 마음만 먹으면
도전할 수 있는

# 서평 책 쓰기가 좋은
# 다섯 가지 이유

왜 책을 읽을까? 2019년 국민독서실태조사에 따르면 가장 많은 학생이 '새로운 지식과 정보를 얻기 위해서'(28.7%)라고 답했다. 다음으로는 '책 읽는 것이 즐거워서'(16.8%), '교양과 상식을 쌓기 위해서'(11.8%), '진학과 진로 선택에 도움이 되므로'(10.6%) 등이 뒤따랐다. 또 연간 종이책 독서량은 중학생 20.1권, 고등학생 8.8권으로 나타났다. 전자책까지 더하면 중학생은 24.5권, 고등학생은 12권으로 독서량이 늘어난다. 여러 가지 일로 바쁜 청소년의 일상을 고려해볼 때 적지 않은 양이다. 덧붙여 학생 10명 중 약 8명은 '책 읽기가 사회생활이나 학교생활에 도움이 된다'고 생각했다.[19]

---

19  백원근 외, 《2019년 국민 독서실태 조사》, 문화체육관광부, 2020, 75-105쪽.

그렇다면 이미 생활 속에 자리 잡았고, 실제로 쓸모도 많은 독서를 좀 더 의미 있게 활용할 수는 없을까? 여기서는 가능한 방법의 하나로 '서평 책 쓰기'를 추천한다.

## 그게 그거 아니야?
## 독후감 VS 서평

한때 서평이라 하면 전문가의 영역에 속하는 것처럼 여긴 적이 있다. 물론 지금은 그렇지 않다. 당장 학교에서 이루어지고 있는 '한 학기 한 권 읽기' 활동만 봐도 쉽게 이해할 수 있을 것이다. 책을 읽고 나면 누구나 과제로 서평을 쓰지 않나? 게다가 인터넷 블로그 곳곳에 서평이 넘쳐난다. 어느새 독후감보다 서평이 더 흔해진 느낌이다. 하지만 여전히 서평이 무엇인지, 서평이 독후감과 어떻게 다른 것인지 궁금해하는 학생이 많은 것 또한 사실이다.

서평은 말 그대로 '책의 내용에 대해 평가한 글'이다. 그래서 대개 핵심 내용이나 인상 깊었던 구절을 소개한 뒤 책에 대한 자신의 평가를 덧붙여 적는 경우가 많다. 독후감과 비교하자면, 둘 다 책을 읽은 뒤 쓰는 글이라는 점에서는 같다. 하지만 자신의 느낌이나 생각 위주로 서술된 감상문에 비해 서평은 좀 더 객관적이다. 책에 대해 평가한 글이고, 평가에는 타당한 근거가 뒤따라야 해서 그렇다. 따라서 서평을 쓰려면 책의 핵심 개념을 정확히 파악한 뒤 출간 배경이나 작가 정보 등 관련 자료도 미리 조사해 두는 게 좋다. 그러면 이제 생각해 보자. 왜 서평을 써야 할까? 서평 책 쓰기에는 구체적으로 어떤 장점이 있을까?

## 서평 책 쓰기,
## 어떤 면에서 왜 좋은가

서평 책 쓰기에는 다섯 가지 장점이 있다. 첫째, 덕진일치 책 쓰기가 쉬워진다. 이게 왜 중요할까? 자기가 좋아하는 걸 바탕으로 진로도 탐색하고 책도 쓰면 집필에 들어가는 시간과 노력을 줄일 수 있기 때문이다.

많은 학생이 자기가 좋아하는 것으로 진로를 택한다. 이때 짚어야 할 점은, 진로와 관련된 꿈이 진짜라면 연관된 노력이 뒤따를 수밖에 없다는 점이다. 그중 기본은 뭘까? 독서. 예컨대 미대에 가고 싶다면 미술책을, 역사학도가 되고 싶다면 역사책을 읽는 식이다. 게다가 책을 읽은 뒤에는 대개 독서 기록을 남긴다. 서평 책 쓰기는 여기에 약 2% 정도의 노력을 더하는 것이라고 보면 된다. 다시 말해 독서 기록을 서평으로 바꾸는 정도의 수고만 더해도 충분하다는 뜻이다. 이렇게만 해도 서평이 쌓이고 책이 만들어진다. 덕진일치의 중심에 독서가 있기에 가능한 일이다. 이를 활용하지 않을 이유가 없다.

둘째, 콘셉트 잡기가 쉽다. 콘셉트는 책에 담고자 하는 핵심 내용으로 책의 얼굴이요 출발점이다. 그런데 좋은 콘셉트 잡기가 생각보다 쉽지 않다. 자기만의 색깔을 간결하면서도 구체적으로 보여주어야 해서 그렇다. 동시에 저자와 독자 모두에게 유익하고 매력적이어야 한다. 이런 조건을 모두 만족하는 콘셉트를 찾는 일이 쉬울 리 없다.

하지만 서평 책을 쓰면 콘셉트 잡는 문제가 자연스레 해결된다. 읽은 책이 곧 핵심 내용이어서 그렇다. 게다가 누구도 나와 같은 책을 같은 방식으로 읽지는 않기에 특별히 다듬지 않아도 자기만의 색깔이 드러난다. 심지어 쓰는 이와 읽는 이 모두에게 이롭기까지 하다. 서평을 활용한 책 쓰기가 좋은 이유다.

셋째, 쓸거리 찾기가 쉽다. 늘 강조하는 바인데 책을 쓰는 데 있어 쓸거리만큼 중요한 것도 없다. 쓸거리가 없으면 아무리 글솜씨가 뛰어나도 꼭지 한 편 쓸 수 없는 반면 분명한 쓸거리만 있다면 어떻게든 글을 써나갈 수 있기 때문이다.

그런 점에서 서평 책 쓰기는 특별한 강점을 가진다. 자신의 덕질이나 진로와 관련해 읽은 책이 곧 쓸거리가 되기 때문이다. 마음에 들면 마음에 드는 대로 못마땅하면 못마땅한 대로 모두 쓸거리로 손색이 없다. 더구나 책은 넘쳐난다. 내 관심 분야로만 한정해도 다 볼 수 없을 정도다. 쓸거리 걱정이 없는 서평 책 쓰기. 이 하나만으로도 선택할 만한 가치가 충분하다.

넷째, 목차와 샘플 원고 만들기가 쉽다. 학생들에게 자주 하는 이야기 중 하나가 바로 '목차는 콘셉트만큼이나 중요하다'는 것이다. 개별 원고들 사이에 질서를 잡아주고 책 쓰기라는 긴 여정에서 우리가 길을 잃지 않도록 도와주기 때문이다. 하지만 학생 중에는 의외로 목차 짜기를 힘들어하는 경우가 많다. 특히 책으로 쓰려는 분야에 관심은 있으나 잘 알지는 못할 때가 더욱 그렇다. 심한 경우 목차 짜다가 지쳐 책 쓰기를 그만둘까 고민하는 학생마저 본 적이 있다.

그런데 서평 책을 쓰면 목차 때문에 고민할 일이 없다. 읽고 싶은 책의 목록만 정하면 그게 바로 목차가 된다. 목차를 좀 더 정교하게 만들고 싶다면 비슷한 주제나 분야의 책끼리 묶어주기만 해도 된다.

이뿐만이 아니다. 서평으로 책을 쓰면 샘플 원고를 만들기도 쉽다. 각각의 책마다 구성이야 다르겠지만, 자신의 틀에 맞춰 얼마든지 이야기를 끌어갈 수 있다. 일반적으로 목차와 샘플 원고를 쓰는 데 꽤 많은 시간과 노력이 들어간다는 걸 고려해볼 때 서평 책 쓰기가 가진 이점은 결코 적지 않다.

다섯째, 학생부종합전형 대비에도 좋다. 학교생활기록부 기재 요령에서 최근 바뀐 것 중 하나는 독서 기록의 간소화다. 불과 몇 년 전까지만 해도 1,000자까지 독서 기록란에 적을 수 있었다. 하지만 지금은 책과 저자명만 기록하게 되어 있다. 심지어 2024학년도부터는 독서 기록이 대학입시에 반영되지도 않는다.

그러면 학생부 평가에서 독서 기록의 비중이 줄어든 것일까? 아니다. 독서 활동에 대한 기록은 학생부종합전형의 핵심 요소인 교과 세부능력 및 특기사항 항목에 얼마든지 적을 수 있기 때문이다. 나아가 입학사정관들은 이제야 제대로 독서 활동을 평가하게 되었다고 말한다. 지금부터 독서 활동은 책을 제대로 읽는 학생 위주로 기록될 것이라 보기 때문이다.

입학사정관들은 학생부 기재 요령과는 별개로 늘 학생 평가에서 독서를 중시했다. 독서는 알고 싶어서, 느끼고 싶어서, 생각하고 싶어서 하는 것이기 때문이다.[20]

나아가 독서는 누가 시켜서 하는 것도 아니고, 여러 권의 책을 읽어 내려면 끈기도 있어야 한다. 결국 대학이 학생 선발 시 중요하게 보는 지적 호기심과 과제집착력, 자기 주도성 같은 항목을 독서 활동 기록에서 모두 확인할 수 있다는 뜻이다. 그런데 단순한 읽기를 넘어 서평 책까지 썼다면 어떨까? 더 긍정적으로 평가할 수밖에 없지 않을까?

물론 규정상 학생부에 '도서 출판' 자체를 언급할 수는 없다. 하지만 책 쓰기와 관련된 정규 동아리 활동을 했을 경우, 서평 책을 쓰기 위해 노력한 내용은 얼마든지 기록할 수 있다. 이 정도만 해도 서평 책 쓰기에 도전한 학생의 우수함을 보여주기엔 부족함이 없을 것이다.

## 알아두면 좋은 몇 가지

서평을 쓰는 데도 요령이 있다. 특히나 틀은 조금만 공부해 두어도 효과 만점이다. 서평 쓰기가 훨씬 쉬워진다. 물론 서평을 쓴다고 해서 반드시 따라야 할 철칙 같은 게 있는 건 아니다. 하지만 알아두면 도움 될만한 내용은 분명 있다. 시중에 참고 서적이 여럿 있으니 잠깐만이

---

20  장정현, 《중3, 고1을 위한 확 바뀐 학종》, 경향BP, 2020, 134-139쪽.

라도 짬을 내어 읽어보기 바란다. 결과적으로 많은 시간과 노력을 아낄 수 있을 것이다.[21]

독서를 좋아하고 학생부종합전형을 준비한다면 서평 책 쓰기도 고려해 볼 만하다. 학생부종합전형으로 상위권 대학에 합격하는 수험생은 평균 35~40권 정도의 독서 활동을 보여준다고 한다.[22] 그런데 서평 책을 쓰려면 20~30권 정도만 대상으로 삼아도 충분하다. 결국 혼자서 서평 책을 쓴다 해도 기존에 읽은 독서량만으로도 차고 넘친다는 뜻이다. 게다가 서평 책을 쓴다고 완전히 새로운 활동을 하는 것도 아니다. 기존의 독서 기록에 약간의 변형만 줘도 서평 한 꼭지가 완성된다. 결국 서평 책 쓰기는 누구나 큰 부담 없이 도전해볼 수 있다는 뜻이다.

---

21 《덕질로 배운다! 10대를 위한 글쓰기 특강(윤창욱, 책밥, 2021)》이나 《책 읽고 글쓰기(나민애, 서울문화사, 2020)》, 《서평 쓰는 법(이원석, 유유, 2016)》, 《서평 글쓰기 특강(김민영·황선애, 북바이북, 2015)》 등을 참고하면 된다.
22 장정현, 《중3, 고1을 위한 확 바뀐 학종》, 경향BP, 2020, 132-133쪽.

내 것의 가치를
보호받기 위해

## 학생 저자도 알아야 할 저작권 상식

저작권에 관해 말하려 하면 당장 이런 질문부터 들어올 것 같다. '아직 학생인데, 당장 상업 출판을 할 것도 아닌데 군이 저작권에 대해 알아야 할까?' 답변에 앞서 한 편집자가 겪은 일부터 살펴보는 게 좋겠다.

그녀가 갓 편집자가 됐을 때의 일이라고 한다. 당시 오페라 교양서를 편집 중이었는데 모르는 단어가 나오면 그때마다 포털 사이트를 검색해 그 뜻을 알아냈다고 한다. 그러던 어느 날, 검색을 하다가 원고 문장이 어느 포털 사이트에 실린 것과 토씨 하나 틀리지 않고 똑같다는 사실을 발견하게 된다. 혹시나 싶어 다른 부분도 복사해 검색해 보니 원고의 80% 이상이 인터넷에서 마구 긁어 만든 것이었다고 한다.

이 원고는 출간되었을까? 그럴 리 없다. 그렇다면 이 원고가 가진 문제는 무엇이었을까? 첫째, 타인의 저작권을 침해했다는 점이고, 둘째, 결과적으로 출판사에도 큰 손해를 끼쳤다는 점이다. 출간할 수 없는 책에 선인세를 주었고, 편집자가 오랜 시간 원고에 매달려 시간을 낭비했기 때문이다.

## 왜 저작권을 지켜야 할까

그나마 위 사례는 책을 출간하기 전에 문제가 발견되어 다행이라고 했다. 출간 후라면 서점에 깔린 책을 수거하고 관련된 사람들에게 손해 배상도 해야 하는 등 문제가 더 커질 수도 있었기 때문이다.[23]

이쯤 되면 여러분도 짐작했을 것이다. 대수롭지 않게 생각했던 저작권 침해가 자칫하면 감당하기 어려울 만큼 큰 문제로 이어질 수 있다는 사실을 말이다. 비록 지금은 학생이고 당장 상업 출판을 할 일이 없다고 하더라도 마찬가지다. 이와 같은 문제를 예방하기 위해서라도 저작권에 대한 최소한의 상식 정도는 알아두어야 한다.

한때 저작권에 대해 잘 모르던 시절에는 이런 생각을 해본 적도 있다. 도대체 왜 저작권이 생겨난 것일까? 저작권만 없다면 좋은 글이나 그림, 영화, 음악 등을 사람들과 자유롭게 나눌 수 있을 텐데 말이다. 나아가 다양한 자료를 편집해 훨씬 더 기발하고 창의적인 결과물

---

23   양춘미, 《출판사 에디터가 알려주는 책쓰기 기술》, 카시오페아, 2018, 231쪽.

을 만들 수도 있을 텐데, 저작권 때문에 지금 당장 우리가 누릴 수 있는 수많은 혜택이 제한되는 것만 같다. 그럼에도 불구하고 저작권 제도는 유지되어야 할까?

물론이다. 저작권 제도는 마땅히 지켜나가야 한다. 왜일까? 저작권은 본질적으로 문화와 관련 산업을 발전시키기 위해 만든 것이기 때문이다. 생각해 보자. 만약 저작권이 없다면 어떤 일이 벌어질까? 다른 사람이 애써 만든 글이나 그림, 사진 등을 누구나 공짜로 사용할 것이다. 좋은 것을 같이 나눈다는 측면에서는 긍정적일 수 있다.[24]

하지만 그 창작물을 만든 사람이 여러분이라면 어떤 생각이 들까? 애써 만든 것을 뺏기거나 도둑맞은 기분이 들지 않을까? 또 창작물을 판매해 얻을 수 있는 이익도 없는데 귀한 시간과 노력에 비용까지 들여가며 창작물을 만들고 싶을까?

눈앞의 이익만 보면 저작권이 없는 게 더 나은 것처럼 보일 수도 있다. 하지만 공동체 전체를 놓고 본다면, 그리고 멀리까지 내다본다면 저작권은 존재해야 하고 반드시 지켜져야 한다. 소중한 창작물이 제 가치를 인정받고 보호받을 때 더 나은 창작물이 계속 쏟아져 나올 수 있어서다. 오늘날 우리가 즐기는 온갖 콘텐츠도 사실은 적극적인 저작권 보호의 결과다. 내가 애써 만든 것이 소중하다면 다른 사람이 만든 것도 소중하다. 우리 스스로가 저작권에 대해 알고 지킬 것을

---

24  이승훈,《편집·작가를 위한 출판저작권 첫걸음》, 북스페이스, 2016, 27-34쪽.

지킬 때, 누릴 수 있는 혜택 또한 커진다는 사실을 기억해 두는 게 좋겠다.

**마음대로 갖다 쓸 수 없는 저작물, 그렇다면 대안은?**

저작권법에 따르면 저작물이란 '인간의 사상 또는 감정을 표현한 창작물'을 가리킨다. 이와 관련해 저작권법 제4조에서는 다음과 같이 저작물의 예시를 소개하고 있다.

---

제4조(저작물의 예시 등)

①이 법에서 말하는 저작물을 예시하면 다음과 같다.

1. 소설·시·논문·강연·연설·각본 그 밖의 어문저작물
2. 음악저작물
3. 연극 및 무용·무언극 그 밖의 연극저작물
4. 회화·서예·조각·판화·공예·응용미술저작물 그 밖의 미술저작물
5. 건축물·건축을 위한 모형 및 설계도서 그 밖의 건축저작물
6. 사진저작물(이와 유사한 방법으로 제작된 것을 포함한다)
7. 영상저작물
8. 지도·도표·설계도·약도·모형 그 밖의 도형저작물
9. 컴퓨터 프로그램 저작물

---

어떤가? 범위가 매우 넓지 않은가? 그런데 이게 다가 아니다. 사람이 자신의 고유한 생각이나 느낌을 표현하기 위해 만든 것이라면 인터넷에 올린 댓글이나 유치원생이 쓴 일기, 심지어 광고 카피마저도

저작물이 될 수 있다. 그런 만큼 우리가 주변에서 접할 수 있는 거의 모든 창작물을 저작물로 봐도 될 정도다. 원칙적으로 이와 같은 저작물에는 저작권이 있다. 법적인 보호를 받는다는 것이다. 따라서 내 마음대로 가져다 쓸 수 없다.

예를 들어보자. 《덕질로 배운다! 10대를 위한 글쓰기 특강》을 집필할 때였다. '매혹적인 첫인상'과 '울림을 주는 마무리'라는 꼭지를 쓰기 위해 다양한 사례를 모았다. 독자의 마음을 끌 수 있는 방법을 풍부한 예문으로 보여주고 싶어서였다.

그런데 문제가 생겼다. 각각의 예문은 저작권이 있어 사용 전 미리 허락을 받아야 한다는 사실을 뒤늦게 안 것이다. 그래서 저작권자에게 개별적으로 메일을 보냈으나 연락이 닿지 않는 경우도 있었고, 인용 건당 10만 원 정도의 비용을 요구하는 곳도 있었다. 물론 예문을 그냥 사용할 수 있도록 허락해 준 사례도 있었지만 말이다.

어떻게 했을까? 정말 마음에 드는 것은 건당 10만 원의 비용을 치르고라도 계약서를 작성한 뒤 사용했다. 하지만 나머지는 내가 쓴 글이나 학생 예문으로 대체했다. 책을 쓰다 보면 이런 경우를 종종 만날 수 있다. 꼭 필요한 것이라면 비용을 치르고라도 활용해야 할 것이다. 그러나 이왕이면 자기가 만든 자료를 활용하는 것도 고려해 볼 만하다. 사진 자료도 마찬가지다. 많은 경우, 함부로 가져다 쓰면 문제가 생길 수 있다. 그런 만큼 직접 사진을 찍어 사용하는 것도 하나의 방법이 된다.

## 다른 사람의 저작물을 합법적으로 인용하고 싶다면

다른 사람이 만든 사진, 도표, 글 등을 사용하고 싶다면 원칙적으로 저작권자의 허락을 받아야 한다. 하지만 인용할 게 한두 가지도 아니고, 그때마다 하나하나 허락받아야 한다면 보통 일이 아니다. 게다가 칼럼 한 토막 인용하는데 10만 원 정도의 비용을 들이고 계약서까지 작성해야 한다면 차라리 책 쓰기를 그만두는 게 낫겠다는 생각마저 들 수 있다.

하지만 많은 경우 법 적용이 그렇게 딱딱하기만 한 것은 아니다. 따지고 보면 이 책만 하더라도 수많은 자료를 참고해 쓴 것이다. 다른 책도 인용의 측면에서 본다면 크게 다를 바 없다. 이게 가능한 이유는 무엇 때문일까? 저작권법이 존재하는 이유는, 저작권을 보호함으로써 창작을 더 활발하게 만드는 데 있는 것이지 저작권자의 권리만을 무조건적으로 보호해 창작 자체를 방해하는 데 있는 것은 아니기 때문이다. 그래서 저작권법 제28조에서는 다음과 같이 인용 조건을 밝혀 두었다. "공표된 저작물은 보도·비평·교육·연구 등을 위하여는 정당한 범위 안에서 공정한 관행에 합치되게 인용할 수 있다."

그러고 보면 이는 지극히 현실적인 문제이기도 하다. 누구도 혼자 생각만으로 책을 쓸 수는 없기 때문이다. 결국에는 다른 사람의 생각도 참고하고 자료도 읽어야 한다. 그런데도 저작권과 관련해 원칙만 강조한다면 저작권법 자체가 하나의 족쇄가 될 수밖에 없다. 이 속에서 창작 의지의 감소는 필연적일 테고 말이다. 그래서 몇 가지 요건만 잘 지킨다면 일일이 저작권자에게 허락을 구하지 않고 필요한 부분을 책에 싣는 것도 가능하도록 길을 열어 둔 것이다.

그렇다면 그 몇 가지 요건이란 구체적으로 무엇일까? 한국저작권위원회에서 만든 표준 교재에서는 다음과 같이 설명하고 있다.

> 첫째, 인용의 대상은 '공표된 저작물'에 한한다. 둘째, '보도·비평·교육·연구' 등을 위한 목적이어야 한다. 영리를 위한 상품광고에 타인의 저작물을 사용하는 것은 인용의 목적상 허용되지 않는다. 셋째, '정당한 범위 안'이어야 한다. 자신의 저작물을 창작하는 과정에서 타인의 저작물을 예시·보조적으로 이용하여야 한다. 즉, 적법한 인용이 되기 위하여는 이용자의 저작물이 주가 되고 저작권자의 저작물(피인용 저작물)이 종이 되는 주종관계가 있어야 한다. 이러한 주종관계는 양적인 면에서뿐만 아니라 질적인 면에서도 충족되어야 한다. 넷째, '공정한 관행에 합치'되어야 한다.[25]

여기서 특히 눈여겨봐야 할 부분은 세 번째 요건인 '정당한 범위 안'이다. 이 부분에서 강조하는 핵심은 뭘까? 자기가 하려는 이야기 자체가 중심 내용이 되어야 하며, 인용되는 부분은 어디까지나 간단

---

25  이영록, 《출판과 저작권》, 한국저작권위원회, 2009, 59쪽.

한 예시이거나 주장을 뒷받침하기 위한 보조자료로 활용되어야 한다는 점이다. 다음으로 네 번째 요건인 '공정한 관행'도 주목할 만한데, 여기서 말하는 공정한 관행이란 출처를 표시한다든지 불필요한 왜곡이나 수정을 가하지 말아야 한다는 등의 인용 방법에 관한 것이다.

그러면 출처 표시는 어떻게 해야 할까? 보통 출판물의 경우 '저자명, 제목, 출판사, 발행 연도, 해당 쪽'과 같이 기본적인 내용만 들어간다면 각 내용의 순서나 표시 방법은 다소 바뀌어도 크게 문제 삼지 않는다. 그러니 여러분도 인용 시 자신에게 편한 것을 하나 택해 활용하면 된다. 이 책 곳곳에서 출처 표시를 찾아볼 수 있으니 그걸 참고하는 것도 나쁘지 않은 방법이다.

## 공짜로 쓸 수 있는 저작물은 없을까

저작권에 대해 살펴보다 보면 누구나 한 번쯤 이런 물음을 가지게 될 것이다. '정말 편하게, 마음대로 이용할 수 있는 저작물은 없을까?' 있다. 두 가지 종류를 소개하겠다.

## 저작재산권 보호 기간이 끝난 저작물

지금은 살아있는 저작권이라 해도 영원히 법의 보호를 받는 것은 아니다. 조선시대 문학작품이나 그림의 예에서 보듯, 일정한 시간이 지나면 저작권 유효 기간도 끝난다. 이후로는 누구든 자유롭게 사용할 수 있는 것이다. 그러면 그 기준은 어떻게 될까? 다음과 같이 저작권자의 사망 시기를 기준으로 판단하면 된다.

- 1962년 이전 사망: 저작권 50년 보호
- 1963년 이후 사망: 저작권 70년 보호

참고로 저작권이 만료된 저작물은 공유 마당[26]에서 공유하고 있다. 각종 이미지나 영상, 음악, 폰트 등 다양한 자료가 등록되어 있으니 필요한 때 활용해 보는 것도 좋겠다.[27]

### 보호받지 못하는 저작물

최근에 만들어진 저작물이라고 해서 모두 법적인 보호를 받을까? 아니다. 비록 공표된 지 얼마 되지 않았다 해도 보호받지 못하는 저작물이 있다. 다음의 저작권법 조항을 살펴보자.

---

제7조(보호받지 못하는 저작물)
다음 각 호의 어느 하나에 해당하는 것은 이 법에 의한 보호를 받지 못한다.
  1. 헌법·법률·조약·명령·조례 및 규칙
  2. 국가 또는 지방자치단체의 고시·공고·훈령 그 밖에 이와 유사한 것

---

26  공유마당: https://gongu.copyright.or.kr/gongu/main/main.do
27  최현우, 《악마 편집자가 신랄하게 알려준다! 출판사가 OK하는 책쓰기》, 한빛미디어, 2020, 250-251쪽.

3. 법원의 판결·결정·명령 및 심판이나 행정심판절차 그 밖에 이 와 유사한 절차에 의한 의결·결정 등
4. 국가 또는 지방자치단체가 작성한 것으로서 제1호 내지 제3호 에 규정된 것의 편집물 또는 번역물
5. 사실의 전달에 불과한 시사보도

---

1~4호에서 확인할 수 있는 저작물의 공통점은 뭘까? 공공의 이익 과 관련된다는 점이다. 국가 예산을 바탕으로 공동체 모두의 더 나은 삶을 위해 만든 저작물은 비록 만드는 데 많은 시간과 노력이 들어간 것이라 해도 누구나 자유롭게 이용할 수 있다.

그리고 5호의 경우는 다소 주의해야 하는 측면이 있다. 여기서 말 하는 '사실의 전달에 불과한 시사 보도'는 언론에 보도된 것이라고 해 서 모든 게 다 해당되는 것은 아니기 때문이다. 물론 육하원칙에 따 른 단순한 사실 전달에 불과한 내용이라면 저작권 보호를 받지 못한 다. 하지만 칼럼이나 독자 투고란에 실린 글 같이 쓴 사람 개인의 생 각이나 느낌이 살아있는 글이라면, 심지어 기사라 할지라도 저작권 보호 대상이 될 수 있다.

## 알아두면 좋은 몇 가지

정치인의 공개적인 연설이나 의회에서의 진술은 원문 전부를 사용해도 저작 권료를 따로 지급할 필요가 없다. 국민의 알 권리 충족 차원에서 많은 사

람에게 전달해야 할 필요가 있기 때문이다.[28]

책 제목 또한 저작권이 없다. 제목을 짓는 데 작가나 출판사가 얼마나 많은 공을 들이는지 생각해 보면 다소 의외일 수 있다. 하지만 1996년의 대법원 판례에 따르면(선고 96다273 판결) 저작권법상 제목은 독립된 사상과 감정의 창작적 표현이 아니라 단순히 내용을 가리키는 것으로 본다. 따라서 저작물로 인정하지 않는다.

여기에서 다룬 내용은 저작권법 내용 중 극히 일부에 불과하다. 더 자세한 내용을 알고 싶다면 관련 책을 찾아 보거나 한국저작권위원회 홈페이지에서 참고해 볼 것을 추천한다.

---

28 이승훈, 《편집자·작가를 위한 출판저작권 첫걸음》, 북스페이스, 2016, 125쪽.

그저 괜찮은 책과 훌륭한 책을 가르는 차이는
고쳐 쓰기에서 나온다.
.

브라이언 에븐슨

7장

내 책을 빛나게 하는
마무리 작업

마지막으로
다시 한 번 더

# 인쇄 전
# 원고 검토하기

'새로운 살인범의 등장으로 알츠하이머를 앓고 있는 은퇴한 연쇄살인범에게 잊혔던 살인 습관이 되살아나며 벌어지는 범죄 스릴러.' 김영하 작가의 베스트셀러 소설을 영화화한 〈살인자의 기억법〉에 대한 한 줄 정리다.

　이 영화에는 배우들의 체중과 관련해 꽤 흥미로운 에피소드가 전한다. 우선 은퇴한 연쇄살인범 병수 역의 설경구는 10킬로그램 이상을 감량하는 극한의 체중 조절을 감행했다고 한다. 그는 촬영 전날 새벽마다 2시간씩 줄넘기를 하고 수분 섭취마저 최소화해 살이 쉽게 빠지지 않는 손마저 노인의 손처럼 쭈글쭈글하게 만들었는데, 이 모두가 극중 50대 후반이라는 병수의 나이와 살인 본능이 숨어있는 은퇴한 연쇄살인범의 날카로움을 효과적으로 표현하기 위함이었다.

그런가 하면 병수에게 연쇄살인범으로 의심받는 태주 역의 김남길은 섬뜩함을 표현하기 위해 체중 늘리기에 나섰다. 원래는 체중을 줄여 날카로운 이미지를 만들고자 했으나, 살이 찐 상태의 그가 웃어도 웃는 것 같지 않은 서늘함을 준다는 조언에 따라 살을 찌우기로 한 것이다. 결국 그는 식단 조절을 하며 운동까지 병행해 14킬로그램을 증량하는 데 성공했다고 한다.[1]

## 검토를 위한
## 여섯 가지 질문

배우들이 이처럼 극단적으로 살을 찌우거나 뺀 이유는 무엇 때문일까? 역할에 맞는 최선의 모습을 보여줌으로써 영화적 완성도를 높이기 위해서였다.

우리가 지금껏 쓴 원고를 마지막으로 한 번 더 검토하는 것도 이와 유사하다. 책의 색깔을 고려해 결국에는 책의 완성도를 끌어올리기 위함이다. 물론 우리는 개별 꼭지를 쓴 뒤 워크숍을 통해 충분히 피드백을 주고받았다. 하지만 그것만으로 작업이 끝나는 것은 아니다. 인쇄 전, 더 고칠 게 없는지 다시 한 번 짚어봐야 한다. 실제로 작가들은 탈고한 원고를 출판사에 보내는데, 출판사가 원고를 받자마자 인

---

1   조유경, '〈살인자의 기억법〉 설경구·김남길 극과 극 체중조절', 〈스포츠동아〉, 2017년 8월 24일자 기사.

쇄에 들어가는 건 아니다. 적어도 몇 달의 시간을 두고 계속해서 검토하고 수정하는 작업을 거친다. 독자에게 더 좋은 모습의 책을 선보이기 위함이다.

학생 저자의 책이라고 해서 다를 바 없다. 이왕이면 완성도를 더 높이는 게 좋다. 그러려면 어떻게 해야 할까? 학생 저자 자신이 편집자가 되어 원고를 비판적으로 검토하고 다듬을 줄 알아야 한다. 이에 여기서는 인쇄 전 원고 검토와 관련된 여섯 가지 항목을 살펴보겠다.

## 목차는 적절한가

목차는 책 쓰기 여행의 경로를 보여주는 일정표다. 목차만 잘 살펴도 책이 어떻게 구성되어 있는지 한눈에 파악할 수 있다. 따라서 목차의 적절성을 검토한다는 건 책의 색깔과 함께 책의 전반적인 짜임을 다시 살펴본다는 뜻이 된다.

앞에서 여러 번 강조했지만 목차는 하나의 스토리를 가졌다. 그러므로 목차를 점검할 때는 중복되는 꼭지 혹은 순서를 바꾸거나 빼면 더 좋은 꼭지는 없는지부터 짚어보는 게 좋다. 목차에서부터 이야기의 자연스러운 흐름이 나타나야 하기 때문이다. 개별 꼭지에 집중해 원고를 쓰다 보면 자기도 모르게 중복된 꼭지를 쓰는 경우가 있다. 각 장의 통일성을 해치는 꼭지를 쓸 때도 있고 말이다. 그런 꼭지가 있다면 아깝다 생각하지 말고 빼야 한다.

또 목차 변경이 상대적으로 쉬운 개방형 목차라면 좀 더 쉽고 재미있는 꼭지를 앞쪽에 배치하는 게 좋다. 그래야 독자도 더 몰입하며 책을 읽어나갈 수 있어서다. 나아가 독자는 목차를 보고 책을 읽을지 말지 결정하곤 한다. 그런 만큼 목차 자체도 좀 더 감각적으로 바꿀 수는 없는지 다시 한 번 고민해 볼 필요가 있다.

### 각 장이나 개별 원고들 사이에 통일성이 깨진 곳은 없는가

보기 좋은 떡이 먹기도 좋다고 각 장이나 개별 원고들도 보기 좋게 통일되어 있어야 한다. 그래야 전체적인 균형미도 살아나고 읽기도 쉬워진다.

먼저 각 장의 형태부터 따져보자. 각 장의 꼭지 개수는 어느 정도 균형이 잡혀 있는 게 좋다. 어느 장은 한두 개의 꼭지로 구성되어 있는데 다른 장은 10개의 꼭지로 구성된 것보다는 전반적으로 5개 내외의 꼭지로 구성된 게 보기 좋다는 뜻이다.

명언을 소개하는 경우도 마찬가지다. 작가에 따라 하나의 장이 시작될 때 관련 명언이나 중요한 문장을 소개하는 경우가 있다. 유의할 점은 하나의 장에 명언이나 문장이 제시되었다면 다른 장에도 빠짐없이 제시되어야 한다는 점이다. 어느 장에는 있는데 다른 장에는 없는 형태는 바람직하지 않다. 모든 장에 넣든지 아니면 다 빼든지 둘 중 하나로 정리해 통일성을 유지해야 한다.

다음으로, 개별 꼭지의 모습도 비슷한 형태로 통일되어 있는지 살펴봐야 한다. 예컨대 한 꼭지에서 제목이 나온 뒤 그와 관련된 들머리가 나왔다면 다른 꼭지도 유사한 형태를 보여야 한다. 이때는 분량도 비슷한 게 좋다.

내 첫 번째 책이 나올 때의 일이다. 탈고한 뒤 원고를 출판사에 보냈는데 담당 편집자가 어느 한 꼭지의 들머리 분량이 너무 부족하니 내용을 조금 더 채우는 게 좋겠다는 의견을 냈다. 처음에는 그렇게까지 맞출 필요가 있을까 싶었다. 하지만 편집자의 의견을 따라 고치고 나니 꼭지 자체도 충실해지고 전체적인 균형도 맞춰졌다. 결과적으로 보기에도 좋고 내용도 탄탄해졌다. 원고 사이의 통일성이 왜 필요한지를 깨닫는 순간이었다.

## 오탈자나 비문은 없는가

이는 신뢰의 문제와 관계된다. 내용이 아무리 참신하고 톡톡 튀어도 곳곳에 오탈자가 보이면 톡톡 튀는 기발함마저 엉뚱함으로 여겨진다. 오탈자 때문에 정작 중요한 내용이 빛을 잃는 것이다. 이뿐만이 아니다. 오탈자가 많이 보이면 저자의 능력이나 책에 쏟은 정성에 물음표를 던질 수밖에 없다. 그래서 책이 나온 뒤 일정 수준 이상의 오탈자가 발견되면 공개 회수를 선언하는 출판사가 나타나기도 한다.

비문(非文)도 마찬가지다. 비문은 문법에 맞지 않는 문장이다. 드물게 보이는 비문이야 어쩔 수 없다 하더라도 글에 비문이 많으면 읽기가 싫어진다. 읽어도 무슨 뜻인지 이해가 되지 않아서 더 그렇다. 입장 바꿔 생각해 보자. 여러분이 독자라면 어떻게 할까? 오탈자와 비문투성이인 글을 계속 읽어나갈까? 아마 몇 쪽 읽지 않아 책을 덮고 말 것이다. 다른 독자도 마찬가지다.

오탈자와 비문을 줄이려면 어떻게 해야 할까? 우선 모니터로는 오탈자나 비문을 찾기가 쉽지 않다. 그러니 출력해서 여러 번 읽어보는 걸 추천한다.

하지만 오탈자의 경우, 문서 프로그램에서 맞춤법 검사를 지원하므로 이를 적절히 활용하는 것도 괜찮다.

비문의 경우, 학교에서 배우는 문법만 제대로 익혀도 어느 정도 줄일 수 있다. 또 비문은 긴 문장에서 나타나는 경우가 많으니 문장을 짧게 끊어 쓰는 습관을 들이는 것도 좋다.

## 더 쉽고 재미있게 바꿀 수 있는 곳은 없는가

책을 읽는 이유는 저마다 다르다. 어떤 이는 독서 자체가 습관이어서 읽는다. 그런가 하면 어떤 사람은 유익한 정보를 얻기 위해 읽는다. 물론 재미를 위해 읽는 이도 있다. 짚어야 할 점은, 그 어떤 경우라 하더라도 내 책을 읽는 독자의 시간이 지루함으로 채워져서는 안 된다는 점이다. 우리 주변은 쉽고 재미있고 유익한 책들로 넘쳐나고, 그런 만큼 지루한 책을 끝까지 들고 있을 독자는 없기 때문이다. 그러면 어떻게 해야 할까? 일단 술술 읽히도록 만들어야 한다. 내용도 알차야 하겠지만 그 이전에 쉽고 재미있어야 하는 것이다.

따라서 마지막으로 검토하면서 내용이 부족하거나 어려워서 이해가 잘되지 않는 부분은 없는지, 지루하게 늘어진 부분은 없는지, 좀 더 재미있는 사례로 바꿀 수 있는 부분은 없는지 검토해 보아야 한다. 어렵고 지루한 책을 즐겁게 읽어줄 독자는 여러분의 부모님 외에 없다는 사실을 잊지 말도록 하자.

## 다른 사람에게 상처 주는 표현은 없는가

육체적인 상처만 아픈 게 아니다. 말로 인한 상처도 아프다. 게다가 한번 내뱉은 말은 주워 담을 수도 없다. 글의 경우는 더 심각하다. 문자로 적혀 지워지지도 않기 때문이다. 그런 만큼 내가 쓴 글에 다른 이에게 상처 주는 표현은 없는지도 잘 살펴야 한다.

물론 덕질이나 진로 탐색에 초점을 맞춰 쓴 학생 저자의 글에서는 이런 문제가 잘 발견되지 않는다. 하지만 에세이 형태로 자기 생각을 풀어나가다 보면 전혀 생각지도 못한 데서 타인에게 상처 주는 표현이 드러날 수 있다. 예컨대 민감한 사회적 이슈를 다루면서 자기도 모르게 특정 집단을 비하하는 표현을 쓴다든지, 친구나 가족 이야기를 하면서 의도치 않게 상처 주는 말을 하게 되는 때가 있는 것이다. 고생해 쓴 글이 다른 사람에게 상처 주고 결국에는 관계까지 멀어지게 하는 일이 없도록 다시 한 번 점검해야 하는 이유다.

## 저작권 문제는 안심해도 되는가

학생 저자도 작가다. 따라서 기본적인 저작권 상식을 갖출 필요가 있다. 투고까지 생각한다면 더 말할 필요도 없지만, 당장 상업 출판을 고려하지 않는다 해도 저작권을 준수하는 자세는 가져야 한다. 내 것이 소중하다면 남의 것도 소중하기 때문이다.

저작권과 관련해 원고를 검토할 때는 보호받는 저작물과 보호받지 못하는 저작물을 구분하는 게 중요하다. 마음대로 가져다 쓸 수 없는 저작물을 합법적으로 사용하고 싶다면 인용 규칙부터 잘 지켜야 한다. 또 작가나 관계 기관의 허락을 받아야 할 게 있다면 따로 연락을 취해 허락을 구하는 노력도 기울일 필요가 있다.

저작권 문제는 늘 다른 사람(저작권자)에 대한 권리 침해와 연관된다. 그래서 결코 소홀히 다룰 수 없다. 꼭 알아두어야 할 내용은 앞에서 따로 정리해 두었으니 해당 부분을 참고해 저작권 문제가 생기지 않도록 관심을 기울이는 게 좋겠다.

## 알아두면 좋은 몇 가지

원고는 볼 때마다 고칠 게 생긴다. 이 꼭지의 제목에 '마지막으로 다시 한번 더'라고 되어 있지만 그렇다고 해서 진짜로 딱 한번만 더 보고 끝내라는 말은 아니다. 두세 번 봐도 된다. 볼 때마다 고칠 게 있다는 건 볼 때마다 원고의 질이 더 좋아질 수 있다는 뜻도 된다. 물론 한정된 시간 속에서 퇴고만 무한정 반복할 수는 없겠지만, 적어도 두세 번은 읽으며 검토하는 게 좋다.

시차를 조금 두고 읽는 것도 고려해 볼 만하다. 내 눈에는 보이지 않던 오류가 친구 눈에는 잘 보이곤 한다. 왜 그럴까? 낯선 눈으로 보았기 때문이다. 반복해 읽으며 한창 원고를 검토할 때는 원고 내용이 너무 익숙해진다. 그래서 오히려 더 대충 읽게 되고 오류도 잘 보이지 않는 현상이 생긴다. 해법은 뭘까? 내 눈을 낯설게 만드는 것이다. 시간 간격을 조금 두고 읽으면 원고를 낯설게 볼 수 있다. 소설가 스티븐 킹은 원고를 6주까지도 묵힌다고 하는데, 바쁜 학생이 그렇게까지 할 필요는 없다. 단 며칠간의 시간만 가져도 충분하다.

독자들의 선택은

제목으로 결정된다

# 매혹 넘치는
# 제목 만들기

일본의 저명한 경영 컨설턴트 야마구치 슈(山口 周)가 쓴《철학은 어떻게 삶의 무기가 되는가》라는 책이 있다. 2019년 국내 종합 베스트셀러 1위에 오른 이 책은 출간 당시만 해도 반응이 잠잠했다고 한다. 그런데 채 두 달도 지나지 않아 교보문고 베스트셀러 1위를 차지하게 된다. 어떻게 이게 가능했을까?

출판업계에서는 쉽고 실용적인 내용과 더불어 눈길을 잡아끄는 제목이 베스트셀러 순위 도약에 일등공신 역할을 했다고 평가한다. 이 책의 원제는 '무기가 되는 철학'이었다. 하지만 출판사에서 제목을 문장형으로 바꾸었다. 철학이 현실 세계와 동떨어진 학문이라는 고정관념을 깨는 동시에 호기심을 자극하기 위해 의문형 문장으로 재구성한 것이다. 책의 편집자는 "함축성이 강한 은유보다 친절하게 풀어 써 주는 문장형이 최근 트렌드"라며 "요즘은 책 제목도 광고 카피처럼 직관적으로 다가가는 것을 독자들이 선호하기 때문"이라고 변경 이유를 설명했다. 그렇다면 캐릭터 에세이의 새 장을 연《곰돌이 푸, 행복한 일은 매일 있어》라든지 솔직한 우울증 상담 에세이로 공감을 얻은《죽고 싶지만 떡볶이는 먹고 싶어》, 제목부터 힐링이 된다는 평가를 받은《하마터면 열심히 살 뻔했다》등도 비슷한 전략을 따른 것으로 볼 수 있지 않을까?[2]

## 독자의 시선을 훔치는 제목,
## 어떻게 만들 것인가

앞의 사례를 뒷받침이라도 하듯, 미국의 한 콘텐츠 마케팅 회사의 조사 결과에 따르면 10명 중 8명은 제목만 읽고 콘텐츠는 열어보지 않는다고 한다. 아무리 내용이 좋아도 제목이 별로면 콘텐츠를 확인하지 않는다는 것이다.[3] 뒤집어 말하자면, 제목이 매혹적일 경우 콘텐츠를 본다는 뜻도 되겠다. 그렇다면 독자의 눈길을 끄는 제목은 어떻게 만들까? 몇 가지 예를 통해 살펴보자.

---

2  윤정현, '책 제목도 이제는 광고 카피처럼… 참신한 문장, 베스트셀러 만든다', 〈한국경제〉, 2019년 3월 12일자 기사.
3  김승일, '[리뷰] 매력적인 제목 만드는 방법《끌리는 단어 혹하는 문장》', 〈독서신문〉, 2020년 11월 26일자 기사.

## 질문을 통해 궁금증을 불러일으킨다

질문을 받았을 때 우리는 자연스레 답에 대해 생각하게 된다. 그러고 보면 질문만큼 확실하게 독자의 호기심을 자극하는 장치도 없다. 매혹적인 제목의 사례로 질문 형태가 빠지지 않는 것도 이 때문이다.

- 내 주위에는 왜 멍청이가 많을까
- 지구가 죽으면 달은 누굴 돌지?
- 넌 대체 몇 년째 영어 공부를 하고 있는 거니?

## 무언가의 노하우를 소개한다

왜 책을 읽을까? 유용한 정보를 얻기 위해서다. 독자는 몰랐던 무언가에 대한 비결, 작가의 숱한 시행착오 끝에 얻어낸 깨달음과 통찰은 책 읽는 시간을 값지게 한다. 어떤 독자에게는 이 같은 노하우 습득이야말로 책을 선택하는 가장 중요한 이유가 된다.

- 지구가 평평하다고 믿는 사람과 즐겁고 생산적인 대화를 나누는 법
- 무조건 합격하는 암기의 기술
- 좋아하는 것을 발견하는 법

**예상 독자를 분명히 밝힌다**

아무 데나 통하는 만병통치약일수록 효과가 의심스럽다. 증상이나 필요는 저마다 다르기 때문이다. 따라서 처방도 달라야 한다. 제목도 마찬가지다. 모두에게 똑같이 의미 있는 무언가는 허구일 가능성이 높다. 그렇다면 타깃을 제목에 드러내는 것 자체가 훌륭한 유인 전략이 아닐까?

- 10대와 통하는 스포츠 이야기
- 하고 싶은 것이 뭔지 모르는 10대에게
- 청소년을 위한 코스모스

**딱딱하고 어려운 내용도 쉽게 풀었음을 드러낸다**

책이 갖추어야 할 미덕 중 하나는 '쉬움'이다. 평소 딱딱하고 어렵게만 여겼던 화학이나 고전 시가, 인문학을 쉽고 재미있게 풀었다면 어떨까? 자연스레 눈길이 가지 않을까?

- 재밌어서 밤새 읽는 화학 이야기
- 매콤달콤 맛있는 우리 고전 시가
- 지적 대화를 위한 넓고 얕은 지식

### '왜?'라는 물음이 떠오르는 선언을 내지른다

선언에는 이유가 따르기 마련이다. 그런데 그 선언이 우리의 통념을 깨트리는 것이라면 어떨까? 까닭이 궁금해서라도 책을 집어 들게 되지 않을까?

- 이만하면 괜찮은 남자는 없다
- 공감은 지능이다
- 당신의 질문은 당신의 인생이 된다

### 어울리지 않는 단어를 연결해 흥미를 유발한다

전혀 어울리지 않을 것 같은 단어들이 나란히 놓일 때 우리는 낯섦을 느낀다. 간극은 클수록 효과적이다. 더 궁금해지고 더 알고 싶어진다.

- 좋은 불평등
- 불편한 편의점
- 게으른 완벽주의자를 위한 심리학

### 상식을 벗어난 엉뚱함으로 눈길을 끈다

늘 보던 것, 익숙한 것은 우리의 시선을 끌지 못한다. 뻔하기 때문이다. 그런 만큼 우리의 시선은 낯선 것, 새로운 것으로 향할 수밖에 없다. 상식적이지 않은 엉뚱함이 제목으로 좋은 이유다.

- 개를 훔치는 완벽한 방법
- 천문학자는 별을 보지 않는다
- 가진 돈은 몽땅 써라

## 불편한 진실을 폭로한다

발표할 때 사람들의 주목을 받는 가장 좋은 방법 중 하나는 충격적인 사실이나 불편한 진실을 폭로하는 것이다. 책도 다를 바 없다. 우리 삶 속에 숨겨져 있던 불편한 진실이 제목을 통해 드러날 때 독자는 시선을 뺏기게 된다.

- 아동학대에 관한 뒤늦은 기록
- 왜 세계의 가난은 사라지지 않는가
- 너만 모르는 진실

## 담담하게 위로한다

우리 일상 속에는 행복한 일, 기쁜 일이 적지 않다. 하지만 그 이상으로 지치고 우울하고 슬픈 일도 많다. 따라서 상처투성이인 우리에겐 위로가 필요하다. 따뜻한 목소리로 위로를 건네는 제목에 독자가 끌리는 이유다.

- 너무 잘하려고 애쓰지 마라

- 아주 오랜만에 행복하다는 느낌
- 너의 하루가 따숩길 바라

## 알아두면 좋은 몇 가지

제목은 책의 얼굴이다. 따라서 제목과 내용은 밀접하게 관련되어 있어야 한다. 제목 낚시질은 하지 말아야 한다는 얘기다. 내용과 따로 노는 제목, 겉만 번드르르한 제목은 책에 대한 실망으로 이어진다. 독자에게 선택받아야 한다는 핑계로 내용과 동떨어진 제목을 짓는 것은 삼가자.

제목이 잘 떠오르지 않는다면 콘셉트를 활용하는 것도 괜찮은 방법이다. 왜일까? 나만의 색깔을 보여주는 차별화된 이미지가 바로 콘셉트이기 때문이다. 이뿐만이 아니다. 콘셉트는 '책 속에 담아내고자 하는 핵심 내용'을 가리키기도 한다. '선인장도 말려 죽이는 그대에게: 반려식물 초심자를 위한 홈가드닝 안내서', '초보 캠퍼도 쉽게 떠나는 대한민국 오지 캠핑장 101'의 사례에서 보듯, 콘셉트를 제목으로 연결한 사례는 생각보다 많다.

매력적인 제목이 둘일 때 굳이 취사 선택할 필요는 없다. 하나는 제목으로 다른 하나는 부제로 삼으면 된다. 요즘은 제목과 부제를 함께 제시하는 게 더 일반적이다. 2023년 1월 기준으로, 인터넷 서점 알라딘에서 청소년 추천 도서 100권을 살폈더니 부제가 있는 게 75권, 제목만 있는 게 25권이었다. 제목과 부제를 함께 쓰면 내용 이해가 쉬울

뿐 아니라 좀 더 친근한 느낌이 들어서가 아닐까 싶다. 그러니 마음에 드는 제목이 둘 있다면 오히려 다행이라 생각하고 적극적으로 활용해 보자.

책의 첫 인사와
마무리는 이렇게

# 프롤로그와 에필로그
# 쓰는 법

대인관계에서 첫인상이 중요하다는 말을 자주 들어봤을 것이다. 이와 관련해 심리학자 솔로몬 애쉬(Solomon E. Asch)는 1946년 한 가지 실험을 진행했다. 피험자에게 어떤 사람을 묘사하는 여섯 가지 형용사를 들려준 뒤 그 사람을 평가해 보라고 한 것이다. 한쪽 피험자들은 "영리하다, 부지런하다, 충동적이다, 비판적이다, 고집불통이다, 시기심이 강하다"라는 말을 듣고 평가했으며, 다른 피험자들은 "시기심이 강하다, 고집불통이다, 비판적이다, 충동적이다, 부지런하다, 영리하다"로 순서가 바뀐 형용사 목록을 듣고 평가했다. 어떤 반응을 보였을까? 긍정적인 단어로 시작하는 첫 번째 목록을 들은 피험자들은 부정적인 단어로 시작하는 두 번째 목록을 들은 피험자들보다 평가 대상을 훨씬 좋게 보았다고 한다. 이처럼 나중 것보다 처

음 것에 더 큰 영향을 받는 것을 두고 초두효과(初頭效果, Primacy Effect)라 한다.[4]

하지만 처음만이 중요한 것은 아니다. 끝도 중요하다. 사람에게는 처음 못잖게 맨 마지막 것을 잘 기억하는 경향이 있는데 이를 최신효과(Recency Effect)라 한다. 회사에서 업무를 평가할 때 전체 기간의 실적보다는 최근의 실적이나 능력에 집중해 평가한다든지, 펀드를 고를 때 장기 성과보다는 최근 1개월에서 6개월 사이의 성과를 중시하는 것 등이 여기에 해당한다.[5]

## 어떻게 쓸 것인가

초두효과와 최신효과를 책 쓰기에 적용해 본다면 책에서도 처음과 끝이 매우 중요하다는 것을 짐작할 수 있을 것이다. 그렇다면 책의 첫인상과 마지막 모습은 어디에서 결정될까? 프롤로그와 에필로그다. 좀 더 구체적으로 말하자면 책의 첫인상은 프롤로그, 마지막 모습은 에필로그를 통해 기억된다. 많은 저자들이 근사한 프롤로그와 울림이 있는 에필로그를 쓰기 위해 온 힘을 기울이는 이유다. 그러면 어떻게 해야 읽고 싶은 프롤로그와 마음에 남는 에필로그를 쓸 수 있을까?

4    강준만, 《우리는 왜 이렇게 사는 걸까?》, 인물과사상사, 2014, 163쪽.
5    앞의 책, 167-168쪽.

## 프롤로그 쓰는 법

프롤로그(prologue)는 책의 맨 앞에 제시된 머리말을 가리킨다. 독자의 입장에서 본다면 저자의 목소리를 처음으로 듣게 되는 글이다. 제목과 표지를 보고 책을 집어 든 독자는 목차와 프롤로그를 보고 책을 더 읽을지 말지를 결정하곤 한다. 그래서 저자들은 프롤로그를 쓸 때 특히 많은 공을 들인다. 가끔 '글쓰기 공부를 하고 싶다면 각 책의 프롤로그를 잘 분석해 보라'는 조언을 접할 때가 있는데, 책 전체를 놓고 볼 때 그만큼 프롤로그의 완성도가 높은 경우가 많아서 그렇다.

프롤로그는 내 책의 독자에게 처음으로 보내는 편지와 같다. 따라서 전하고 싶은 말과 함께 책이나 저자의 색깔을 잘 드러내는 게 중요하다. 프롤로그를 쓸 때 꼭 지켜야 할 틀 같은 건 없다. 마음 가는 대로 쓰면 된다. 다만 필요한 독자가 있을까 싶어 일반적인 틀을 하나 소개하니 이를 참고해 보는 것도 좋겠다.

| 책을 쓴 이유 | 책의 특징 또는 읽을 때 유의점 | 당부 및 기타 |

- 책을 쓴 이유: 프롤로그에서 빠지지 않는 요소 중 하나다. 개인적인 일화를 중심으로 책을 쓰게 된 이유를 밝히면 된다.
- 책의 특징 또는 읽을 때 유의점: 같은 부류에 속하는 기존의 책들과 어떤 점에서 차별화되는지를 적어주면 된다. 또는 책의 예상 독자나 핵심 내용, 책을 읽는 방법이나 읽을 때 유의할 점 등에 대

해 이야기할 수도 있다.

- 당부 및 기타: 독자에게 당부하고 싶은 말이 있다면 간단히 언급한
  다. 프롤로그에 따라 책이 나오기까지 도움을 준 사람들에게 감사
  인사를 드리는 경우도 많다. 물론 감사의 말은 에필로그에 배치하
  는 경우도 꽤 있으니 어디에 넣을지는 스스로 판단하면 된다.

## 에필로그 쓰는 법

에필로그(epilogue)는 책 끝에 붙이는 맺음말이다. 대체로 프롤로그
보다는 조금 가볍게 쓰는 경향이 있다. 독자에게 건네는 마지막 말인
만큼 본문에서 미처 하지 못했던 말이나 독자 및 고마운 이들에게 보
내는 감사 인사 등을 적곤 한다. 또는 본문을 다 쓰고 난 뒤에 든 생
각이나 독자가 '이것만은 꼭 기억해 주었으면' 하는 내용을 제시하기
도 한다.

에필로그 쓰기에서 중요한 포인트 중 하나는 작가의 진정성을 얼
마나 잘 담아내느냐 하는 것이다. 진정성만큼 사람의 마음에 울림을
주는 것도 찾기 어렵기 때문이다. 어쨌든 지금까지의 내용을 간단히
도식화하면 다음과 같다.

- 소감: 책을 쓰면서 겪었던 여러 가지 일이나 그에 따른 감상을 적

는다. 힘들었던 점, 아쉬웠던 점, 기쁘거나 보람을 느꼈던 점을 밝혀도 좋고 책을 쓰면서 새롭게 느끼거나 깨닫게 된 점을 적어도 된다.

- 당부 또는 감사의 말: 독자에게 마지막으로 당부하고 싶은 말을 남긴다. 책 내용과 관련해 최종 결론을 내리는 것도 괜찮다. 또는 책을 끝까지 읽어준 독자나 책이 나오기까지 도움을 준 사람들에게 고마움의 말을 전하는 것도 좋다.

## 알아두면 좋은 몇 가지

프롤로그와 에필로그를 쓰는 시기가 따로 정해져 있는 건 아니다. 프롤로그를 먼저 쓴 뒤 원고와 에필로그를 차례대로 완성할 수도 있고, 원고를 마무리한 뒤 프롤로그와 에필로그를 한꺼번에 쓸 수도 있다. 이는 다분히 저자의 취향에 달렸다. 나는 끝에 몰아서 쓰는 편이다. 프롤로그가 책의 맨 앞에 나와 있기는 하지만 처음 책을 읽는 독자에게 하고 싶은 말은 책을 쓰는 초기보다는 원고를 완성한 뒤 비로소 선명해졌기 때문이다.

프롤로그나 에필로그만큼 모방을 통한 창조가 빛을 발하는 데도 흔치 않다. 잘 썼다고 생각되는 프롤로그, 따라 써 보고 싶은 에필로그를 찾아 분석해 보라. 모방하고 싶은 틀에 여러분의 색깔만 잘 담아내도 전문 저자 못잖은 프롤로그와 에필로그를 쓸 수 있을 것이다.

## 또래 친구가 쓴
## 프롤로그와 에필로그

학생 저자의 글을 소개한다. 이 학생은 인문학 덕후로서 스스로를 '인문학을 여행하는 히치하이커'라 칭했다. 많은 이들이 인문학의 종말을 이야기하는 시대라지만, 그럼에도 여전히 매력적인 인문학의 이모저모를 탐험하는 여행자가 되어 프롤로그와 에필로그를 썼다. 여러분도 함께 여행하듯 천천히 읽어보면 좋겠다.

# 프롤로그

## 여행을 마음먹은 사람들에게

함안고 양윤영

갑작스러운 사랑 고백을 하자면, 나는 강연 프로그램을 좋아한다. 그중에서도 〈차이나는클라스〉라는 프로그램을 좋아하는데, 매주 본방송을 놓치지 않을 정도다.

그러던 어느 날, 〈차이나는클라스〉에서 공개 강연 신청을 받기 시작했다. 처음 있는 일은 아니었다. 하지만 흔한 일도 아니었다. 자연스레 생긴 호기심도, 글을 읽자 픽 죽을 수밖에 없었다. 또 경기도였다. 이런 행사는 늘 지방에 사는 나와 먼 이야기였다. 보통이면 분명 그렇게 포기했을 텐데. 그날은 뭐가 씌었는지 이런 생각이 들었다.

'이번 기회를 놓치면, 내가 공개 강연을 볼 수 있는 기회가 있을까?'

고등학생이 되면 공개 강연은커녕 본방송도 보기 힘들어질 테고, 성인이 되기까지 기다리기엔 언제 프로그램이 종영할지도 모른다. 나는 충동적으로 신청 폼에 들어가 칸을 채워 넣었다.

결과는 놀랍게도 당첨이었다. 그렇게 나는 부푼 마음을 안고 JTBC 스튜디오로 들어갔다. 강연이 시작되기 전 강연자가 짧은 말을 건네었다.

"인문학 종말의 시대라고 하는데, 오늘 여러분이 모인 모습을 보니 꼭 그렇지 않은 것도 같습니다…."

솔직히 나는, 인문학이 인류의 발자취라는 멋들어진 뒷말보다, 그리고 강연 속 모든 이야기보다 이 말이 가장 뇌리에 박혔다. '인문학의 종말'이라니. 나는 인문학과 종말이라는 단어가 합쳐져 있는 꼴을 처음 봤다. 그리고 둘이 함께 놓여 있다는 사실을 믿을 수 없었다.

그도 그럴 게, 인문학은 재미있지 않은가? 그렇게 흥미롭고, 가슴 뛰게 하고, 호기심을 자아내게 하는 것 뒤에, 어떻게 종말이라는 단어가 붙을 수 있는가?

그 물음에 대답해준 건 가혹한 세상이었다! 고등학교에 진학하면서 알게 된 사실인데, 사람들은 생각보다 더 인문학에 관심이 없다. 흥미롭게 생각하지도 않고, 가슴 설레하지도 않고, 궁금증도 갖지 않는다. 정말 인문학 종말의 시대인 걸까?

하지만 나는 세상의 다른 대답 또한 알고 있었다. 아무 관심이 없다가도 강연을 틀면 슬그머니 다가오는 동생들, 선생님의 흘러가는 인문학 지식을 흥미롭게 듣는 학생들, 내가 주절대는 인문학 이야기에 진심으로 재미있어하는 친구들. 나는 그 모습이 거짓이라고 생각하지 않았다.

그러자 그런 생각이 들었다. 어쩌면 인문학 종말의 이유가 빙하기나 운석 충돌, 화산 폭발 같은 엄청난 것이 아닐지도 모른다고. 그들에게 필요한 것은 그저 충동적으로 신청 폼에 들어가 칸을 채우고 강연을 보러 가는, 딱 그 정도의 용기일지도 모른다. 멀게만 느껴지는 인문학에 딱 한 발자국 내디딜 수 있는 용기. 그 한 발자국만 넘으면 얼마든지 인문학을 즐길 수 있었다.

나는 내 글이, 인문학을 여행하는 히치하이커를 위한 안내서가 되면 좋겠다. 진심으로 기뻐하고, 설레하고, 흥미로워할 수 있다면. 그리고 그것을 위해 한 발자국 옮길 수 있다면. 인문학 종말의 시대는 없을 거다. 나는 더 많은 사람이 그랬으면 좋겠다.

# 에필로그

## 마지막 안내 사항

책 쓰기는 생각보다도 어려웠다. 무엇을 쓸지부터 막막했다. 그래서 구체적인 계획 없이 떠오르는 이야기를 하나둘 쓰기 시작했다.

〈여행을 마음먹은 사람들에게〉는 글을 막 시작했을 때 쓰지도, 글을 마무리 지을 무렵 쓰지도 않았다. 딱 중반쯤 되었을 때, '아, 내가 쓰고 싶은 이야기가 이런 거였구나!'라는 마음이 들어 쓴 글이다. 내 글이 누군가에게 인문학에 다가갈 수 있는 작은 용기가 되길 바랄 따름이다.

또 하고 싶은 말이 있다. 나 역시 인문학을 좋아하는 학생이기에 잘못된 지식이 담겼을 수 있다. 이를 주의하며 읽어주었으면 한다. 당신의 여행이 더 즐겁기를 바라며 글을 마친다.

먼저 출발한 여행자 올림

별은 바라보는 자에게 빛을 준다.
·

《드래곤 라자》중에서

## 8장

투고에서 출판까지

나만의 책,
드디어 탄생하다

# 내지 편집에서 제본까지

여기까지 왔다면 학생 저자 여러분은 긴 여정의 막바지에 도달한 셈이다. 좋아서 시작한 책 쓰기 프로젝트라지만 여기 오기까지의 과정이 결코 쉽지만은 않았을 것이다. 학교나 학원 공부에 수행평가 과제, 각종 시험 준비까지. 해야 할 일은 많고 시간도 빠듯한데 막상 책상에 앉으면 글이 나오지 않아 머리를 쥐어뜯고 싶을 때도 많았을 것이다. 실제로 쓰기 워크숍을 운영하다 보면 이와 같은 이유로 결국 모임을 떠나는 학생도 한둘은 생긴다. 그처럼 숱한 어려움을 넘어 '나만의 책 쓰기'라는 긴 여정의 마무리를 앞두었다면, 그것만으로도 여러분은 박수받아 마땅한 존재다.

만약 출판사 투고를 고려하지 않는다면, 이제 마지막 작업만 남았다. 기나긴 기다림 끝에 애벌레가 나비 되어 날 듯, 한 꼭지 두 꼭지 써내려간 여러분의 글이 책의 날개를 달고 세상 밖으로 날아오르기 위해선 반드시 거쳐야만 하는 작업. 바로 내지 편집과 표지 디자인하기다. 하나씩 살펴보자.

## 내지 편집하기

쓰기 워크숍을 하는 동안 학생 저자들은 A4 용지 규격에 맞춰 글을 써 둔다. 하지만 일반 교재나 잡지가 아닌 이상 A4 규격에서 작업한 걸 그대로 출력해 책으로 만들 수는 없다. 시중에 판매되는 책처럼 보기 좋게 만들려면 편집[1]을 해야 한다.

당장 편집 프로그램으로 뭘 써야 할지 궁금할 수도 있을 것 같다. 보통 전문 편집자들은 인디자인과 같은 전문 프로그램을 사용한다. 하지만 학생 저자들이 굳이 그와 같은 전문 프로그램을 구입해 사용할 필요는 없다. 우리가 흔히 쓰는 한글 프로그램으로도 편집하는 데 전혀 부족함이 없기 때문이다. 그래서 여기서는 한글 프로그램을 활용해 본문 작업하는 방법에 대해 알아보겠다.

### 책 크기 정하기

본문 편집을 위해 가장 먼저 할 일은 책 크기부터 정하는 것이다. 책

---

1  탈고한 원고의 종이 여백이나 글자 크기, 줄 간격, 이미지 등을 다듬어 인쇄본 형태로 만드는 작업이다.

| 종류 | 규격(가로×세로) | 주로 쓰이는 책 |
|---|---|---|
| 국배판(A4) | 210×297mm | 큰 그림책, 사진집, 잡지, 교재 등 |
| 4×6배판(B5) | 188×257mm | 다소 큰 형태의 전문 서적, 교재, 학습 참고서 등 |
| 신국판 | 152×225mm | 소설, 에세이집, 자서전 등 단행본<br>일반 단행본에서 가장 많이 쓰이는 판형 |
| 국판(A5) | 148×210mm | 조금 작은 형태의 단행본. 소설, 에세이집, 자서전 등 |
| 30절판 | 125×205mm | 시집 등 소형 책자 |

의 크기가 결정되어야 그에 맞는 후속 편집 작업이 가능해지기 때문이다. 학생 저자들이 선택할 만한 책의 크기에는 위의 표와 같은 것들이 있다.

이 중 단행본 출간을 위해 가장 널리 쓰이는 것은 신국판이다. 따라서 많은 경우 학생 저자에게도 신국판은 가장 무난한 선택지가 될 수 있다. 하지만 자기가 쓴 원고가 독특한 형태라면 굳이 신국판만 고집할 필요는 없다. 원고의 콘셉트에 잘 맞는 걸 고르면 된다.

### 종이 여백 설정하기

책 크기가 정해졌다면 이제 종이 여백을 설정할 차례다. 이 또한 정답은 없다. 하지만 참고가 될까 싶어 우리 동아리에서 사용한 편집 용지 설정을 소개하니 검토해 보기 바란다. 설정은 한글 프로그램에서 단축키 F7을 눌러 진행하면 된다.

책 크기를 신국판으로 선택했는데 한글 프로그램에 기본적으로 설정되어 있는 신국판 크기는 우리가 원한 것과 달랐다. 그래서 용지 종류 탭에서 '사용자 정의'를 선택해 따로 152×225mm로 설정해 주었다. 이후 용지 방향은 '세로', 제본은 '맞쪽'을 선택했다. 그리고 중요한 포인트 한 가지. 용지 여백에서 안쪽은 25mm, 바깥쪽은 20mm로 설정했다. 여기서 안쪽을 조금 더 많이 잡은 이유는 책을 만들 때 안쪽 부분이 접착 등의 이유로 조금 줄어드는 현상이 나타나기 때문이다. 나중에 책을 펼쳤을 때 자연스럽게 보이도록 하고 싶다면 이 부분은 꼭 기억해 둘 필요가 있다.

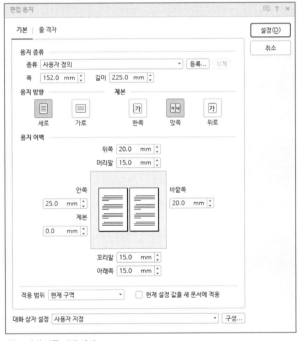

책 크기에 따른 여백 예시

## 글자 크기와 자간 정하기

편집 시 의외로 대충 넘어갈 수 있는 부분 중 하나가 글자 크기와 자간을 정하는 일이다. 워크숍을 하는 동안 학생들은 10포인트 글자 크기에 익숙해져 있다. 그래서 책으로 만들 때 글자 크기를 키우거나 줄 간격을 늘리는 일에 신경을 쓰지 않는 경우가 많다.

몇 년 전의 일이다. 우리 책 쓰기 동아리 학생들이 초벌 편집본을 가져왔는데, 확인해 보니 글자 크기가 10.5포인트, 줄 간격은 150%였다. 컴퓨터 모니터로 보면 이 정도만 해도 그렇게 작게 느껴지지 않는다. 하지만 막상 책으로 만들고 나면 글자 크기가 생각보다 작고 줄 간격도 좁아 보일 수 있다. 실제로 초벌 편집된 것을 임시 책자로 만들어 학생들에게 보여줬더니 다들 답답하다며 좀 더 여유 있게 바꿔야겠다고 말할 정도였다.

그래서 최종적으로 글자 크기는 11포인트, 줄 간격은 200%로 정했다. 그랬더니 딱 보기 좋은 형태가 나왔다. 물론 책의 크기에 따라 글자 크기는 10.5~11포인트 사이로 정하면 되지만 줄 간격은 180~200% 정도로 설정하는 게 보기 좋다. 덧붙여 자간도 -5에서 -8 정도로 적당하게 조절할 필요가 있다. 종이책의 형태로 보면 모니터로 볼 때보다 글자 간격이 훨씬 넓어 보이기 때문이다.

## 표지 디자인하기

제목과 함께 우리의 눈을 가장 먼저 잡아끄는 것. 뭘까? 바로 표지다.

그래서 출판사에서는 매력적인 표지를 만들기 위해 꽤 많은 공을 들인다. 어느 정도냐면, 전문 디자이너가 몇 가지 시안을 가져오면 그중 하나를 고르기 위해 담당 편집자와 출판사 직원, 작가까지 나서 의견을 교환하고 심지어는 투표까지 할 정도다.

아래 그림은 《덕질로 배운다! 10대를 위한 글쓰기 특강》을 출판할 때 출판사에서 전달해 준 표지 디자인 시안이다. 이보다 더 많은 시안이 있었겠지만 책의 예상 독자와 방향에 따라 정리해 보내준 시안이다.

여러 방향으로의 논의 끝에 첫 번째 시안을 최종 디자인으로 결정했다. 그러면 생각해 보자. 표지 디자인에 이렇게까지 공을 들이는 이유는 무엇 때문일까? 독자의 눈을 끌어야 한다는 측면도 있겠지만, 한번 정해져 인쇄하고 나면 바꾸기가 쉽지 않다는 현실적인 이유 때문이기도 하다. 여러분도 마찬가지다. 한번 책을 내고 나면 특별한 경우

표지 디자인 시안 예시

가 아니라면 표지는 바뀌지 않는 경우가 많다. 그러니 두고두고 후회가 남지 않도록 자신의 마음에 쏙 드는 디자인을 만들기 위해 고민할 필요가 있다. 이를 위해서는 다음의 요소부터 짚어볼 필요가 있다.

**표지의 구성 요소**

표지라 하면 앞면과 뒷면만 생각하는 경우가 많은데, 그게 다가 아니다. 표지에는 책등도 있고 날개도 있다. 아래의 그림을 잠시 살펴보자.

앞면과 뒷면은 익숙할 테니 책등과 날개에 대해 조금 더 이야기해 보겠다. 비록 면적은 가장 좁지만, 책등은 서가에 꽂혀 있거나 책상에 올려져 있을 때 우리 눈에 가장 잘 띄는 부분이다.[2] 여기에는 제목

| 뒷날개 | 뒷면 | 책등 | 앞면 | 앞날개 |

《덕질로 배운다! 10대를 위한 글쓰기 특강》의 표지 디자인 구성 예시

---

2   이금희 외, 《오만방자한 책쓰기》, 우리교육, 2015, 218쪽.

과 저자명, 출판사명 등이 담긴다. 책장에 꽂히는 걸 고려한다면 책 제목 등이 눈에 잘 띄도록 배치하는 것이 좋을 것이다.

날개는 책의 겉표지에서 안쪽으로 접혀 들어가 있는 부분을 가리킨다. 간혹 날개 부분을 생략해 인쇄하는 곳도 있는데, 이 부분은 될 수 있는 대로 살리는 게 좋겠다. 날개가 있느냐 없느냐에 따라 책이 주는 질감이나 완성도, 안정감 등이 달라지기 때문이다.

앞날개에는 주로 저자 소개글이 들어간다. 한때는 저자 소개가 경력 위주로 나열되는 게 많았다. 그러나 요즘엔 책과 관련된 자기 생각이나 느낌을 톡톡 튀게 적는 경우가 많다. 한 가지 덧붙이자면, 이 부분 또한 모방을 통한 창조가 빛을 발할 수 있는 부분이다. 그러니 저자 소개를 쓰려거든 다른 책에서 마음에 드는 저자 소개부터 몇 가지 찾은 뒤 잘 분석해 보라. 이후 장점만을 가려 뽑아 여러분의 '저자 소개'를 쓰면 된다. 다만 이때도 자기만의 색깔을 잘 살리는 게 포인트임을 잊어서는 안 된다.

뒷날개에는 책의 일부 내용을 적는 것도 좋고 추천사를 싣는 것도 좋다. 알리고 싶은 무언가가 있다면 그걸 자유롭게 적어도 된다.

## 디자인 만들기

여기서 새겨둘 점은, 여러분이 꼭 전문가처럼 시각적으로 근사하게 만들어야만 하는 건 아니라는 점이다. 여러분은 아직 학생이다. 따라서 여러분은 여러분만의 개성, 여러분만의 독특한 빛깔을 잘 담아내기만 해도 된다. 마음에 드는 표지를 만들라는 게 반드시 전문가처럼 화려하고 섬세한 기법을 동원하라는 게 아님을 기억해 두는 게 좋겠다. 오히려 학생 저자의 책은 그들만의 풋풋함이 담길 때 더 매력적이다.

그래서 표지를 디자인할 때는 자기가 직접 그린 그림이나 직접 찍은 사진 등을 활용하는 걸 추천한다. 혹시라도 쓰기 워크숍에서 여러 명이 모여 한 권의 책을 만든다면 그중에는 그림 그리는 걸 좋아하는 학생이 한두 명은 꼭 있다. 그들의 능력을 활용하는 것도 권장할 만한 방법이다. 예컨대 아래의 그림을 잠깐 살펴보자.

함안고등학교에 있을 때 쓰기 워크숍에 참여한 학생들이 직접 그린 표지 그림들이다. 두 가지 시안을 놓고 무엇을 선택할지 의견이 나뉘었는데 최종적으로 시안 1이 선택되었다. 하지만 시안 2도 디자인이 무척 좋았고, 그냥 버리기엔 너무 아깝다는 의견이 많았다. 그

학생 디자인 시안 1

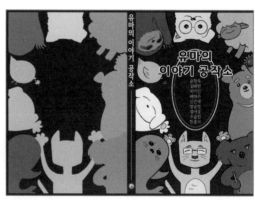

학생 디자인 시안 2

래서 겉표지에는 시안 1을, 속표지에는 시안 2를 넣었다. 물론 겉표지와 속표지의 그림은 같게 하는 것이 일반적이다. 하지만 굳이 그런 것에 얽매일 필요는 없다. 우리는 각기 다른 그림을 사용했지만 모두 만족했다. 우리의 색깔을 살리고 우리 모두가 만족했다면 그걸로 충분한 게 아닐까?

## 알아두면 좋은 몇 가지

책에 특수한 글자체나 그림, 사진이나 도표 등을 사용한 경우 저작권에 대해서도 신경 써야 한다. 특히 문제가 생길 수 있는 부분은 글자 폰트다. 학생 저자들은 예쁜 글자 모양에 관심이 많아 다양한 글자체를 활용하곤 하는데 간혹 자기도 모르게 저작권이 있는 걸 사용할 때가 있다. 나중에라도 곤란한 일이 생기지 않도록 하려면 한글 프로그램의 기본 글자체와 같이 저작권 문제의 소지가 없는 걸 사용해야 한다.

제본은 직접 하기보다는 인쇄소에 맡기는 게 좋다. 제본 방식과 인쇄용지를 결정하고 기계를 활용해 책을 제작하는 것은 또 다른 영역의 일이기 때문이다. 당장 학생 저자가 제본에 대해 전문적인 내용까지 속속들이 알기는 어렵다. 그럴 필요도 없고 말이다. 인쇄소 담당자와 상의하는 게 시간과 노력을 아낄 수 있는 길이다.

출판사 투고는

어떻게 하지

처음 투고를 마음먹었던 때가 기억난다. 전체 원고의 대략 80% 정도를 썼을 때였다. 무언가에 홀린 듯 갑자기 인터넷으로 투고 방법을 찾아본 뒤 기획안을 쓰기 시작했다.

생각해 보면 참 무모했다. 투고하는 방법에 대해 알아본다면서 한 것이라곤 고작 블로그 글 몇 편을 본 게 전부였기 때문이다. 그러고는 한국출판인회의 같은 출판사 단체의 홈페이지에서 회원사를 찾아 닥치는 대로 투고했다.

결과적으론 운이 좋았다. 대략 90여 곳에 투고했는데, 예닐곱 군데 출판사에서 긍정적인 회신이 왔고 그중 두 곳의 출판사로부터 계약하자는 전화를 받았기 때문이다.

첫 책이 나온 후 내 삶은 얼마나 달라졌을까? 드라마틱한 변화는 없었다. 이따금 강의 요청이나 원고 청탁을 받는다든지 친구들로부터 농담처럼 '작가' 소리를 듣는 정도가 전부였다.

하지만 나의 내면에는 약간의 변화가 생겼다. 우선 삶에 대한 만족도가 높아졌다. 내 꿈 중 하나는 작가가 되는 것이었는데 그 꿈을 이루었기 때문이다. 살고 싶은 대로 살고 있다는 느낌이랄까, 비로소 내가 내 삶의 주인이 된 듯한 느낌 같은 게 참 좋았다. 또 책 쓰기라는 평생의 친구를 얻은 것도 빼놓을 순 없을 것이다.

책 쓰기를 마쳤다고 반드시 출판사를 통해 책을 내야만 하는 건 아니다. 하지만 할 수 있다면 굳이 안 할 이유도 없다. 그래서 여기서는 투고를 희망하는 학생 저자에게 그 방법을 소개하려 한다.

## 어떤 출판사가 좋을까

투고의 목적은 책을 내는 데 있다. 그렇다면 이왕 출간하는 것, 누구나 좋은 출판사에서 책을 내고 싶을 것이다. 그러면 어떤 출판사가 좋은 출판사일까?

내 책을 잘 만들어 줄 수 있는 출판사다. 나아가 판매까지 잘되면 더할 나위 없다. 하지만 그런 출판사를 내 입맛대로 고를 수 없다는 게 문제다. 냉정하게 말하자면, 투고하는 입장에서는 이것저것 가릴 처지가 아니다. 요즘같이 불황인 시기에는 더욱 그렇다. 책을 내주기만 해도 감지덕지할 일이다. 책 한 권 내는 데 출판사에서 부담해야 하는 비용이나 노력이 결코 적지 않기 때문이다. 그런 만큼 출판사도 투고 원고 중 아주 소수만을 선택해 출간한다. 따라서 일단은 내 책을 만들어 주겠다는 출판사부터 찾는 게 먼저다.

그런데 투고하려는 출판사가 아주 작은 출판사라면 어떨까? 투고해도 괜찮을까? 실제로 주변에는 여러분의 생각보다 작은 출판사가 참 많다. 심지어 자기 집에서, 혼자 거의 모든 출판 일을 다 해내는 1인 출판사도 있다. 이렇게 작은 출판사는 큰 출판사에 비해 책도 잘못 만드는 게 아닐까?

그렇지는 않다. 따지고 보면 출판사의 규모 자체가 크게 중요한 건 아니다. 둘 사이에는 나름의 장단점이 있을 뿐이다. 예컨대 큰 출판사라면 안정성이 있고 일정 수준의 책을 지속적으로 만들어 내며 마케팅에 좀 더 많은 투자를 할 수 있다는 장점이 있다. 반면에 이른바 잘 팔리는 몇 권에만 투자가 집중되기도 한다.

소규모 출판사의 경우에는 출간하는 책 종수가 적다. 그런 만큼 책 한 권 한 권에 쏟는 정성이 남다를 수 있다. 또 요즘에는 실력 있는 1인 출판사 대표도 많은데, 그들은 기존 출판사에서 능력을 인정받으며 일했던 편집자나 마케터 출신으로 출판 고수인 경우가 많다고 한다.[3] 따라서 그런 출판사와 인연을 맺고 책을 만든다면 그 또한 학생 저자에게는 꽤 멋진 일이 될 것이다.

---

3   양춘미, 《출판사 에디터가 알려주는 책쓰기 기술》, 카시오페아, 2018, 189-191쪽.

출판계에는 '똑같은 원고를 가지고 작업해도 편집자마다 각기 다른 책이 나온다'는 말이 있다. 그렇다면 내 책의 완성도와 수준 역시 어떤 편집자를 만나느냐에 따라 극명하게 달라질 것이다. 따라서 출판사 못지않게 훌륭한 편집자를 만나는 것 또한 중요한 일이다. 어떤 편집자가 좋은 편집자인지 직접 만나 작업해 보기 전에는 알 수 없다는 게 문제이긴 하지만 말이다.

다만 출판사나 편집자의 이모저모를 간접적으로 짐작해 볼 수 있는 방법은 있다. 인터넷 서점에서 대상 출판사나 편집자가 펴낸 책들을 찾아보면 된다. 전반적으로 책의 평점이 높고 책에 대한 소개도 충실하게 잘되어 있다면 어느 정도 믿을 수 있다. 그와 같은 출판사나 편집자가 여러분에게 책을 내주겠다고 제안한다면 거절할 이유가 없다.

## 원고 투고는
## 어떻게 할까

투고하려면 먼저 투고할 출판사의 목록부터 수집·정리해야 한다. 이를 위해 자신의 원고와 비슷한 책을 출간한 출판사부터 찾아볼 필요가 있다. 예컨대 자신의 원고가 요리와 관련된 것이라면 인터넷 서점에서 '요리'를 검색어로 찾아보는 것이다. 이후 요리와 관련된 책들이 나오면 그 책을 출간한 출판사 목록을 수집·정리하면 된다.

나는 처음 투고를 준비하던 무렵 한국출판인회의에서 회원 출판사 목록을 찾아 투고했는데, 출판인 협회는 이 외에도 대한출판문화협회 등 다양한 단체가 있다. 그러니 어디에 투고해야 할지 잘 모르 겠다면 이 목록을 참고하는 것도 하나의 방법이 될 수 있다. 다만 이 목록을 이용할 때는 해당 출판사의 홈페이지에 들어가 지금까지 출 간한 책의 목록이나 성격 정도는 기본적으로 파악해 두는 게 좋다. 나는 당시 이 부분을 소홀히 해 과학 도서 전문 출판사에도 영화 에 세이 원고를 보냈는데, 그럴 필요까지는 없었다는 얘기다. 원고가 출 판사의 성격과 맞지 않으면 투고해 봐야 헛일이기 때문이다.

목록을 정리한 뒤 투고할 때는 해당 출판사의 투고란에 메일을 보 내면 된다. 가끔은 투고하고 싶은 출판사를 찾았는데 투고란이 없는 경우가 있다. 이때는 출판사에 전화를 걸어 투고하고 싶다고 밝힌 뒤 메일 주소를 받아 투고하면 된다.

투고 시 필요한 자료는 원고와 기획안이다. 요즘엔 원고 전부를 보 내지 않고 자신의 필력을 보여줄 수 있는 몇 개 꼭지만 보내는 경우 도 많은데, 여러분은 이미 완성된 원고가 있으니 그걸 보내면 된다. 기획안 양식은 출판사마다 조금씩 다를 수 있다. 하지만 크게 보면 대개 내용이 비슷하므로 하나의 기획안을 잘 정리한 뒤 그걸 계속 사 용해도 된다.

이 외에 출판사의 메일 주소 목록을 확보한 뒤 그 주소로 바로 투 고하는 방법도 있는데, 여기서 여러분이 꼭 유의해야 할 포인트가 하 나 있다. 투고 시 하나의 메일에는 받는 출판사의 수도 하나여야 한 다는 점이다. 편집자들에 따르면, 더러 수신자 목록에 수십 개의 출판사 주소가 적힌 투고 메일을 받을 때가 있다고 한다. 입장 바꿔 생각해 보자. 여러분이 편집자라면 어떤 느낌이 들겠는가? 스팸 메일을 받았다는 느낌이 들지 않을까? 또는 최소한의 성의도 없다는 생각이 들 수도 있다. 심지어 그런 메일에 대해서는 편집자가 답장을 하나 안 하나 표도 안 날 테니 메일 자체를 읽지 않거나 읽어도 답장을 하지 않는 일이 생길 수도 있고 말이다. 그러니 투고 메일을 보낼 때는 개별적으로 보내야 한다는 사실을 꼭 기억해 두었으면 좋겠다.

## 계약 확률을 높이려면

출판사는 보통 6개월~1년 치 이상의 출간 예정 도서를 준비해 놓고 있다고 한다. 이때 한 편집자가 한꺼번에 진행하는 원고는 2~3개 이상이다. 여기서 알 수 있는 건 뭘까? 편집자가 한 원고에만 매달려 있을 여유가 없다는 점이다. 곧 출간될 책의 진행과 더불어 출간 후 홍보 준비, 집필 중인 다른 저자의 원고 진행 사항 확인, 번역서의 경우 역자와 일정 조율 및 진행 상황 확인, 새로운 도서 기획 등 편집자가 할 일은 무척이나 많다.[4] 여기에 더해 매일 매일 새로운 투고 메일이 들어온다. 그 모든 걸 읽고 답장까지 써야 한다. 이런 틈바귀 속에서 내 원고를 읽고 있을 편집자를 유혹하려면 어떻게 해야 할까?

먼저 편집자는 내 책의 첫 번째 독자라는 사실부터 분명히 할 필요

---

4    송현옥, 《출판사 편집장이 알려주는 책쓰기부터 책출판까지》, 더블:엔, 2021, 160쪽.

가 있다. 나아가 그 독자의 마음을 훔칠 전략을 짜야 한다. 어떤 전략이 잘 먹힐까? 나라면 기획안 작성에 공을 많이 들일 것이다. 뒤집어 생각해 보자. 여러 가지 일로 눈코 뜰 새 없이 바쁜 편집자가 투고 메일을 받았다. 제일 먼저 무엇부터 볼까? 제목, 저자 소개, 콘셉트, 예상 독자, 목차, 이미 발행된 비슷한 내용이나 체제의 책, 이 책만의 차별점 등이 한 장에 일목요연하게 정리된 자료. 바로 기획안이 아닐까? 따라서 기획안 자체가 흥미로워야 한다. 그래야 원고에 대한 호감도 더 커지기 때문이다.

아마 여러분은 책 쓰기 프로젝트 초기에 기획안을 작성했을 것이다. 하지만 그것만으론 부족하다. 당시는 투고를 지금처럼 진지하게 고려하지 않았을 것이기 때문이다. 또 진지하게 고려했다 하더라도 그때의 필력과 지금의 필력은 다를 수밖에 없다. 나아가 원고를 쓰는 동안 책의 성격이 바뀌었을 수도 있고 말이다. 그러므로 기획안은 다시 작성하는 게 좋다. 구체적인 방법은 이 책의 4장에 정리해 두었으니 그걸 참고하면 된다.

지금까지 기획안이 중요한 이유를 말했다. 하지만 따지고 보면, 가장 중요한 것은 원고 자체다. 아무리 기획안이 그럴듯해 보여도 원고의 질이 떨어진다면 출간 역시 불가능하기 때문이다. 요컨대 뛰어난 문장이나 자기만의 색깔, 톡톡 튀는 참신함이나 지금껏 보지 못한 새로움, 때로는 유용함이나 무언가에 대한 진지한 고민 등 책으로 낼 만한 분명한 매력 포인트가 있어야 한다.

물론 앞에서 말한 요소가 부족하다 해서 당장 원고를 처음부터 끝까지 다시 쓸 수는 없다. 그러나 투고 전 원고의 매력과 완성도를 높이기 위해 다시 한 번 읽고 검토하는 작업은 해보는 게 좋다.

이와 함께 신생 출판사를 전략적으로 노려보는 것도 하나의 방법이될 수 있다. 창업한 지 얼마 안 된 출판사일수록 더 많은 원고가 필요하기 때문이다. 그만큼 투고 원고를 눈여겨볼 가능성도 더 높다. [5]

## 알아두면 좋은 몇 가지

투고 시 파일은 하나로 만들어 보내는 게 좋다. 30개의 꼭지를 썼는데, 이걸 하나의 파일에 정리해 넣지 않고 30개의 파일로 보냈다고 가정해보자. 여러분이 편집자라면 어떻게 할까? 30개의 꼭지를 일일이 다열어보고 하나하나 세심하게 검토할까? 물론 우연히 열어 본 글이 너무나 마음에 든다면 다른 파일도 열어볼 수 있다. 하지만 할 일은 많고 투고 원고도 매일같이 쏟아지는데 이렇게 불편하게 파일을 보냈다면 제대로 검토하지 않을 수도 있지 않을까? 그러니 내 원고를 제대로 평가받기 위해서라도 원고는 하나의 파일로 정리해 보내는 게좋겠다.

여러 출판사에서 계약하자는 연락이 왔다면 좀 더 신중해져야 한다. 성급함은 금물이다. 첫 책은 정말 큰 의미가 있기 때문이다. 첫 책이 엉망

---

5  앞의 책, 154쪽.

이라면 이후 글을 쓰려는 의욕도 많이 꺾일 수 있다. 그런 만큼 여러 출판사 중 내 책을 정말 근사하게 만들어 줄 수 있는 출판사를 잘 골라야 한다. 좀 더 정확한 판단을 위해서라면 각각의 출판사에서 낸 책을 꼼꼼하게 살펴본 뒤 계약해도 늦지 않다.

학생이니까
괜찮아!

# 거절을 통한
# 도움닫기

1946년 양키스 소속으로 프로 무대를 밟은 뒤 1965년까지 현역 생활을 하며 2,120경기에서 2,150개의 안타와 358개의 홈런을 기록한 메이저리그의 전설. 누군지 아는가? 요기 베라(Yogi Berra)다. 그는 1948년부터 1962년까지 15시즌 연속 올스타에 뽑혔고, 세 차례나 아메리칸리그 최우수선수에 올랐다. 이뿐만이 아니다. 양키스는 베라가 주전 선수로 뛰는 동안 월드시리즈에서 우승을 10번이나 차지했다. 2015년 9월, 요기 베라는 향년 90세의 나이로 세상을 떠났지만 그는 여전히 많은 사람의 마음속에 살아 있다. 무엇 때문일까? 기본적으로는 뛰어난 기록 때문일 것이다. 하지만 그 못잖게 그가 남긴 명언들도 한몫했다고 본다.

예를 들어보자. 1973년 그가 뉴욕 메츠의 감독을 맡고 있을 때였다. 당시 메츠는 시카고컵스에 9.5게임 차로 뒤진 지구 최하위를 달리고 있었다. 그때 한 기자가 베라에게 물었다. "시즌이 끝난 것인가?" 베라는 뭐라고 했을까? "끝날 때까지 끝난 게 아니다(It ain't over till it's over)"라고 답했다. 그리고 메츠는 결국 시카고컵스를 제치고 내셔널리그 동부지구 우승을 차지하게 된다. [6]

## 투고하면 누구나 겪게 되는 일: 거절 메일 받기

처음엔 모두가 부푼 기대를 안고 투고한다. 하지만 투고한 누구나 예외 없이 받게 되는 게 하나 있다. 뭘까? 거절 메일이다. 해리포터 시리즈의 저자 조앤 롤링(Joan K. Rowling)도 호러 소설의 거장인 스티븐 킹도 예외는 아니었다. 그들 또한 무수한 투고와 거절을 경험한 뒤 작가가 되었다. 문제는 아무리 예상했다 하더라도 거절 메일을 계속 받다 보면 실망스럽고 기운이 빠지게 마련이라는 점이다. 이때 여러분이 꼭 기억했으면 하는 게 두 가지 있다. 하나는 어차피 거절 메일은 불가피한 것이기에 이 때문에 상처받을 이유는 없다는 것이고, 다른 하나는 요기 베라의 말처럼 끝날 때까지는 아직 끝난 게 아니라는 점이다.

---

6  하남직, "'끝날 때까지 끝난 게 아니다' 요기 베라, 미국 우표에 등장한다", 〈연합뉴스〉, 2021년 1월 17일자 기사.

그렇다. 지금의 실패는 실패가 아니다. 서사의 한 부분일 뿐이다. 물론 실패해서 그만두면 그 실패는 진짜 실패가 된다. 하지만 계속 도전해 언젠가 성공하게 된다면? 이전의 실패는 성공으로 가는 길의 일부가 된다. 성공한 서사를 드라마틱하게 장식하는 에피소드 중 하나가 되는 것이다. 정말 가치 있게 여기는 무언가가 있다면 쉽게 포기하지 말아야 할 이유다.

많은 이들이 '나의 빛나는 원고를 받아 든 편집자가 감탄에 감탄을 거듭하며 당장 내게 전화를 걸어오길' 바랄 것이다. 하지만 현실에서 그런 일은 흔치 않다. 대개 예비 저자가 받는 것은 '출간 방향이 맞지 않아'로 시작하는 거절 메일이다.

답장은 빠르면 하루 이틀 만에 오기도 한다. 또는 투고해 줘서 감사하다는 인사와 함께 내부 검토 후 답변을 주겠다는 출판사도 있다. 비록 나중에 거절 메일을 보낼지라도 말이다. 그런가 하면 어떤 출판사는 일주일, 심지어 한 달 뒤에 거절 메일을 보내기도 한다. 결국 투고 후 길게는 한 달까지 거절 메일이 이어질 수 있다는 얘기다. 물론 그사이에 계약을 진행하자는 제안을 받을 수도 있지만 말이다.

따지고 보면 출판사가 거절 메일을 보내는 이유는 다양하다. 여러분의 원고가 트렌드나 편집자의 취향에 맞지 않아서일 수도 있고 출판 시장의 상황이 너무 좋지 않아서일 수도 있다. 또는 투고 원고가 정말로 출판사의 출간 방향과 맞지 않거나 출판사 일정상 출간해야 할 책이 꽉 차서 그럴 수도 있다.

그런 만큼 거절당했다는 데만 초점을 맞춰 실망하고 투고나 책 쓰기를 그만두는 건 너무 성급한 결정이다. 출간 계약은 어차피 한 출판사와만 하면 된다. 나아가 우리에게는 아직 어둠을 밝히는 가로등처럼 무수한 출판사가 남아 있다. 우리나라에 등록된 출판사만 7만 곳이 넘는다고 한다. 그중 내 원고의 가치를 알아봐 주는 곳 하나만 만나면 되는 것이다. 그렇다면 어딘가에는 분명히 있을 그곳을 아직 만나지 못했을 뿐이라고 보면 어떨까?

물론 출판사가 거절 메일을 보낸 데는 나름의 이유가 있는 만큼 원고가 덜 익었거나 고쳐야 할 부분이 있을 수도 있다. 그렇다면 그 부분을 고치면 되지 않을까? 다시 말해 거절 메일을 도움닫기의 발판으로 사용할 수도 있다는 얘기다. 그리고 나중에 더 근사한 원고를 써서 더 멋진 책을 내면 된다.

모든 가치 있는 것은 쉽게 얻어지지 않는 법이다. 그러니 거절당했다는 데 초점을 맞춰 너무 실망하지는 말자. 낙담할 시간에 원인을 분석해 개선 방향을 찾는 게 더 나을 수도 있다.

## 거절 메일,
## 어떻게 활용할 것인가

이제 현실적인 이야기로 들어가 보자. 거절 메일을 도움닫기의 발판으로 쓰려면 어떻게 해야 할까? 메일의 내용을 잘 살펴보면 된다. 가만 보면 거절 메일이라고 다 같은 거절 메일은 아니다. 비록 소수이

긴 하지만, 메일 중에는 왜 출간이 어려운지 이유를 설명해 주는 경우가 있다. 이때 그 이유를 분석하는 게 정말 중요하다. 여러분에게 답장을 준 편집자는 하나같이 우리나라 출판계의 고수들이기 때문이다. 따라서 잘만 활용하면 그들이 제공하는 거절 사유나 조언보다 더 좋은 가르침도 없다.

첫 번째 책을 내기 위해 투고했을 때의 일이다. 대략 90여 곳에 투고했는데, 처음에 받은 거라곤 하나같이 거절 메일이었다. 실망스럽고 나 자신이 초라하게 느껴져 괜한 일을 했나 하는 후회와 자괴감이 밀물처럼 밀려들었다.

그러던 중 어느 메일에서 뼈 때리는 조언을 듣게 된다. '원고 전체를 아우르는 하나의 관점이나 메시지가 선명치 않다'는 것이었다. 또 내 원고의 콘셉트 중 하나가 '영화를 통한 상처 치유'였는데, 그걸 구체적으로 드러내기 위해서는 관련 내용을 좀 더 구체화하는 작업이 필요하다는 조언도 있었다. 다시 말해, 삶을 좀 더 치밀하게 분석하거나 상처의 메커니즘을 보편성 있게 풀어내거나 치유의 방향을 구체적으로 제시하는 등 저자의 삶과 영화에서 얻은 큰 관점이나 메시지를 선명하게 드러낼 필요가 있다는 것이었다. 이게 다가 아니었다. 몇몇 메일은 '대부분의 논의가 영화 내부에만 머물러 확장성이 떨어진다'는 점을 짚어주기도 했다.

비록 얼마 지나지 않아 내 책을 출간해 주겠다는 출판사를 만나기는 했지만, 앞의 메일들이 내게 많은 자극을 준 것만은 틀림없다. 나는 어떻게 했을까? 비판과 조언을 토대로 원고를 하나하나 다시 살폈다. 그리고 수정이 필요한 곳이 보이면 조금씩이라도 손을 봤다. 물론 첫 책이 나오기까지 섬세하고 결정적인 조언은 몇 달간 내 원고를 함께 읽고 고쳐나간 담당 편집자에게서 나온 것이 대부분이다. 하지만 앞의 그 메일들이 원고 수정에 도움을 준 것 또한 분명한 사실이다.

어쨌든 여기서 꼭 짚어야 할 두 가지는, 소설가 스티븐 킹이 말했듯 '편집자는 언제나 옳다'는 점이다. 나아가 그처럼 피가 되고 살이 되는 조언은 오직 투고를 통해서만 얻을 수 있다는 점이다. 그러니 넘어지는 것이 두려워 달리기를 포기하는 일은 하지 말았으면 좋겠다.

## 알아두면 좋은 몇 가지

투고한 원고를 도용당하지 않을까 하는 걱정은 할 필요가 없다. 출판사 입장에서 보면 투고 원고가 넘쳐나기 때문이다. 그중 정말 참신하고 매력적인 것은 출판사에서 먼저 연락해 계약부터 맺는다. 출판사의 빠듯한 일정을 고려해 본다면 계약하지도 않은 원고를 책으로 만들기 위해 시간과 노력을 투자하는 일은 거의 없다고 봐도 된다.

첫술에 배부를 수는 없다. 투고 한 번에 바로 계약으로 이어지는 기적은 어디에도 없다. 모든 책은 부단한 노력과 도전의 산물이다. 여러분은 아직 학생이다. 가능성으로 충만한 존재다. 그만큼 시간도 기회도 많이 남아 있다. 그러니 거절 메일을 받았더라도 너무 낙담할 이유는 없다. 오히려 그 정도의 시련은 근사한 책을 출간하는 과정의 일부에 불과하다고 여기는 자세가 필요하다. 정말 원한다면 출간은 대학생이나 사회인이 되어 해도 결코 늦지 않다.

# 에필로그

      연어, 은어, 혹등고래, 유리딱새, 콩새, 점박이무늬개똥지빠귀, 그리고 알바트로스와 회색슴새. 이들의 공통점은 뭘까? 거센 물살이나 먼 하늘을 가로질러 결국에는 자기 갈 길을 가는 존재라는 점이다. 이중 연어는 태평양과 대서양의 깊은 바닷속에서 살다가 산란기가 되면 태어난 하천을 찾아 긴 여정에 오른다. 그런가 하면 회색슴새는 뉴질랜드에서 출발해 남미와 일본 근해, 알래스카의 알류샨 열도를 거쳐 다시 뉴질랜드에 이르기까지 7개월 동안 약 6만 5천 킬로미터에 이르는 거리를 비행한다.

  이처럼 광활한 지역을 넘나드는 여행이 과연 쉬울까? 그럴 리 없다. 때로는 지치고 힘들 것이다. 중간에 그만두고 싶은 마음이 들지도 모른다. 하지만 이들은 자기 존재의 근원이나 가야 할 곳을 찾아

끝까지 나아간다. 바로 이 지점에서, 나는 학생 저자의 모습을 본다. 바쁘고 힘든 일상의 물결을 거슬러 끝내는 자기만의 책을 써나가는 과정이 거친 물살을 거스르는 연어나 먼 길을 마다하지 않고 날아가는 회색슴새와 닮았기 때문이다.

'나도 과연 저자가 될 수 있을까?' 책을 쓰기 전이나 책 쓰기의 길로 접어든 이후에라도 누구나 한 번쯤은 던질 법한 질문이다. 애써 쓴 글을 봐도 썩 마음에 들지 않거나 근사한 아이디어가 떠오르지 않아 답답할 때라면 더 말할 필요가 없다. 누구든 자신의 가능성에 대해 의문을 품기 마련이다. 다시 물어보자. 과연 평범하기 짝이 없는 우리도 저자가 될 수 있는 것일까?

물론이다. 마음만 먹으면 누구나 저자가 될 수 있다. 나와 함께 책을 써내려간 학생들, 그리고 지금 이 글을 쓰고 있는 내가 바로 그 중거다.

나는 어떻게 책을 쓰는 사람이 되었을까? 그건 뿌리 깊은 콤플렉스 때문이다. 생각하기에 따라 재미있는 부분인데, 학생들과 이야기하다 보면 나에 대한 편견을 가진 경우를 종종 만나게 된다. 예컨대 책도 몇 권 내고 요즘도 글을 쓰고 있으니 내가 처음부터 글쓰기에 소질이 있었거나 글쓰기를 좋아했을 거라고 생각하는 식이다. 과연 그럴까? 결론부터 말하자면 그건 대단한 오해다. 불과 몇 년 전까지만 해도 나는 글을 쓰지 않았고 쓰기 자체도 무척 싫어했으니 말이다. 물론 지금부터 약 15년 전쯤, 에세이를 한 편 써보려 시도한 적은 있다. 하지만 그날의 시도는 그날로 끝나고 말았다. 반 페이지 정도 쓰다가 다시 읽어보니 너무 유치해 견딜 수가 없었기 때문이다. 이후 글쓰기는 나와 무관한 것으로 여기며 살았다. 진실을 말하자면, 국어 교사로서 나의 가장 큰 열등감은 글을 잘 못 쓴다는 데 있을 정도였다.

그러던 중 뜻밖의 일이 생겼다. 대학 시절의 은사님께서 사범대생을 대상으로 한 작문 강의를 제안해 준 것이다. 처음에는 거절하려 했다. 그러다 문득 대학 강의야말로 내가 콤플렉스에서 벗어날 수 있는 가장 좋은 기회가 아닐까 하는 생각이 들었다. 강의를 하려면 내 약점과 정면으로 마주해야 하기 때문이다. 또 언제까지나 글쓰기를 피해 다닐 수도 없었고 말이다. 그렇다면 탈출구는 오히려 이 속에 있는 게 아닐까 싶었다.

그래서 강의를 맡기로 하고 그때부터 글쓰기 관련 책을 구입해 읽었다. 또 학생들만 쓰게 할 수는 없으니 나도 일주일에 한 편씩 영화 에세이를 쓰기 시작했다. 어떤 변화가 생겼을까? 첫 번째는 어느 순간부터 글쓰기가 일상이 되었다. 나도 모르게 영화 보고, 메모하고, 글을 쓰는 게 습관처럼 되어 있었던 것이다. 그리고 두 번째는 글쓰기가 일상이 되니 더 이상 글쓰기가 두렵지 않았고, 세 번째로는 초고는 언제나, 누가 써도 엉망일 수밖에 없다는 걸 깨닫게 되었다.

헤밍웨이도 말했다. 모든 초고는 쓰레기라고. 그렇다면 과거 언젠가 내 글이 견딜 수 없게 부끄러웠던 까닭도, 겨우 반 페이지만 쓰다가 그만둔 이유도 분명해진 셈이다. 그게 초고였기 때문이다.

우리가 글을 쓸 때는 그 단계만 넘어서면 된다. 방법은 간단하다. 일단 막 쓰고, 계속 반복해 읽으면서 마음에 안 드는 부분을 하나씩 고치는 것이다. 그러면 신기하게도 어느 순간 꽤 마음에 드는 글이 나타난다. 결국 비결은 단순했다. 일단 쓰고 마음에 들 때까지 고치는 것, 이것만 잘하면 된다. 그러면 평범한 그 누구라도 글을 쓰는 저자가 될 수 있는 것이다.

그래도 책 쓰는 데 확신이 들지 않는다면 미국의 소설가 에드거 로런스 닥터로(Edgar Lawrence Doctorow)의 말에 귀 기울여 보는 건 어떨까? 그는 말했다. "책을 쓰는 것은 밤중에 자동차를 운전하는 것과 비슷하다. 그래서 당장은 헤드라이트가 비추는 곳까지만 볼 수 있을 뿐이다. 하지만 그런 식으로라도 끝까지 여행을 마칠 수 있다."

이 말에서 알 수 있는 건 뭘까? 책 쓰기 앞에서는 누구든 막막함을 느낄 수밖에 없다는 점이다. 사실 그렇다. 좋아서 시작한 책 쓰기라지만 막상 책을 쓰다 보면 이내 막막함에 부딪히게 된다. 몇 꼭지 쓰는 것도 만만찮은데 과연 책을 끝까지 다 쓸 수 있을까 하는 걱정이 들 수밖에 없다. 하지만 너무 걱정할 필요는 없다. 어둠을 뚫고 끝내 목적지에 도착하는 닥터로의 자동차처럼 우리 대다수는 바로 눈앞만 비추는 불빛에 의지해서라도 결국 성공적으로 책 쓰기 여행을 마칠 수 있으니 말이다. 더구나 우리는 그 길을 혼자서만 가는 게 아니다. 친구나 선생님과 함께 간다. 그러니 누구나 겪게 되는 막막함 때문에 미리부터 책 쓰기를 포기할 이유는 없다.

한때는 책 쓰기가 굳게 닫힌 문처럼 보였던 때가 있었다. 하지만 잊지말아야 할 게 하나 있다. 문은 결국 열리라고 있는 것이고, 열면 열리기 마련이라는 것이다. 그러니 하고 싶은 게 있다면 생각만 하지 말고 움직여야 한다. 이제 여러분이 그 문을 열어젖힐 차례다.